アララギの脊梁

大辻隆弘

青磁社

アララギの脊梁◇目次

I

人称の錯綜

1

一ノ関忠人は「短歌的叙情再考—短歌と天皇について」（「短歌往来」平16・4）のなかで、釈迢空の歌について述べている。それは、太平洋戦争終戦時に歌われた次の一首である。

勝ちがたきいくさにはてし人々の心をぞ　思ふ。たゝかひを終ふ

昭和二十年八月十五日、迢空は終戦詔書の放送を聴くやいなや箱根の山荘に向かう。後年、『倭をぐな』に収められるこの一首は、そのときに作られた「野山の秋」という一連に収められている一首である。この年の三月、最愛の養子・折口春洋を硫黄島で失い、悲しみのどん底にあった迢空

にとって、敗戦という事実がどれほど重いものであったかは想像に難くない。

一ノ関は、この歌の結句「たゝかひを終ふ」という表現に注目する。ここにおいて「たゝかひ」はいうまでもなく大東亜戦争（太平洋戦争）のことだろう。が、「終ふ」は他動詞である。口語でいうなら「終える」（終らせる）という意味なのだ。この結句の表現をそのまま素直に受け取るなら、戦争を終らせるのは、あくまで作者迢空であることになる。一ノ関はこの破格の表現に注目し「この歌の主体が、戦争を終える宣言をしていると読める」と言う。

大日本帝国憲法下において講和を企てうるのは統帥権の総攬者たる天皇のみである。この歌において迢空は、まるで自らが天皇と一体になったかのように戦争の終了を宣言するのだ。そこにはあきらかに自分という主体を、まるで天皇そのものであるかのように感じ取っている迢空がいる。一ノ関のいうように、迢空のこのような表現のなかには、あきらかに「天皇への感情同化」があるといってよいだろう。

一ノ関の論考は、迢空の歌のこのような構造から、天皇制と短歌との関係に踏み込んでいこうとする。それはそれで興味ぶかい論理展開であろう。が、私自身の関心は一ノ関とはやや異なったところにある。迢空のこの一首から、私は、彼の天皇観よりも、迢空独自の濃密な言語感覚の匂いを感じとってしまうのだ。

この一首のみならず、迢空の歌には主体が分らなくなってしまう歌が実に多い。『倭をぐな』所収の次の歌などは、さしずめその代表だろう。

眼ざめ来る昨夜《ヨベ》のふしどの　あはれさは―、枕に延《ハ》へる　昼貌の花
草あぢさゐの　花過《ガタ》ぎ方のくさむらに向きゐる我が目　昏《クラ》くなりゆく

歌に登場する枕辺の昼顔の花や、目に映る草紫陽花の花。それらは、日常生活から取材した身辺の題材に過ぎない。が、それにもかかわらず、私たちは、このような歌のなかに、自分というものを別の場所から見つめているかのようなもう一人の迢空の冷え冷えとした視線のようなものを感じはしないだろうか。目覚めつつある自分を、枕もとに座っているもうひとりの自分が見つめている一首め。あざやかな花紫陽花が映っている自分の眼球。その眼球が、ふっと暗く翳る瞬間を描いた二首め。どちらの歌も一人称的な視点と三人称的な視点が複雑に交錯している。

統辞論的にいえば、このような印象は、これらの歌の言葉のつながりの分りにくさから生まれてくるものだ。一首めにおける「眼ざめ来る」という初句や、二首目の下句「我が目昏《クラ》くなりゆく」という表現が合理的な歌の解釈のなかでは上手く読み解けないのである。

誰しも自分が目覚めて来る様を見ることはできない。また、自分の目が暗く翳る瞬間を見ることもできない。私たちは、通常そのような合理的な常識のなかに生きている。もし仮に、目覚めて来る姿を見ようと思うのなら、私たちは、自分の視点を自分の肉体から離れた場所に置き、そこから自分の動作を見なくてはなるまい。現実にはそんなことは不可能だ。しかるに迢空は、これらの歌において、平然と「眼ざめ来る」といい「我が目昏くなりゆく」と歌う。目覚める自分を自分の目

で見、自分の目が暗く翳るのを自分で認識する。ここで迢空は、自分の動作や状態を離れた別な視点から見ているかのようだ。

迢空の歌には、これに類する矛盾を感じさせるものが実に多い。『倭をぐな』所収の次のような歌々もそうである。

われの行き　行きとゞまらむ日を思ふ。疲れて　土のうへに目あかず
ほの〴〵と　狐の塚の　濡れゆくを見つゝ我がゐて、去りなむとせず
叢に　くれなゐ薄く見えてゐし藜の茎を見つゝ　寝入りぬ
女どち　車つらねていにし後《ノチ》。しづ心なく　もの言ひ出でぬ

土の上で眼を閉じている自分、狐の墓を見て立ち去ろうとしない自分、藜の茎を見て寝入りつつある自分、女が去ったあと突然にものを言い出す自分。これらの歌で迢空は、自分の動作を一人称の視点から歌いだそうとしているにもかかわらず、彼の視点はふっと彼の肉体から遊離し、彼は自分の動作を三人称的視点から描きだしてしまっている。一人称の発語のなかに、三人称的な客観描写がなんの抵抗もなく、融通無碍に入りこんでくるのである。

一人称の表現のなかに、なめらかに三人称の視点が滑り込む。それは、迢空の一人称叙述のなかに、ふっと昭和天皇という三人称的な視点が混入する「たゝかひを終ふ」の歌でも見られた現象で

ある。私たちは、そこに人称という発語現象における錯綜を見てとることができよう。一人称の表現のなかに三人称表現が混入するという、この「人称の錯綜」という現象は、初期から晩年に至るまで迢空の歌のなかにしばしば現出するものだといってよい。

近代のリアリズムは、固定した一点から見られた情景を写すことによって成立している。一つの情景を異なった複数の視点から描きだすというキュビズム絵画のような描写は、基本的には「反則」なのだ。迢空の歌は、あきらかにその禁則に触れている。が、あえて禁を犯しているにしてはは迢空はあまりに無頓着だ。迢空は、まるでおのが口から溢れ出た言葉の奔流にそのまま身をまかせるかのように、きわめて平然とこれらの歌を詠んでいるように見える。なぜ、迢空はそこまで無頓着でいられたのか。

思うに、迢空の歌における「人称の錯綜」という現象は、おそらく単に迢空個人の問題ではなく、歌というものに身を任せるときに必然的に起りうる現象である。その現象は、おそらく日本語という言語体系の生理や短歌という歌の根源的な本質に深く根ざしている。もちろん、それを客観的に証明することは困難だ。しかしながら、私たちが確認しておかなければならないのは、すくなくとも釈迢空＝折口信夫自身は、あからかにそのように信じ、そのように考えていたという事実である。歌という形式の本質的な部分に「人称の錯綜」に導くようなファナテックな何かがある。そう信じていたからこそ、迢空は歌に身を浸すことによって「人称の錯綜」という現象にみずからの身をゆだねたのだ。

2

釈迢空の歌のなかに現れる「人称の錯綜」という現象。それはまた、折口信夫がみずからの学問的探求のなかで、当初から注目し、みずからの文学発生論を生み出すための研究課題としてきた現象でもあった。

彼は「国文学の発生」という論文を数度にわたって発表している。それらの文章は彼の処女論文集『古代研究（国文学編）』（昭4）のなかに収められている。大正十三年に書かれた「国文学の発生」の第一稿のなかで、彼は国文学における「叙事詩」の発生を次のように説いている。

叙事詩の発達に就て、焦点を据ゑねばならぬのは、人称の問題である。（略）日本紀の一部分と、古事記の中、語部《カタリベ》の口うつしに近い箇所は、叙事として自然な描写と思はれる三人称に従うて居る。時々は、一人称であるべき抒情部分にすら、三人称の立ち場からの物言ひをまじへて居る。「八千矛ノ神と妻妾との間の唱和」などが其である。（略）ところが間々、文章の地層に、意義の無理解から、伝誦され、記録せられした時代々々の、人称翻訳に漏れた一人称描写の化石の、含包せられて居る事がある。

ここで折口は、記紀歌謡において「人称の錯綜」があることを指摘している。本来、叙事詩の地の文であるはずの三人称的な情景描写のなかに、登場人物の一人称叙述や、その歌謡を伝録した語り部の主観的な語りが混入する。ここで折口は、そのような特異な現象に深い興味を抱いている。実際の例で確かめてみよう。この文章で折口が例にあげている「八千矛ノ神と妻妾との間の唱和」とは、一般的には「大国主命の沼河比売への求婚歌」とよばれる古事記所収の次のような古代歌謡である。

八千矛の　神の命《みこと》は
八島国《やしまくに》　妻枕《つまま》きかねて
遠々《とほとほ》し　高志国《こしのくに》に
賢《さか》し女《め》を　有りと聞かして
麗《くわ》し女《め》を　有りと聞こして
さ婚《よば》ひに　あり立たし
婚《よば》ひに　あり通《かよ》はせ
太刀《たち》が緒も　未《いま》だ解かずて
襲《おすひ》をも　未《いま》だ解かねば
嬢子《おとめ》の　寝《な》すや板戸《いたと》を
押《お》そぶらひ　我《わ》が立たせれば

（…………以上A）

引《ひ》こづらひ　我《わ》が立たせれば
青山に　鵼《ぬえ》は鳴きぬ
さ野《の》つ鳥　雉《きぎし》はとよむ
庭つ鳥　鶏《かけ》は鳴く
心痛《うれた》くも　鳴くなる鳥か
この鳥も　打ち止めこせぬ
いしたふや　海人馳使《あまはせづかひ》　（…………以上B）
事の　語り言も　こをば　（…………以上C）

この歌謡を、このように便宜的に三つの部分に分けると、折口のいう「人称の錯綜」という現象はよりよく見てとれるようになるだろう。

歌謡の詠い出しであるAの部分では、この叙事的な歌謡の主人公である「大国主命」（八千矛の神の命）が、妻を求めて各地を巡行し、一人の女性を見初めた経過が客観的に描写されている。この部分は「叙事として自然な描写と思はれる三人称」（折口）に従って叙述が進められているのである。

このような三人称的な客観描写は、Bの部分に入るに従って、なめらかに、大国主命の一人称的な発語に変化してゆく。すなわちそれは、「押《お》そぶらひ　我《わ》が立たせれば／引《ひ》こづらひ　我《わ》が立たせれば」の部分に見られる「我《わ》」という自称代名詞の突出によって明白なものになっていよう。ここで大国主命は「うれたくも」といった感情語を用いて、夜明けの到来を憂う自分の心情を吐露している、といってよい。このBの部分に至って、三人称的な描写は一人称的な心情吐露に変化している。

しかしながら、この歌謡はこれで終る訳ではない。Cの部分の表現「いしたふや　海人《あま》馳使《はせづかひ》事の　語り言も　こをば」（海人馳使がこの物語を語り部としてお話し申します）という部分は、「海人《あま》馳使《はせづかひ》」（漁民出身の雑役官人）という語り部によって語られた、ということこの歌謡の来歴を証言している部分である。つまり、この部分は、聞き手に対して語り部自身が発話していることになろう。先のBの部分が歌謡の登場人物である大国主命の一人称的な心情吐露だとすれば、このCの部分は、この歌謡を語り伝えた語り部の一人称的発語であるということになる。

三人称的な描写から大国主命の一人称へ。さらに、大国主の一人称から語り部の一人称へ。この歌謡において人称は、二度にわたってゆるやかに変換してゆく。折口が注意を促しているのは、古代歌謡におけるこのような人称の転換の問題だったのである。

先の部分に続いて、折口はさらに次のように言う。

> 一人称式に発想する叙事詩は、神の独り言である。神、人に憑《かゝ》つて、自身の来歴を述べ、種族の歴史・土地の由緒などを陳べる。皆、巫覡の恍惚時の空想には過ぎない。併し、種族の意向

の上に立つての空想である。而も種族の記憶の下積みが、突然復活する事もあつた事は、勿論である。

（国文学の発生　第一稿）

ここで折口は、叙事詩の三人称的な表現のなかに混入する一人称的な発語表現（先の例でいえばBの部分）を、「神の独り言」（神語）として捉えなおそうとしている。「巫覡」（ふげき、巫女）が、神を讃える叙事詩を歌う。彼女は次第に恍惚状態に入る。彼女に神が憑依し、恐山のイタコのように、彼女は神自身の言葉を語りだしてゆく。折口は、古代歌謡をそれが詠われたであろう場に置きなおしてみることによって解釈しようとした。その結果見えてきたのは、古代歌謡の叙述は客観的に語りだした巫女がしだいに神憑りに入ってゆく過程を記録したドキュメントなのだ、ということであった。

このような着想をその後折口は整理して「よごと・のりと」論にまとめあげてゆく。それが彼の文学発生論の基盤となったことは周知の事実だ。が、私たちがここで注目しなければならないのは、折口がその「人称の錯綜」のなかに歌の根源的なエネルギーを感じとっていた、という点である。

折口は、三人称表現に混入する神の一人称を、現象的には「巫覡の恍惚時の空想には過ぎない」と言い放つ。しかしながら、その「恍惚時の空想」は巫女の個人的な妄想ではない。折口は、その巫女の「恍惚時の空想」のなかに巫女という個人的存在を超えた「種族の意向」を見る。それは同時に「種族の記憶の下積みが、突然復活する」ことでもある。古代の共同体のなかで蓄積されてきた汎個人的な神の物語が、憑依状態のなかで、神自身の言葉として姿を表す。折口にとって歌とは、歌うということの恍惚を通して、個人を超えた共同体の物語と一体化することに他ならなかったのである。折口が、彼の文学発生論を生み出すために執拗にこだわった「人称の錯綜」という現象。それは、歌うという行為のなかで、個人が、個人を超えた共同体の物語に出会うことの証左でもあったのだ。

しかしながら、折口は、単に学術的な探求のみによって、このような発想に至りついた訳ではない。このような着想の根源には、歌びととしての釈迢空のプリミティブな体験の裏づけがあった。「人称の錯綜」という現象のなかに「神の独り言」を見出す。金田一京助の回想によれば、折口がこのような着想を得たのはかなり早く大正八年のことだったという。折口は金田一のアイヌ叙事詩の講義を聞いて「わかりました、アイヌ文学の一人称叙述は、つまり神語……託宣の形なんですね」と叫んだ、という（折口さんの人と学問・昭29）。このエピソードが真実だとすれば、彼はすでに大正八年の時点で歌のなかにおける「人称の錯綜」に注目していたことになろう。

この時期、折口は、釈迢空の名でアララギに参加している。彼はそのなかで実作者として活動していたのである。大正八年五月、迢空は「アララギ」に「万葉調」という一文を載せている。それは、その前年から「アララギ」誌上で行われてきた斎藤茂吉との「調べ」に関する論争に対する迢空サイドのからの総括として書かれた文章である。そのなかで、迢空はみずからが歌う理由を次のように述べている。

古い歌を口ずさんでゐると、神憑《カミガヽ》りでもした気になる。古人の強い息の力が、われ〳〵の動悸を昂ぶらせるのである。内容を整理する熕しの力は、気分として一首の上に働く。内容は如何にともあれ、此気分が歌の歌たる力として、われわれに神憑《カミガヽ》りを現ずるのである。（略）我々は強い息の力に圧せられる様な、万葉調に、一本気な、はりつめた、鳴りわたる生の力を寓するのである。

（万葉調「アララギ」・大8・5）

歌を口ずさんでいると、神憑りでもした気になる……。学者以前の釈迢空が、歌というものにどのような魅力を感じていたか、ということが如実にわかる一文だろう。

学者・折口信夫が、歌のなかに「人称の錯綜」をみとめ、それを自らの学問の課題としたこと。叙事詩のなかに現れる一人称叙述を神憑りになった巫女の言葉としてとらえ、そこに個人を超えた共同体の物語を感じとったこと。折口の学問的な出発の画期となったそのような着想の背景には、歌うことによって神憑りでもした気になる、という歌びと・釈迢空の、素朴でプリミティブな体験があった、といってよい。

釈迢空の歌における「人称の錯綜」。それは、迢空にとって必然的なものであった。迢空は、歌うことによって共同体の物語のなかに、ちっぽけな個人としての自己を放擲しようとした。その共同体を「日本」という名で呼ぶか否かは措くとして、歌うことによって個人を超えたものに触れようとした迢空にとって、人称などという概念は、所詮、拘泥するに足りぬさかしらに過ぎなかったのである。

ことばの根底にあるもの

1

釈迢空の作品を読むとき、私たちは彼の作品の背後に流れる不気味な音に心を奪われてしまう。たとえば、彼の小説「死者の書」（昭14）の冒頭部もそのような魅力を湛えた部分である。

彼《カ》の人の眠りは、徐《シヅ》かに覚めて行つた。まつ黒い夜の中に、更に冷え圧するものゝ澱んでゐるなかに、目のあいて来るのを、覚えたのである。

したした　した。耳に伝ふやうに来るのは、水の垂れる音か。たゞ凍りつくやうな暗闇の中で、おのづと睫と睫とが離れて来る。

全体的に主語が明らかではない不思議な文章である。が、その中でも特に不気味なのは「したしたした」という擬音だろう。「しとしと」でも「ひたひた」でもない「したしたした」という擬音。それは私たちの耳には聞き慣れない異様な音として響いてくる。

しかしながら、ここでさらに特徴的なのは、この文章において「したしたした」という音の主体が示されていないということだ。この擬音に続く「耳に伝ふやうに来るのは、水の垂れる音か」という一文はおそらくこの小説の主人公である滋賀津彦（大津皇子）の心中語として解釈するべきだろう。確かに、滋賀津彦はここでこの音を「水の垂れる音」と推定してはいる。が、それは確定的な判断ではない。ここでは「したしたした」という音が何の音であるか明確には示されていないのである。

このような文章を読むとき私たちは非常に宙ぶらりんな感覚に襲われる。主体が明示されないまま、私たちに提示される「したしたした」という擬音。対象物が示されない分、その音はより直接的に、より赤裸々なかたちで私たちの聴覚を刺激する。この擬音は、水の垂れる音のように私たちによって聞きなされると同時に、徐々に目覚めてくる滋賀津彦の意識のあり方を示す擬音でもあるかのように聞こえてくる。対象物を持たない「したしたした」という擬音はその音自体、深い象徴性をもった音として働きだすのである。

「死者の書」に登場する象徴的な擬音はこればかりではない。

こう　こう　こう。こう、こう、こう。
をゝう……。をゝう……。

これらは当麻の山中で滋賀津彦が出会った修行者たちの声である。しかしながら、これらの音は、声とも、言葉ともつかない混沌とした不気味さを持っている。なにかそのなかで言葉になる以前の人間の情動のようなものが蠢いている声。「死者の書」に通底するのはこれらの声とも、言葉ともつかない不気味な音が醸しだす雰囲気なのだ。

思えば、釈迢空は、その文学的な出発の時点からこのような特異なオノマトペをしばしば作品上に登場させてきた。それは『海やまのあひだ』に収録されていない以下のような彼の最初期の歌々を見ても明らかである。

ゐら〳〵にゐひてほぎ歌まをす時こゝろあがれり青雲のうへ（明41）
ひそやかにものいひゐまひつぶ〳〵とかたらふけふのなにぞさびしき（明44）
おもひ出はをかしうけぐつ廊にひくぼそろ〳〵の音も聞こゆれ（明44）
つぶら石つぶ〳〵ならぶ　みくまのゝ山家の屋根にさせる　うす月（大2）
あさましく目にはだかりけた〳〵とわらふ子ありし船路をおもふ（大2）
ふる〳〵と笛ふきなげき青ざめてうたふは旅のあはれなること（大2）

ねぐるしきさ夜のくだちにのろ〳〵と声ぞ聞こゆる前磯の島　（大2）
ゆくら〳〵波もてあそぶ舟の上子らにをしへぬからうたのふし　（大2）
ほう〳〵とありその畠に鳥おひしかのこゑ聞ゆたそがれ来れば　（大2）

「ゑら〳〵」「つぶ〳〵」「ぼそろ〳〵」「つぶ〳〵」「けた〳〵」「ふる〳〵」「のろ〳〵」「ゆくら〳〵」「ほう〳〵」。十代後半から、二十代前半にかけて作られたこれらの歌のなかにある特異な擬音群。このような擬音の頻出は、第一義的には、彼の特異な聴覚や感覚に原因を求めるべきだろう。が、それだけでは解決できない何かがここにはある。なぜ彼は、ともすれば情景を描写する力を阻害しがちなこれらの擬音を頻繁に歌に導入するのか。その原因を探るためには、この当時の彼の言語観を確認しておかなくてはなるまい。

2

平成七年（一九九五年）から刊行されはじめた新しい『折口信夫全集』のなかには、旧全集には未収録の興味ぶかい彼の論考があらたに収録されている。彼の言語論を集めた第十二巻のなかに収められた「用言の発展」もまた、旧全集には未収録の論考である。明治四十一年、まだ二十一歳の折口信夫が書いたこの論考のなかには、彼の最も原初的な言語観が如実に現れている。

彼はこの中で、形容詞・動詞・副詞などが「動詞でもないまた名詞でもないが、また動詞にも名詞にも融通して用ゐられる語」から派生したものと考えている。彼によればそれは「感嘆詞に近い」「まづ体言となづくべきもの」である。彼は、語の根本を形成しているものという意味でそれを「語根」と名づける。たとえば「静か」「下枝《しづえ》」「沈む」「雫」という一見異なった語は、すべて「しづ」という語根から派生したものとして位置づけることができるというのだ。

このことをより明確に表すために、彼はこの論文で次のような図を提示している（数字は大辻）。

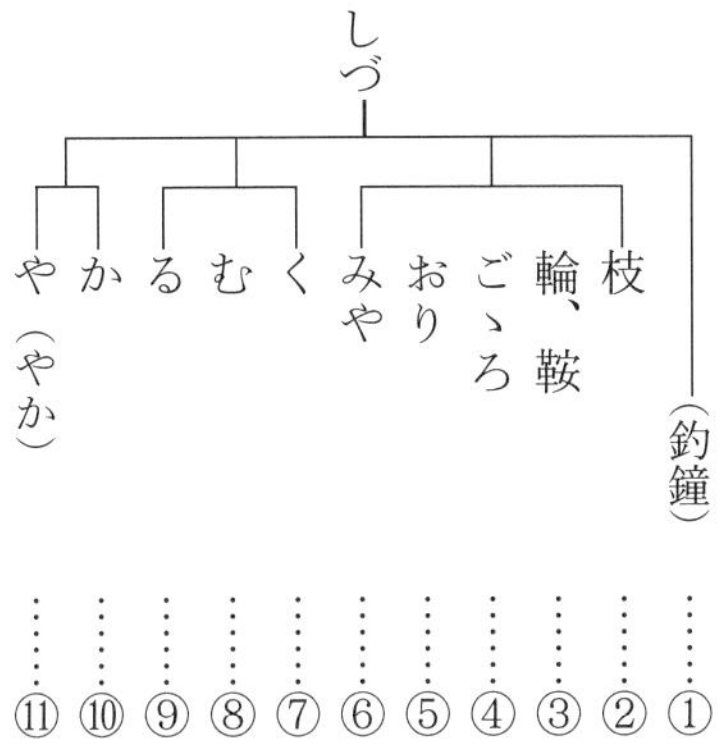

彼の意図にしたがって、それぞれ語の辞書的な意味を確認しておく。

①「鎮」（しづ）
重り、おもし。「鎮石」（しづし）という形で用いられる場合もある。

②「下枝」（しづえ）
下方にある枝。したえだ。

③「後輪・後鞍」（しづわ）
馬具、鞍の後方の高くなった部分。

④「静心」（しづごころ）

⑤「倭文織」（しづおり）
奈良時代以前に渡来した日本風の織物のこと。

⑥「志都宮」（しづみや）
神社の名前。折口によれば出雲国造神賀詞にその用例があるという。

⑦「沈く」（しづく）
石や珠が水の底に沈みつく。名詞化したものが「雫」。

⑧「沈む」（しづむ）

⑨「垂る」（しづる）

木の枝から雪などが落ちる。

⑩「静か」（しづか）

⑪「静やか」（しづやか）

「下枝」「静心」といった名詞、「沈む」「沈く」といった動詞、さらには「静かなり」「静やかなり」といった形容動詞。折口はこれらの語群には共通した「下にしづむ様な心もち」がある、という。彼は一見何の関係もないと思われるこれらの語の間に、「下にしづむ様な心もち」という共通した気分が付随していることを指摘し、その下方へと沈潜するような気分こそが「しづ」という語根の根本的な意味だと説くのである。ここにおいて品詞に分類される以前の「しづ」という混沌とした音は、下方へ沈潜するこころのあり様と一体化した音として体感されることになるだろう。執拗に語根を解明しようとした彼の思考の背後には、語根にまつわる根本的な情緒を追体験しようとする彼の志向があったのである。

折口が語根として示しているのは「しづ」ばかりではない。彼はこの論文において、実に多数の語根を見つけだしている。代表的な語根とそこから派生した語を箇条がきにすると以下のようになる。

①「おろ」＝「うろ」

愚か、うろつく、うろたえる、うろ覚え

②「うぐ」（うご）＝「むく」（もこ）

動く、うごむ（埋む）、蠢く、むくつけし、むくむ、むくむくし

③「すす」

進む、すさむ、すさまじ、すずろ

④「かく」

囲む、隠す、囲う、かこやか

「しづ」「おろ」「うご」「むく」「もこ」「すす」「かく」。折口がこの論文で指摘している語根をこのように抜き出してみると、彼のいう語根とは、彼の短歌や創作に頻出する彼の擬音表現と非常に近しい感触を持っていることに気づかされる。

それればかりではない。これらの音はどこか私たちの肉体を揺り動かす力をもっている。たとえば、私たちは「しづ」「しづしづ」といった音の響きのなかに、何か心が沈潜する感覚を感じるだろう。また「おろ」「おろおろ」という音には、何か足元が覚束ないような動揺を覚え、「むく」「むくむく」という音には、何か蠢動しているような動きを想像する。これらの音は、私たちの肉体の深部にある情動をたしかな形で呼び起こすのである。

折口は音に触発されることによって生まれてくるこのような混沌とした情動に言語の原初形を見

ている。名詞・形容詞・動詞・副詞といった明確な品詞に分化する以前の、情動と言語の混沌とした結びつき。折口は、その混沌とした語根から、日本語という言語体系が展開されてくるさまを明らかにする。折口の言語観の根底には、このような語根論があったとみてよい。

しかしながら、私たちはこの言語観を、論理的な手順のみによって作り出されたものと見てはならない。ここには四歳で百人一首をすべて暗唱し、十四歳で『言海』を精読して暗記したという折口の広汎な言語体験があろう。その広汎な言語体験のなかで培われた言語的な直観をとおして、折口はみずからの語根論を発展させていった。若き折口信夫は、言語発生以前の混沌とした情動のなかにごく自然に身を浸し得る能力をもっていたのである。

この「用言の発生」（明41）以後、彼はここで示した彼の語根論を「日本品詞論」（大4）「熟語構成法から観察した語根論の断簡」（昭6）「形容詞の論」（昭7）と生涯を通して発展させ充実させてゆく。まるで自らが体験したかのように古代を語り、まるで自らがその場を見たかのように国文学の発生を説いてゆく折口の自信に満ちた態度の背後には、このような語根の発見があったといってよい。

3

釈迢空は短歌や詩のなかになぜ擬音表現を頻出させたのか。その問題は、彼の語根論を再確認することによって明らかになってくるだろう。

彼の擬音表現は、いわば言語以前の情動が生な形で表出している声である。彼は、そこに言葉になる以前の語根と同じものを見ていたに違いない。彼は、語根と通底する擬音表現をみずからの作品のなかに意識的に導入した。そのことによって、彼は、彼自身の肉体に潜んでいる根源的な情動を揺り動かそうとしていたのではないか。彼の用語を使えば、彼にとって擬音の使用は「たまふり」としての機能をもっていたといってもよい。その意味で、彼の語根論は彼の古代想起の一方途であった。

が、その一方、それとは一見矛盾しているようではあるが、この語根論は「歌の円寂する時」(大15)などで示された彼の短歌円寂論の理論的な背景ともなっているようにも思われる。

私たちは日頃、根なし草のように軽薄な口語を使って生きている。しかしながら、先に見たように、そのような口語にさえ語根は生きているのだ。「静かだ」という言葉には語根「しづ」によって保持されている沈潜する思いが、「動く」という語には語根「うご」「むく」によって保持されている動揺する気分がいまなお息づいている。語根に内包された根源的な情動はいまなお不変だ。万葉以前の古語の根底に生きていた情緒は、それと同様の語根をもつ現代語にも生きている。釈迢空は、語根論をとおしてそのような確信を抱いたのかもしれない。

一方で古語の復活を唱えながら、その一方で口語使用の有用性を説く迢空の一見矛盾した姿勢の根底には、彼のこのような語根に対する鋭い洞察があった。そのような確信に基づいて、彼は「砂けぶり」（大14）に見られるような、新たな口語定型詩の可能性を模索していくことになる。

折口・釈迢空の語根論は、古代想起の方途であると同時に、新しい詩型をつくり出すための理論的な保証でもあったのだ。

呪われたみやこびと

1

加藤治郎は「『桗蔭集』の時代」（「未来」平10・3）のなかで、島木赤彦のなかに「反都市としての自然」という理念があったことを指摘している。大正末期の赤彦は「寂寥相」という名のもとに、静謐な自然詠を作り続けてゆく。加藤は、その赤彦の姿勢のなかに「自然を征服することを知つて、自然を尊重することを忘れ」（目に見えるもの　大12）た現今の都市文明に対するアンチテーゼの提示を見ようとするのだ。

興味ぶかい見方だと思う。特に大正末期から昭和初期にいたる短歌の変遷を「都市」の成立から考えてみることは意味のあることだろう。島木赤彦に代表される大正末期の自然詠が、当時隆盛を極めつつあった都市文明へのアンチテーゼだとすれば、プロレタリア短歌やモダニズム短歌に代表される昭和初年の短歌は、歌人たちが自らを都市生活者として規定し、直視するところから生まれた「都市の詩」であったといってよい。大正末期から昭和初期にいたる一九二〇年代の短歌を、赤彦に代表される「反都市」の立場から「都市の直視」への移行として理解することも可能なのだ。

大正が昭和に改元される直前に書かれた釈迢空の「歌の円寂する時」（大15）はそのような時代の移行を如実に表している文章である。その中で迢空は短歌には都市を中心とした「新時代の生活」が、従来の短歌形式のなかには盛り込み難いことを指摘している。

（短歌は）古典なるが故に、稍変造せねば、新時代の生活はとり容れ難く、宿命的に纏綿してゐる抒情の匂ひの為に、叙事詩となることが出来ない。これでは短歌の寿命も知れて居る。戯曲への歩みよりが、おそらく近代の詩の本筋であらう。叙事詩は当来の詩の本流となるべきものである。此点に持つ短所の、長所として現れてゐる短歌が、果して真の意味の生命を持ち続けるであらうか。（歌の円寂する時）

現行の短歌形式では、生活を赤裸々に描写する叙事は不可能である。したがって「新時代の生活」や思想を叙事的な形で描きだすためには、現行の短歌形式を「変造」することが不可欠なのだ……。この文章から感じられるのは、従来の短歌形式に拘泥しているかぎり「新時代の生活」を叙事的に描くことは不可能なのだ、という迢空の短歌に対する厳しい認識である。短歌に深く執着した迢空をこのような厳しい認識に駆り立てたものは、いったい何だったのか。

2

アララギ同人時代の迢空にとって大きな意味をもった出来事のなかに、大正七年に行われた斎藤茂吉との論争がある。それは、迢空が「アララギ」の大正七年三月号に発表した次のような連作を茂吉が批判したことから始まる。

お久米が子二階に来ればだまつてゐるこはきをぢにて三とせ住みたり
わが弟子とお久米が針子かどに逢ふ出あひがしらの顔いかならむ
わが怒りに会ひてしをるゝ一雄の顔見てゐられねば使ひに起《タ》す
家なる子今は寝《ネ》ぬらむ。こほる夜を赤き電車もはや過ぎにけむ
畑なかの藪にひらめくものゝ影。ぱつとあらはれて女逃げゆく

釈迢空

全百首という大連作から特徴的な歌を抜き出した。ここに描かれているのは、小石川金富町の下宿の主人の家族や共同生活をしていた教え子たちとの濃密な交流の様子である。除夜の夜の東京の町を背景にしたこれらの歌には、むっとした体臭を感じさせるような市井の濃密な人間関係がある。

沼空は「だまつてゐるこはきをぢ」「出あひがしらの顔」「ぱつとあらはれて」といった大胆な口語を用いて、その交流の様子を叙事的に描きだす。それは、静謐な自然詠が中心をなしつつあった当時のアララギの中ではきわめて異質な歌であったといってよい。

このような口語を用いた人事詠が、すでに『あらたま』の蕭々とした境地を完成していた茂吉に受け入れられなかったのは当然かもしれない。彼は「釈沼空に与ふ」(「アララギ」大7・5)という文章を書き、沼空の作品の「口語的発想」を厳しく批判する。沼空の歌のなかにあるのは、アララギが理想としている「万葉びとの語気」ではなく「阿房陀羅リズム」に近い軽薄な調べにすぎない、という茂吉の批判は非常に辛辣なものであった。

この茂吉の批判に対する沼空の反応は早かった。沼空はその批判に対してすぐさま「茂吉への返事」(「アララギ」大7・6)を書き、「田舎」に生まれた茂吉と自分との違いを明確にする。

あなた方は力の芸術家として、田舎に育たれた事が非常な祝福だ、といはねばなりません。この点に於てわたしは非常に不幸です。軽く脆く動き易い都人は、第一歩に於て既に呪はれてゐるのです。(略)万葉は家持期のものですらも、確かに、野の声らしい叫びを持つてゐます。その万葉ぶりの力の芸術を、都会人が望むのは、最初から苦しみなのであります。

(茂吉への返事)

ここに現れ出ているのは、アララギの文学理念に対する迢空の根本的な違和感であるといってよい。「あなた方」、すなわち、茂吉をふくめたアララギの同人たちは、「田舎」に育った人間であり、生まれつき万葉集の「野の声らしい叫び」と親和性をもつ。それに対して、自分は「軽く脆く動き易い都人」であり、万葉的な「力の芸術」を求めることは生来的に難しい。その意味で自分は「呪はれた」「都人」である。ここには、大阪という都会で育った迢空の都会人として深い自覚がある。

しかしながら、興味ぶかいのは、迢空はここで自分の「みやこびと」としての苦しさを日本の近代の問題と結びつけて述べていることである。

日本では真の意味の都会生活が初つて、まだ幾代も経てゐません。都会独自の習慣・信仰・文明を見ることが出来ない、といふことは、かなりた易く、断言が出来ます。そこに根ざしの深い都会的文芸の、出来よう訳がありません。日本人ももつと、都会生活に慣れて来たなら、郷土(郷土の訳語を創めた郷土研究派の用語例に拠る)芸術に拮抗することの出来る、文芸も生まれることになるでせう。(略)都会人なるわたしどもはかういふ方向に、力の芸術を掴まねばならない、といふ気がします。(同)

日本においてはまだ都会生活が定着していない。それ故、「郷土芸術」に対する「都市的文芸」が成立するためには、もう少し日本人が都会生活に慣れるための時間が必要である。日本人が都会生活に習熟したとき「郷土芸術」とは異なった形式をもつ都会的な「力の芸術」が成立するにちがいない。自分の作品は、未来の都会的な「力の芸術」のさきがけなのだ……。ここには「郷土芸術」の典型である茂吉たちアララギの歌人たちに対する激しい対抗意識と、都会人としての迢空の自負があったといってよい。

さらに迢空は、茂吉たちが自分たちの護符のように繰り返す「力の芸術」に対しても異を唱える。

> 力の芸術という語は、あなたと、わたしとでは、おなじ内容を具へてゐないかも知れませぬ。わたしの「ますらをぶり」なる語に寓して考へた力は、所謂「たをやめぶり」に対したものです。人に迫る力がある、鬼神をも哭かしめるに足るなど評せられる作品の中にも、「ますらをぶり」の反対なものも随分とあります。（略）わたしはあまり多くの人の歌を読み過ぎました。他人の歌に淫し過ぎました。為に、世間の美学者や、文学史家や、歌人などの漠然と考へてゐる短歌の本質と、大分懸けはなれた本質を握つてゐます。其為に、りくつとしては「たをやめぶり」も却けることが出来ませぬ。　（同・傍点迢空）

迢空は、茂吉たちとは異なった短歌の本質を掴んでいる。茂吉たちのいう「ますらをぶり」は、短歌の本質の一部であるに過ぎない。「たをやめぶり」もまた短歌の本質である。少壮の国文学者としての豊富な知識に裏づけられた迢空のこの発言は自信に満ちている。

国文学者としての彼はこの時期、のちに『古代研究』（昭4）に纏められる論考を発表しつつあった。文学の発生を信仰のなかに求める彼の古代和歌理解は、純朴・雄渾という側面だけで古代人を理解しようとしたアララギの万葉学とは根本的に異なっている。迢空は、アララギの主張によって歪められた茂吉たちの一面的な古代理解に対して鋭い疑義を提出しているのである。

なぜ迢空がアララギを去らねばならなかったか。その原因は、彼がアララギに入会した翌年に繰り広げられたこの論争のなかに、すでに明確に表れている。都市生活からあえて目をそらし「田舎」の農耕生活のみに基礎を置こうとするアララギの「反都市」主義や、短歌の本質を「強い語気」「ますらをぶり」のなかに見ようとするアララギの古代理解に、迢空は歪みを感じたのだ。彼は、アララギが内包していた日本特有の近代主義的なイデオロギーに、直観的な拒否感を感じていたといってよい。迢空が茂吉との論争において主張した「都会的文芸」と「たをやめぶり」は、アララギのイデオロギーに対する迢空なりの批判でもあったのだ。

3

大正十五年三月の島木赤彦の死は、同時にアララギのイデオロギーの死でもあった。迢空は彼の死のなかにアララギのイデオロギーの終焉を直観的に悟ったにちがいない。彼はアララギが主導した「万葉復興の時勢」が成し崩し的に崩壊していった様を次のように総括する。

子規以来の努力は、万葉びとの気魄を、今の心に生かさうとすることにあつた。さうした「アララギ」歌風が――新詩社盛時には、我ひと共に思ひもかけなかつた程に、――世間にとり容れられ、もてはやされた。（略）併しその影響から、万葉の気魄や律動を、適当に感じ、受け容れることの出来る様になつたとしても、短歌の作者が、必しも皆強く生きて居るものとは、きめられない。事実、流行化した文芸復興熱にひきずられた盲動に過ぎなかつたことは、悲観する外はない。

（歌の円寂する時）

アララギの歌人たちが、必死になって万葉集の「ますらをぶり」を模倣し、近代化する都市生活に背を向けようとしても「短歌の作者が、必しも皆強く生きて居るものとはならない」。たとえ万葉の「ますらをぶり」を模倣しようと、歌人の生活はそれとは逆に、成し崩し的に都市化してゆく。迢空が見ていたのは、アララギの主張する「ますらをぶり」と、歌人の近代生活との間にある深い矛盾である。そして、そのような矛盾にうすうす気づきながら「寂寥相」を唱え「反都市」の立場を墨守しようとしたアララギの弥縫的な態度の醜さである。赤彦の死が象徴的に表しているのは、そのアララギの弥縫策が、もはや再興不可能なほどほころびているという事態であった。アララギの「反都市」主義の欺瞞が、成るべくして崩壊してゆくさまを、迢空は、冷徹な歴史観でもって見つめていた、といってよい。

都会の生活を享受している我々、「みやこびと」である我々にとって、古代生活と一体となった万葉の声調や律動を回復することは、もはや実現不可能な夢想にすぎない。それが夢想にすぎないことを知っているのなら、いたずらに万葉復興の夢に浸ることは自分たちには許されない。万葉集に対する愛情を断ち切って、都市化した生活そのものが醸し出す生命の律動に身を任すしかない。たとえ、それが短歌形式の円寂につながろうとも、「みやこびと」の我々の前には歴史的な必然が指し示す、そのような一本道しか残されてはいないのだ。迢空は、そのような厳しい歴史観のもとで、愛して止まない短歌に円寂の姿を見るのである。

思えば迢空は、数え年九歳の時から短歌に親しんできた。短歌のリズムは、迢空の肉体と一体化していたといってよい。日本にとって「ごおすと」のような短歌定型を体現していた古代人迢空は、その一方同時に、まぎれもない「みやこびと」の自覚をもった近代人として生活せざるを得なかった。古代人であり、かつ、都会人であった迢空の内面には、その矛盾に対する身を引き裂かれるような思いがあったはずである。

　ことしは寂しい春であつた。目のせゐか、桜の花が殊に潤《ウル》んで見えた。ひき続いては、出遅れた若葉が、長い事かじけ色をしてゐた。畏友島木赤彦を、湖に臨む山墓に葬つたのは、さうした木々に掩はれた山際の空の、あかるく澄んだ日である。　（同）

「歌の円寂する時」という文章には、全編を通じて、透明な悲しみが流露している。その悲しみは、近代という軽薄な時代のなかで、短歌を担うことを運命づけられた、呪われたみやこびと釈迢空の、心の底にあった悲しみに他ならない。

トポスとしての大阪

1

釈迢空の初期歌篇を読んでいると不思議な感覚に襲われることがある。次のような歌を読むときもそうである。

朝もよしきたなし人の頰ぞにくきうぬしやがつたな石なげうたむ　（明36）

一読、危うい印象を受ける歌である。その印象は、どうやらこの歌で用いられている語彙の多様性に関係しているようだ。「朝もよし」という枕詞（初句）。「きたなし」という口語的な雰囲気を持つ言葉（第二句）。「頰《ほ》」という古代語（第三句）。さらには「うぬしやがつたな」という大胆な現代口語（第四句）。この一首では、各句にそれぞれ成立年代の異なる単語が用いられている。それによってこの歌の文脈は、古代（初句）→現代（第二句）→古代（第三句）→現代（第四句以下）というように小刻みに変化していると見てよい。この一首に私たちが感じる危うさは、そんな語彙の時代背景の多様性がもたらす落ち着きのない文脈によるものなのだ。

古代語と近現代語を混用した迢空の歌は、もちろん、この一首にとどまるものではない。迢空は、その習作期に次のような異様な歌々を何の違和感もなく作り続けていたのである。

みよしのゝ吉野の花のちよつとづゝいぢりぎたなく春たちにけり　A（明36）
野の径の三つまた辻の地蔵堂尊者が眉目けろりとぞせし　A（明37）
みゝなしの見かほし姿およずけてわが世の春のむたくだちゆく　A（明38）
筍のくふにうまけくけだしくもむざとくへばかいのねらえざる　B（明38）
夕やけや野末の牧の乳牛の戸に入る肩を吹いて来る風　B（明38）
蛆たかれ身潰えとろゝぎいなしこめしこめき人も癒えてかへる国　A（明38）
坂むかへ子らは手づから袖をふるやゝに近づくサ、ヤアトコセ　B（明38）

Aは現代口語を大胆に用いた歌、Bは記紀万葉の古代語を用いた歌である。迢空十代の作品群である。

このような初期歌篇を読むとき、私たちは、迢空の語彙の広汎さに驚かざるをえない。B群の歌々に用いられている「いのぬ」「とろろぎ」「しこめし」といった言葉は、記紀万葉でも登場頻度の低い言葉である。研究者以外には意味を察しえないような難解な古代語を、十代の少年である迢空はここで自由に使いこなしてしまっている。そこに私たちは、四歳で百人一首の歌をすべて暗唱し、十四歳で『言海』を精読して暗記をした、という彼のおどろくべき語彙力の片鱗を見る。

が、さらに驚くべきことは、当時の彼がこれらB群の歌と平行して「ちよつとづつ」「けろり」といった現代口語を導入したA群の歌を数多く作っていることである。特に、明治三十八年の歌篇には、A群の歌とB群の歌がほとんど交互に出現してくる。もちろんそこには、少年歌人特有のさまざまな作歌的な冒険があるのだろう。が、それを差し引いたとしても、迢空における古代語と現代口語の混用はあまりに頻繁である、といわなければならない。

常識からいえば、「けだしくも」「いのぬ」という語を美しいと感じる言語感覚と、「ちよつとづつ」「けろり」という語を美しいと感じる言語感覚は、対極的なものであって両立は不可能だ。約千二百年の時間差を持ち、それぞれに特有の歴史的な背景を持つ古代語と現代口語を、このように平行的に用いる迢空の言語感覚は、私たちからすれば、かなりグロテスクなものに感じられる。にもかかわらず、冒頭に挙げた「朝もよし」の歌のように、迢空の歌においては、古代語と現代口語は何の違和感もなく共存させられてしまうのだ。

古代語と現代口語がそこにおいて共時的に立ちあらわれてくる「場」(トポス)。少年迢空にとって、短歌の定型空間はそのような「場」だったのではなかったか。短歌のなかで、そのような言語空間を体験する。それこそが、迢空のプリミティブな言語体験だったのかもしれない。

2

迢空は明治四十二年にアララギの歌会に参加し、アララギの一員となっている。万葉集を聖典とあおぐ斎藤茂吉や島木赤彦らにとって、少壮の国文学者である迢空の学識は、自分たちの聖典の正当性を保証するための最高の護符であった。彼らは迢空を厚く遇し、大正六年には三十一歳の迢空を同人に推し、選歌欄を担当させている。迢空もまた、彼らの期待に応うべくアララギの文学理念を補強する戦略的な文章をアララギ誌上に多数発表してゆく。

しかしながら、アララギの文学理念を補強しようとして書かれたそれらの迢空の文章は、茂吉たちの歌論とは微妙に異なっている。

われ〳〵の時代の言語は、われ〳〵の思想なり、感情なりが、残る隈なく、分解・叙述せられてゐるもので、あらゆる表象は、悉く言語形式を捉へてゐると考えてゐるのである。けれども此は、おほざつぱな空想で、事実、言語以外に喰み出した思想・感情の盛りこぼれは、われ〳〵の持つてゐる語彙の幾倍に上つてゐるか知れない。若し現代の語が、現代人の生活の如何程微細な部分迄も、表象することの出来るものであつたなら、故《ことさ》らに死語や古語を復活させて来る必要はないであらうが、さうでない限りは、更に死語や古語も蘇らさないではゐられない。

（古語復活論「アララギ」大6・2）

古い歌を口ずさんでゐると、神憑《カミガヽ》りでもした様な気になる。古人の強い息の力が、われわれの動悸を昂ぶらせるのである。内容を整理する熾しの力は、気分として一首の上に働く。内容は如何にともあれ、此気分が歌の歌たる力として、われわれに神憑りを現ずるのである。

（万葉調「アララギ」大8・5）

このような文章のなかで迢空は、現代語では語ることのできない自分の心に潜む感覚について述べている。「現代人」である自分のなかにある「微細な部分」。彼が心の深層に潜んでいるその微細なものに気づくのは、「古い歌を口ずさんでゐる」ときなのだ。古い歌にある古語の響きが、自分のなかにある精神的な古層を揺り動かす。迢空のいう「神憑《カミガヽ》り」とは、そんな言葉と精神とが密着するような事態である、といってよい。古語の響きが醸しだす「神憑《カミガヽ》り」に自分の身を浸すこと。迢空は古語の影響力のなかに受動的に身を浸すことによって、言語を身近かに感じとろうとする。

しかしながら、さらに興味ぶかいのは、古語の必要性をこのように説く迢空が、ほぼ同時に以下のような文章を書いている、という事態だろう。

短歌の上には何時も、文語即古語・死語・普通文語ばかりを用ゐてゐねばならないのであらうか。古語・死語の利用範囲も限りもあらうし、現代の文語でもだん〳〵硬化の度を増すに連れて、生き〳〵とした実感を現すことが出来なくなる。（略）譬ひ現代語の表さないものを、古語・死語が持つてゐるにしても、無限に内的過程を説明してゆくことの出来よう筈がない。我々はどうしても口語の発想法を利用せなければならぬ場合に、今立ち至つてゐるのである。

（短歌の口語的発想「アララギ」大6・3）

「口語的発想」の必要性を述べたこの文章のなかで、迢空はさらに「口語を用ゐる以上は、これまでの文語では表し了せなかつた、曲折・気分を表さなくてはならぬ」と述べる。このような発言は一見、古語の必要性を述べた先の文章と矛盾しているかのように思える。大正六年二月号に「古語復活論」を書いた迢空が、その翌月の「アララギ」で「口語的発想」の必要性を説く。それは普通に考えれば、節操のない態度にさえ見える。

が、この二つの文章において、古語と口語に対する迢空の姿勢は、実は見事に一貫している。後者の文章で迢空が主張するのは、現代口語のなかに身を浸し「生き生きとした実感」「文語では表せなかつた曲折・気分」を惹起することである。古語を口ずさむことによって内なる古代性を揺り動かされた迢空は、それと同じように、口語を口ずさむことによって現代的な「生き生きとした実感」に揺り動かされる。古代語によって「神憑《カミガヽ》り」に陥った迢空は、口語によって現代の狂騒のなかに身を浸すことになる。迢空にとっての古代語と現代口語は、みずからを憑依の状態に陥れる、という点において等価なのだ。言葉と自分との密着性。おそらく迢空は、古語であれ口語であれ、あらゆる言葉を、自分の肌にねっとりとまつわりついてくるような「身近かさ」のなかで体験していたに違いない。

迢空のこのような言語感覚は、たとえば「苦悩と嘆息との裏にある障礙を焚焼し尽すとき、予の命はぽつりぽつりと言語に乗りうつつてくる」（詞の吟味と世評「アララギ」大4・11）と壮語する斎藤茂吉のそれとは似て非なるものだろう。茂吉が、みずからの主体的な意思によって言葉を選択し、そこに「予の命」を乗り移らせようとするのに対し、迢空は、言葉のなかへ受動的なかたちで没入し、そこに古代と現代とを同時に顕現させようとする。言葉を感情表現の手段としてとらえ、主体的・能動的な態度で言語に臨もうとする茂吉と、言葉を自分との「身近かさ」のなかで体験し、それによって惹起させられた気分のなかへ受動的に没入しようとする迢空。おなじアララギに拠りながら、このふたりの間には決定的な言語感覚の違いがあった。それは、迢空がアララギを去る原因ともなる大正七年の茂吉との論争のなかにも、燻っていた違いでもあろう。

3

釈迢空は、大阪人の自覚がきわめて強い人であった。茂吉との論争のなかでも、彼はしきりに自らが都会人・大阪人であることを主張し、「力の芸術家として、田舎に育」った茂吉との違いを強調している。

三代住めば江戸っ子だ、といふ東京、家元制度の今尚厳重に行はれてゐる東京、趣味の洗練を誇る、すゐの東京と、二代目・三代目に家が絶えて、中心は常に移動する大阪、固定した家は、同時に滅亡して、新来の田舎人が、新しく家を興す為に、恒に新興の気分を持つてゐる大阪、その為に、野性を帯びた都会生活、洗練せられざる趣味を持ち続けてゐる大阪を較べて見れば、非常に口幅つたい感じもしますが、比較的野性の多い大阪人が、都会文芸を作り上げる可能性を多く持つてゐるかも知れません。（略）わたしは都会人です。併し、野性を多く遺伝してゐる大阪人であります。其上、純大和人の血も通ひ、微かながら頑固な国学者の伝統を引いてゐます。気短く思はないで、直《ナホ》く明《アカ》く浄《キヨ》く力強い歌を産み出す迄の、あさましい「妣《ハハ》の国《クニ》」の姿を見瞻つて、共にあくうざすの叫びを挙げて頂きたい、と願ふのです。

（茂吉への返事「アララギ」大7・6傍点・傍線迢空）

ここで迢空は、自分の故郷・大阪を「あさましい『妣《ハハ》の国《クニ》』」と呼びながら、「恒に新興の気分を持」ち「比較的野性の多い」大阪に「都会文芸を作り上げる可能性」を見ている。さらに、ここで彼は、自分自身を「純大和人」の血を引く人間だと考えている。

このような文章を読むとき私たちは、大阪という「野性の多い」都市の濃密な言語環境を想像せざるを得ない。

幼い迢空のめぐりには、姉や母が語る大阪の新興商家特有のはんなりした話しことばや、折口家に養子に入った父の荒々しい河内弁があった。家の人々が愛好した歌舞伎・浄瑠璃で使用される近世語があった。さらには、幼いころ里子に出された大和の方言や、大和の飛鳥坐神社《あすかにいますじんじゃ》の神主家から養子に来た祖父が語る祝詞の言葉、さらには姉・あいが入門していた国学者敷田年治の影響による古語など、古代語の面影を残すさまざまな言葉があった。幼い迢空のまわりでは、古代語・近世語・現代のさまざまな口語が、さまざまに語られていたはずだ。それは、山形の方言のなかで生まれ育った茂吉の単一な言語環境とは比べものにならないほど豊かで多彩であったに違いない。

このような言語環境のなかに、私たちは、言葉を自分との「身近かさ」のなかで感じとる迢空のあの言語感覚のみなもとを見てもよいのではないか。思うに、迢空とって大阪とは、歴史性の異なる様々な言葉がうたかたのように絶えまなく発生し消滅する濃密な「場」(トポス)にほかならなかった。歌という「場」において言葉たちと出会った少年迢空の体験を支えていたのは、異なった歴史性をもった言葉が共時的に立ちあらわれてくる大阪という濃密な「場」だったのである。

大阪、あるいは関西という土地には、数千年におよぶ日本の言葉の歴史が渦巻いている。そこでは、新旧の言葉たちが、いまなお常に現在の言葉として不断に発生しつづけている。釈迢空=折口信夫における、言葉との密着性の問題は、そのような風土と切り離して考えることのできない問題であるに違いない。

瞑想のなかの自然

アララギの自然詠は万葉集の歌を手本とするところから始まったことは、衆目の一致するところだろう。が、そのアララギの歌人たちが虚心坦懐に万葉の歌を読んでいたか、というとそうでもなさそうである。アララギにおける万葉集の受容にはどこかいびつな部分があるように思われてならない。

それはたとえば、吉野の情景を歌った山部赤人の歌を解釈するときにも、象徴的に現れてくる。

ぬばたまの夜の更けぬれば久木生ふる清き河原に千鳥しば鳴く　巻6・九二六

山部赤人を高く評価した島木赤彦は、その『短歌小見』（大13）のなかで、この歌を「澄みきった世界へ誘ひこまれる心地」を呼び起こす「赤人の傑作」と評価している。が、それは手放しの賛美ではない。彼はこの歌を讃えたあとで、次のような疑義を付け加えることも忘れない。

「しば鳴く」は「しばしば鳴く」の意です。夜半に歌うてゐるのに「久木生ふる清き川原」と明瞭に直観的に歌つたのは何のためでありませう。そこに多少の疑問がないではありません。

（歌の調子『歌道小見』大13）

たしかに現実には「清き川原」に久木が生えている情景を闇に包まれた「ぬばたまの夜」に見ることは難しい。とすれば、この歌の「久木生ふる清き川原」という表現は、実際に山部赤人がいま目にしている情景ではなく「明瞭に直観的」に歌われた想像上の情景である、ということになる。作者はいま千鳥の鳴き声という現実に感銘を覚えているにもかかわらず、現実ではない想像上の情景を歌のなかに混入させてしまっている。島木赤彦は、この歌のなかにそのような問題を見いだし、そこに不快感を感じている、といってよい。

島木赤彦ばかりではない。斎藤茂吉は、その『万葉秀歌』のなかでこの歌について次のように言っている。

この歌は夜景で、千鳥の鳴声がその中心をなしてゐるが、今度の行幸（大辻注・聖武天皇の神亀二年の吉野行幸）に際して見聞した、芳野のいろいろの事が念中にあるので、それが一首の要素にもなって居る。『久木生ふる清き河原』の句も、現にその光景を見てゐるのでなくともよく、写象として浮かんだものであらう。或は月明の川原とも解し得る、それは『清き』の字で補充したのであるが、月の事がなければやはりこの『清き』は川原一帯の佳景といふ意味にとる方がよいやうである。

（『万葉秀歌』昭13）

なんとも歯切れのわるい鑑賞である。ここで茂吉は、一方で「久木生ふる清き河原」を「写象として浮かんだもの」と言っておきながら、すぐに思いなおし「川原一帯の佳景」（実景）と言いなおしている。千鳥の鳴き声に神経を集中させている赤人が、なぜ、現実には見えにくいはずの「久木生ふる清き河原」という語を歌のなかに持ちこんだのか。ここにおいて茂吉は、先の島木赤彦と同様に、「千鳥しば鳴く」という現実と、実際には見えるはずのない「久木生ふる清き川原」の間に生じる矛盾をどのように解決したらいいのか迷っている、といってよい。

このふたりに共通するのは、一首の歌をあくまで現実の情景を再現したものとして読もうとするリアリズム的な読みである。ふたりは何とかしてこの歌を現実に即した歌として読もうと努力し、それが上手くいかないことに苛立っているのである。

アララギの歌人たちは、たしかに万葉集の叙景歌を高く評価した。が、それは古代の歌を近代のリアリズムの視点から解釈したものであった。したがって、現実の情景として受け取ると矛盾が生じてくるこの赤人の歌は、彼らの読みではどうしてもうまく読み解けないものであった。赤彦や茂吉は、万葉人たちが自分たちと同じようなリアリスティックな目で自然を見ていたと信じようとしていたのである。

しかしながら、現代人である私たちの目に映っている自然と、万葉人の目に映っていた自然は、実は別ものだったのかもしれない。古代人の目には私たちと全く違う姿で、山や木や緑が映っていたのかもしれない。アララギ出身でありながら、そのような形でアララギの万葉享受に疑問を投げかけたのは釈迢空であった。

彼は、万葉集・巻九に収められた「夕されば小倉の山に臥す鹿の今宵は鳴かず寝ねにけらしも」という雄略天皇の歌を「非常に静かな瞑想的な歌」と評した後で、山部赤人の歌に対して次のようなコメントを加える。

> 一体、万葉集にはかうした瞑想的な歌が少なくない。かういふ歌が出来たのは理由があつた。晩方になると、魂が土地の精霊に誘はれて游離しようとするので、夕方から真夜中にかけて、此を鎮めなければならなかつた。とくに旅行中は、其が甚だしかつたのである。赤人の、
>
> 烏玉之《ヌバタマノ》　夜乃深去者《ヨノフケユケバ》、久木《ひさき》生留《オフル》　清河原爾《キヨキカハラニ》、知鳥数鳴《チドリシバナク》
>
> の如きも、やはり旅中夜陰の歌で、瞑想的な秀れた歌である。「千鳥しばなく」は、実際に、今見てゐるのでも聞いてゐるのでもない、昼見た印象を歌つてゐるのであるが、其印象が非常にはつきりしてゐる。やはり鎮魂歌であつたと思われる。
>
> （上代貴族生活の展開　昭8）

ここにおいて迢空は、先の赤彦や茂吉とは全く異なったかたちで赤人の歌を読もうとしている。

迢空はこの歌を瞑想の歌として受けとる。「久木生ふる清き川原に千鳥しば鳴く」というこの歌の情景すべてが、実は赤人が今目にしている情景ではなく、瞑想によって浮かび上がってきた「昼見た印象」である、と考えるのだ。

瞑想のなかでより明晰なかたちで立ちあがってくる外界の表情。赤人の脳裏に浮かびあがっているのは、そんな静謐な自然の全体像である。久木が生えている乾いた河原の情景が、昼間見た時よりも、より一層ありありとした形で、いま赤人に前に立ち現れる。迢空はこの歌のなかに、そんな心象風景を見て取っているといってよい。

迢空によれば、古代人にとって夜という時間帯は「魂が土地の精霊に誘はれて游離しようとする」時間帯であった。そんなとき、そのふらふらと遊離する魂をしずめ押さえつけるのは、呪力を持っていると思われていた歌であった。古代人にとって歌うという行為は即「たまふり・たましづめ」という鎮魂を意味したのだ。赤彦や茂吉とは対照的な迢空の歌の読みは、うたの呪力は鎮魂にあると考える迢空のこのような短歌観によって裏づけられている、といってよい。それはアララギの近代主義的な「写生」の理念とはあきらかに異質な短歌観であった。

魂がしだいしだいに鎮められてゆく夜の静寂のなかで、古代の人の感覚は、異常なまでに研ぎ澄まされてゆく。その感覚のなかに浮かび上がってくる外界の姿は、通常の自然の姿とは異なった相貌を持つ。そのような異常な感覚を、迢空は玉が触れ合う音を聞く人の感覚を表した「瓊之音《ヌナト》もゆらに」という古代人の表現を例にとって、次のように説明している。

古代の祭りではとりわけ、冬季の祭りが、重く見られて居ます。其は、鎮魂《タマフリ》と言つて、優れた霊を迎へて人の身に入れる儀式が、中心になつて居ました。又冬でなくとも、臨時にも屢行ひます。旅行に出ると、旅先でする。また病気などが出るとする。色々な場合があります。さう言ふときは、主に夜です。沈々と更けて行く。絶対の静けさを守つて自分がゐる。自分の外に人が居て、厳かにひそやかに玉を響かせて秘法を行ふ。かう言ふときに聞くのは平常の玉の音とは変つて響きます。澄みきつた心に、幽かに冴え〴〵と響き入る玉の触れあふ音。つまり古代人は我々が経験の出来ぬ境遇で特殊な心持ちで、玉の響きを聞きとることが出来たのです。私どもの知らぬ一つの感覚です。

（古代日本人の感覚　昭15）

このような文章を読むとき、私たちはこのなかに迢空の論のなかにあきらかな矛盾を感じとってしまうだろう。なぜなら迢空は、古代人が玉の響きを聞く感覚を「私どもの知らぬ一つの感覚です」と言いながら、その感覚をあたかも自分が経験したかのようにありありと語っているからだ。

しかしながら、まるで自らが古代人に成り代わったような迢空のこのような発言を聞くとき、私たちは自分が目にし耳にしている外界が古代人にはまったく異なった相貌で見えていたのではないか、という思いにとらわれる。私たちがいま唯一絶対のものとして信じている目の前の自然が、実は時代を越えた普遍性を持っていないということに気づかされる。迢空は「古代人の感覚」という実証不可能なものを持ち出すことによって、島木赤彦や斎藤茂吉の万葉享受が、実は近代という時代が生み出したものに過ぎないことを示そうとしていたのではなかったか。

　みずからの瞑想のなかに全き全体として立ち現れてくる静謐な外界の姿。それは迢空が学説のなかだけでなく、何度もみずからの短歌のなかで歌ってきた自然の姿であった。実際、彼の第一歌集『海やまのあひだ』(大14)には、次のような夜の歌が頻出している。

川みづの夜はの明りに　うかびたる木群《コムラ》のうれは、揺れ居るらしも　(大11)
川霧にもろ枝翳《サ》したる合歓《ネム》のうれ　生きてうごめく　ものあるらしも　(大10)
川原の樗《アフチ》の隈の繁《シ》み〳〵に、夜ごゑの鳥は、い寝あぐむらし　(大10)
わがせどに　立ち繁《シ》む竹の梢《ウレ》冷ゆる　天《アメ》の霜夜と　目を瞑《ツブ》りをり　(大8)

　これらのなかにある自然は、形象化された明晰な自然ではない。これらのなかにある自然は、見えないことによって、より濃密に、より全体的に、私たちの存在を包み込んでくる万象の息吹きのようなものだろう。迢空は、近代的なリアリズムとは異なった形で自然を感受できる感性をもっていた。古代人の感覚を、まるでみずから体験したかのように語る学者・折口信夫の自信ありげな態度の背後には、このような歌人・釈迢空としての自らの感受性に対する信頼があったにちがいない。

　私たちが今目にしている自然の姿は、唯一普遍のものではない。それは、近代という時代にうらづけられた相対的なものにすぎない。万葉集の自然詠は、釈迢空にとって近代の自然詠を相対化するための有力な梃子であったのだ。

循環性への叛意

近代歌人のなかで、釈迢空ほど短歌の定型に対して批判的な立場を取り続けた人はいない。「歌の円寂するとき」（大15）をはじめとして、彼は何度も短歌の滅亡を論じている。古代に対する天才的な洞察力をもった迢空は、日本人の心と短歌との深い関係を知りつくしていたはずだ。本来なら、短歌形式に対して信頼を寄せてよいはずの迢空が、何度も短歌の滅亡を論じたのはなぜなのか。彼の短歌滅亡論の背後には、どのような背景があったのか。

彼は、滅亡論を説く以前、すでにその第一歌集『海やまのあひだ』（大14）の後記「この集のすゑに」のなかで、短歌形式とは異なる四句詩型の可能性に言及している。

私は、地震直後のすさみきった心で、町々を行きながら、滑らかな拍子に寄せられない感動を表すものとしての――出来るだけ、歌に近い形を持ちながら、――歌の行きつくべきものを考へた。さうして、四句詩形を以てする発想に考へついた。併し其とても、成心を加へ過ぎて、自在を欠いてゐる。私は、かうして、いろ〳〵な休止点を表示してゐる中に、自然に、次の詩形の、短歌から生れて来るのを、易く見出す事が出来相に思うてゐる。

ここで迢空は「滑らかな拍子に寄せられない」自分の感動を表現する器として四句詩型を考えている。そしてそれが「歌の行きつくべき」「次の詩形」に繋がってゆく、という確信を抱いている。

このような自信に満ちた発言の背後には、彼が前年に作った四句詩型の実作体験があった。迢空は、大正十三年六月歌誌「日光」に「砂けぶり」という作品を発表する。それは、大正十二年の関東大震災直後に、横浜から東京まで徒歩で歩いたという、迢空の実体験に基づいた作品であった。この作品のなかで彼は、はじめて四句からなる短詩形式を用いている。

草の葉には、風が――、
日なたには、かげりが、
　静かな午後に過ぎる
　のんびりした空想
　横網の安田の庭。
猫一疋ゐる　ひろさ。

人を焼くにほひでも　してくれ
　ひつそりしすぎる

沓があびる　ほこり
目金を昏くする　ごみ
人もなげに、大道に反りかへる
　馬の死骸

ほりわりの水
どろりと青い──。
あげ汐の川が
道の上に流れる

全十九連からなるこの作品の冒頭の四連を抜き出してみた。これ以降、作者の視線は「焼けた死骸（第五連）」「焼け原に芽を出した力芝（第九連）」「水死の女（第十一連）」に向けられ、最終的には「井戸のなかへ／毒を入れてまはる朝鮮人（第十五連）」という流言におののく東京の民衆の姿が描写される。

なだらかな調べをもつ迢空の短歌とはまったく対照的なこの作品を読むとき、私たちはこれらの短詩の背後に、連続した時間の流れを感じとることができる。関東大震災という未曾有の大災害にみまわれた京浜地方の異常な光景。その中を「すさみきった心」で歩き続ける迢空の姿。余計な心情表現が排され、感覚的な描写に徹しているためだろうか、この作品を読む私たちの脳裏にはまるで移動カメラによって映されたような流動的な映像が継起的に立ち現れてくる。この作品を読むとき私たちは、まるでドキュメンタリーフィルムをみているように、迢空が体験した異常な時間の流れをまざまざと追体験するのだ。

私たち読者の胸のなかにありありと立ち上がってくるリアルな時の流れ。それは、迢空の短歌を読むときにはほとんど感じられないものだ。

葛の花　踏みしだかれて、色あたらし。この山道を行きし人あり
谷々に、家居ちりぼひ　ひそけさよ。山の木の間に息づく。われは
山岸に、昼を　地《ヂ》虫の鳴き満ちて、このしづけさに　身はつかれたり
山の際《マ》の空ひた曇る　さびしさよ。四方の木《コ》むらは　音たえにけり
この島に、われを見知れる人はあらず。やすしと思ふあゆみの　さびしさ

『海やまのあひだ』

後の第一歌集『海やまのあひだ』に収められた大正十三年の「島山」という連作である。作られ

たのは「砂けぶり」と同じ時期だ。

この連作は、彼が壱岐を旅したときに作られたものである。したがって、これらの歌に登場してくるのは、島の静かな情景であり「砂けぶり」に登場してくる都会の異常な情景とは対照的なものだといえる。が、この連作の一首一首の歌は「砂けぶり」の短詩と同様、作者の歩みにしたがって配列されている。その意味で両者は、作品の構成の仕方において共通性をもっている作品だ、といえるだろう。

しかしながら、この「島山」の連作からは、先に私たちが感じたようなリアルな時間の流れは立ちあがってこない。この一連には「砂けぶり」にはあった継起的でスムーズな時間の流れはほとんど感じられないのである。「砂けぶり」の中に登場してくる沼空がずっと歩み続けているのに対して、この連作に出てくる沼空はしばしば歩みをとめる。印象からいえば、ふたつの作品の読後感にはそんな差があるようにも感じられる。このような差はいったいどこから生まれてくるのだろうか。

・葛の花　踏みしだかれて、色あたらし（情景）⟷この山道を行きし人あり（内省）
・谷々に、家居ちりぼひ　ひそけさよ。（情景）⟷山の木の間に息づく。われは（内省）
・山岸に、昼を　地虫の鳴き満ちて、（情景）⟷このしづけさに　身はつかれたり（内省）

「島山」のなかのこれらの歌において、沼空は句読点や一字あけを多用し、平板な短歌の調べに変化をつけようと努力している。が、それにもかかわらず、これらの歌からうける印象は起伏に乏しい。それは、これらの歌が、上の句で情景を捉え下の句でその情景を内省化するという同一の構造から成り立っているからである。

それは彼の代表作である「葛の花」の歌でも同様だ。「葛の花　踏みしだかれて、色あたらし」。この歌の上の句を読んだとき、私たちはまず、路上に踏みつぶされた葛の花の紫の色を思い浮かべる。

が、私たちの脳裏に焼き付けられたそのあざやかな情景は、「この山道を行きし人あり」という下の句の心情表現によって微妙に変化させられてしまう。葛の花の紫をみた瞬間、迢空のこころに不意にきざした人懐かしい気持ち。その気持ちが、読者である私たちの胸に届くとき、上の句の情景は、血のかよわない客観的な情景としてではなく、陰影を帯びた主情的な情景として感じられてくる。

このように読むとき、私たちの意識は、まず上の句から下の句へと流れ、その後さらに、下の句からふたたび上の句へと向かっていることになるだろう。私たちは「葛の花」の歌を循環的な形で読んでいるのである。それは「葛の花」の歌を読むときのみならず、極言すれば、すべての短歌を読むときに、私たちが行う読みだといえる。短歌を読むとき、私たちの意識は上の句と下の句と間で往還し停滞する。「島山」の短歌連作の背後に流れるような時間が感じられないのは、短歌という詩型がもつ循環性によって、作品の背後に流れる時間が停滞してしまうからなのだ。

このような短歌の性質を、後年、迢空は臼井吉見との対談で次のように述べている。

どうも何と言いましても、歌というものは作っていますと歌の調べというものが循環してきて、元に帰ってしまわなければならないのです。五島（茂）君なんかの言っているものを見ましても、それはやはりむずかしい言葉で表されていますけれども、歌の調べというものは循環して一か所に帰って来る。整頓した感覚を人にもたせる、それが歌の根本的事実なんでしょうな。叙景でも抒情でも習わしになっていますから、わりにそこへ入りますけれども、叙事的なものはなかなか入りませんね。

（短歌と文学「八雲」昭22・5）

ここで迢空は、短歌という形式が根本的にもっている循環的な性質について述べている。そして、その循環性が短歌に「叙事」をもたらす障害になっていることを指摘している。それは、日本人の心性と短歌形式の根本的な関わりを知りつくした迢空の直観的な洞察によるものであったはずだ。しかしながら、この対談でさらに興味ぶかいのは、迢空が自分自身を「叙事的な作者」と呼んでいる事実である。

私は一番世間の歌よみのうちでは叙事的な作者なんですね。叙事的に作っているときは、歌を作ろうとする意欲をはっきり持っているときですね。（略）今から思えば不幸な論理を持っていたのです。短歌は叙事詩として生きて行く方面を残している。そこへ行くのだ。「アララギ」にいたころからそんなふうに考えておった。そう言った議論も書いている。短歌の歴史がこうだから、こうならねばならぬというようなことは、作品の保証なしに言って見たって何の権威もないことなのです。それを考えない啓蒙的論理をふりまわしていました。そのために固くなっておりますね。（同）

叙事には不向きである短歌の性質を熟知しながら、それでもなお短歌における叙事の可能性を信じようとした若き日の迢空。そしてその試行を、悔恨の念をもって静かに語る老いた迢空。この発言から浮かびあがってくる迢空の姿は、ひどく痛ましいものであろう。

叙事という行為は、一般的にいえば、時間軸にしたがって継起的に生起する出来事を語ったり記述したりする行為だといえる。したがって、それを可能にするには、継起的な時間を記述する方法なり形式が必要になってくるだろう。循環的な時間がその背後に流れがちな短歌の形式は、本質的には、叙事にはそぐわない形式だといえる。もちろん、近代短歌はその弱点を補うために多数首を結合させた連作という技法を生み出しはした。しかし、それをもってしても一首単位の短歌の循環性が解消されたわけではない。それは未解決なまま放置されたアポリアだったといってよい。

迢空は、短歌形式の本質を知りつくしそれに深い愛情を抱いていた歌人であった。それゆえ彼にとって、短歌の循環性は、それへの愛情が深い分だけより深く彼を呪縛したに違いない。従来の短歌形式が呪縛である以上、迢空は四句詩型という「出来るだけ、歌に近い」詩型のなかに、叙事の可能性を託さざるをえなかったのではないか。『古代感受集』『近代悲傷集』『現代襤褸集』という迢空晩年の詩集におさめられた叙事詩は、短歌に叙事を盛り込むことを断念し、短歌以外のあらたな詩型をもとめた迢空が最後にいたりついた文学的な結実だったのかもしれない。

「砂けぶり」という一種異様な迫力をもつ作品の背後には、釈迢空・折口信夫という人間の葛藤が見えかくれしている。それは、循環的な時間性をもつ短歌という詩型に対する愛情と、それに対する憎悪との葛藤であり、彼のなかにある古代性と近代性の葛藤でもあった。「砂けぶり」は短歌の循環性に対する迢空の愛憎に満ちた叛意によって成立した作品だったのだ。

II

写生を超えて

1

明治三十三年の春、正岡子規は次のような一首を作った。

ともし火の光に照す窓の外の牡丹《ぼたん》にそそぐ春の夜の雨

子規の病室の窓には、高浜虚子たちの好意によってガラス障子がはめ込まれている。子規はそのガラス越しに見える庭の情景をことのほか喜んだ。身動きのできない彼にとって、ガラスごしに見える庭の情景だけが、唯一自ら接することのできる「外界」であったのだ。

この歌もまた眼前の庭を題材としている。ガラスの向こうには温かい春の夜の雨が降っている。

その雨の庭をガラス障子から漏れる病室の燈火がほのかに照らし出す。光がおよぶ一角に牡丹の花が咲いている。牡丹の暗い紅の色が闇のなかにぼんやりと浮かび上がる。子規の眼は、その牡丹の花の前をよぎる細い雨脚を見逃さない。細い雨の筋の白と、その後ろにある牡丹の紅。さらにその背後に広がる漆黒の闇。庭、牡丹、雨という距離感の異なる三つのものを配置することによって、この一首には深い奥ゆきが加わっている。

私はかつて『子規への溯行』（平8）のなかで、「歌よみに与ふる書」（明31）を中心に、子規の写生の理念の意味を考察したことがある。そこで私は、子規の写生とは、強い映像喚起力を持った名詞を多用することによって、和歌の文体のなかから過剰な助辞「てにをは」を排そうとする試みであった、ということを指摘した。明晰な映像喚起力をもった名詞中心の文体の確立によって、一首のなかで叙述された情景は、固定的な視点から見られた視覚像という意味を担わされてゆく。写生とは「視点としての私」と「遠近法的な外界の秩序」を同時に成立させるような認識論的な枠組みの転換であった。

そのように考えると、ここにあげた一首などは、子規の写生の理念が、最も明瞭に現れ出ている一首だということができよう。「灯火に照らされた庭→牡丹→雨筋」という、遠いところから近いところへと丁寧に配置された外界の描写は、その明晰な映像性ゆえに、必然的にガラス窓の内から庭を見つめている子規の視覚像として受け取られる。その結果、私たちは、庭の情景をそんなふうに見つめている作者の思いを想像することになる。主観的な感情語が排除されているにも関わらず、暗い庭の一角の牡丹に降る雨を見つめる子規の静謐な感情は、しっかりと私たちの胸に届くのだ。このように、子規の写生の理念は、外界の描写を通じて作者の内面を描きだすという逆説的な構造をもった文学理念であった。

しかしながら、子規はこのような写生の理念を「歌よみに与ふる書」においてはじめて語ったのではない。俳句を革新しようとしていた明治二十九年当時、彼はすでに俳句について次のような発言を行っている。

句調のたるむこと一概には言ひ尽されねど普通に分かりたる例を挙ぐれば虚字の多きものはたるみ易く名詞の多き者はしまり易し虚字とは第一に「てには」なり第二に「副詞」なり第三に「動詞」なり故にたるみを少くせんと思はゞ成るべく「てには」を減ずるを要す

（俳諧大要　明28）

印象明瞭とは其句を誦する者をして眼前に実物実景を観るが如く感ぜしむるを謂ふ。故に其人を感ぜしむる処恰も写生的絵画の小幅を見ると略々同じ。同じく十七八字の俳句なり而して特に其印象ならしめんとせば其詠ずる事物は純客観にして且つ客観中小景を択ばざるべからず。

（明治二十九年の俳句界　明30）

これらの俳論では、「歌よみに与ふる書」に共通する「過剰な助辞の排除」や「言語における映像喚起力の重視」といった子規の理念がすでに明晰なかたちで披瀝されている。

彼は次のようにも言う。

（我が俳句は）初めは自己の美と感じたる事物を現さんとすると共に自己の感じたる結果をも現さんとしたるを終には自己の感じたる結果の現すことの蛇足なるを知り単に美と観ぜしめたる客観の事物許りを現すに至りたるなり。例へば初めは山あり河あり最《い》と美しと言ひしを後には最と美しといふ主観的の語を省き其代りに更に山河の他の美なる部分を現し美と言はずして其句を見る者に美と感ぜしめんと企つるなり。（我が俳句　明29）

ここにおいて子規は、自分の句作の理想として「主観的の語を省き」、その代わりに「其句を見る者に美と感ぜしめ」ることを挙げている。このような作句理念もまた、そのまま「歌よみに与ふる書」のなかに取り込まれてゆくのである。

このように考えてくると、子規の写生の理念は、俳句革新の理念の援用であったことが明らかになる。同一の理念で括られる以上、短歌と俳句の違いは形式的・外面的な違いに過ぎないということになろう。「されば歌は俳句の長き者、俳句は歌の短き者なりと謂ふて何の支障も見ず歌と俳句は只詩型を異にするのみ」（人々に答ふ　明31）といった子規の歌俳同一視は、その意味で当然のことであった。子規の「短歌革新」とは、つまるところ「和歌の俳句化」だったのである。冒頭にあげた「牡丹」の歌は、彼が短歌革新に着手した二年後、明治三十三年のものである。この年の五月二十一日には、彼の客観写生歌の代表作ともいえる「雨中庭前の松」の連作十首が作られている。明治三十三年は、俳句に由来する子規の客観写生の理念が、実作面において完成の域に達した時期だった、といってよい。

2

しかしながら、興味ぶかいことには、この時期、子規は実作を通じて、俳句とは決定的に異なる短歌という詩型の特異性・独自性に気づき始めていた。それは、次のような彼の発言のなかに明瞭に現れている。

歌は全く空間的趣向を詠まんよりは少しく時間を含みたる趣向に適せるが如し。
　田子の浦ゆうち出でゝ見れば真白にぞ不尽の高嶺に雪はふりける　（赤人）
　箱根路をわが越えくれば伊豆の海や沖の小島に波のよる見ゆ　（実朝）
これ等は明かに時間を含みたる者なり。　（歌話　明32・8・2）

只一昨年と少しく考の変りたるは、短歌は俳句の如く客観を自在に詠みこなすの難き事、又短歌は俳句と違ひて主観を自在に詠みこなし得る事、此二事に候。（略）斯の如く短歌が占領する主観の区域は俳句よりも遙に広く候。雑の俳句、時間の俳句に名句少きに拘らず、雑の短歌、時間的の短歌に名作多きは此故に候。

（坂井久良伎宛書簡　明33・3・18）

これらの文章において子規は、短歌革新に乗り出した明治三十一年当時の自分の作歌法と、現時点でのそれを比較して、体験上感じた俳句と短歌の詩型の差異について語っている。

ここで子規が強調しているのは、短歌は時間の描写に適した詩型であるということである。が、ここで彼がいう「時間」とは単なる物理学的な時間のことではない。

例歌として挙げられている源実朝の「箱根路をわが越えくれば伊豆の海や沖の小島に波のよる見ゆ」の歌について考えてみる。ここで作者・源実朝は、伊豆の明るい海を目の当たりにする。その瞬間、彼はさきほど自分が越えてきた箱根の難路を想起する。この歌は、そんな時間的な構造をもっているといえよう。「明らかに時間を含みたる者なり」というこの歌に対する子規の評語は、想起という形で立ち現れてくる心理的な時間について言っている、と考えてよい。

ではなぜ、私たちはこの歌に「時間」を感じとるのか。それはこの歌の文体に関係している。この歌では「箱根路を越えた」という想起された事実と、「沖の小島に波のよる」という眼前の事実が、第二句「わが越えくれば」の「ば」という助辞「てにをは」によってなめらかに接続されている。従来の子規の歌論のなかでは「理屈」として排除されがちだった助辞が、この歌では大きな働きをしているのである。言葉が助辞によってなめらかに接続される。それによって、そこに立ち現れてくる作者の心理的な時間の流れ。短歌という詩型は、そんな「主観」のこころの微妙な流れを表現するのに適している。ここで子規は「客観的な事物を描写することによって主観の心情を表現する」という写生の理念とは微妙に異なる考え方でもって、短歌の生理を捉えはじめている、といってよい。

明治三十三年に子規が気づきはじめたこのような短歌の生理に対する洞察は、翌三十四年の彼の歌作のなかで見事に花開くことになる。彼の歌作の頂点に立つ「しひて筆を取りて」の連作がそれである。

いちはつの花咲きいでて我が目には今年《ことし》ばかりの春行かんとす
夕顔の棚《たな》つくらんと思へども秋待ちがてぬ我がいのちかも
薩摩下駄《さつまげた》にとりはき杖つきて萩の芽摘みし昔おもほゆ
いたつきの癒《い》ゆる日知らにさ庭べに秋草花の種《たね》を蒔《ま》かしむ
（明34・5・4）

これらの歌では、過去の回想、将来への諦念といった子規の時間に対する意識が、十全なかたちで表現されている。そしてそれを可能にしているのは「と」「ども」「て」「知らに」といった微妙な助辞の働きだといってよい。助辞の働きによるなめらかな言語の接続は、「歌よみに与ふる書」のなかでは、「調子のたるみ」「なだらかなる調子」として否定的に捉えられてきたものだった。ここで子規は、かつて彼が否定した助辞中心の和歌的な文体と「調べ」に、陶然と身を任せているかのように思われる。

最晩年の子規は、かつて彼が提唱した写生の理念を、実作の上で超克していった。子規を源流とする長塚節・伊藤左千夫・斎藤茂吉・島木赤彦らアララギの歌人たちは、子規の晩年の達成を見ながら、子規が提唱した素朴な写生論を、各自おのおのの仕方でもって発展させていく。写生を提唱しながら、その限界に逢着した子規の生涯は、そのまま近代短歌百年の問題地平を先取りしていた、といってよい。

茂吉の破調の歌

1

短歌というものは、五七五七七の三十一音からなる器である。それ以上でもそれ以下でもない。したがって、短歌で自分の感情を表現するとき、その器に盛り込むことのできる感情の量はほぼ定量である。感情の量が大きすぎると、歌いたいことは短歌の器からはみ出てしまう。また逆に、感情の量があまりに少ないと、短歌の器は満たされることなくスカスカになってしまう。

歌作りに慣れるということは、とりもなおさず短歌という器の大きさを知るということなのだろう。器に盛り込むことのできない大量の感情は、最初から短歌にはしない。反対に、あまりに少量の感情しかない場合、それを歌にしつらえない。成熟した歌人は、そのようにして歌の器にふさわしい感情の量を見極めてゆく。その器に、ぴったりと合う感動を与えてくれる題材だけを歌の材料としてゆくのである。

が、斎藤茂吉という人は面白い人で、成熟した歌人なら初めから歌に盛り込もうとはしない大量の感情を歌に盛り込もうとする。ただ、その場合、彼は普通の歌人と違って、三十一音という器に感情をぎゅうぎゅうづめにしようとはしない。自分の感情が入らないと悟ったら、さっさと五句三十一音という器を捨てて、新しい大きな器を自分で作ってしまうのである。

釣橋のまへの立札《たてふだ》人ならば五人づつ馬ならば一頭づつといましめてあり　『たかはら』（昭5）

昭和五年夏、四十八歳の茂吉は、十五歳になった長男茂太をともなって出羽三山に登った。月山と湯殿山に登った二人は、七月二十三日出羽山に登るべく赤川の支流の梵字川を渡る。その川の川下にはささやかな吊り橋がかかっていた。橋のたもとに「人ならば五人づつ、馬ならば一頭づつ」という注意書きの書かれた立札が立っている。重量三百キロを越えるようなものは渡れない危うい小橋なのだろう。

茂吉は、その野趣あふれる文字に感動する。その溢れる感情を短歌の器に盛り込もうとする。が、その感情の量に比して歌の器は小さい。普通の歌人なら、この立て札の文句を泣く泣く短くして三十一音に入れ込むことを考えるだろう。たとえば「人ならば五人づつ」を切って、「釣橋のまへの立札馬ならば一頭づつといましめてあり」というように。が、茂吉はそうはしない。断固しない。

自分の感情が、器に入らないと感じるやいなや、瞬間的により大きな新しい器を作り、それと取り替えてしまう。そうやって作られたのがこの歌である。

この歌は、普通の短歌定型の第二句と第三句の間に、新たに「人ならば・五人づつ」（五・五）という五音二句が強引に差し込まれている。「釣橋の・まへの立札・人ならば・五人づつ・馬ならば・一頭づつと・いましめてあり」。茂吉は、即座に五七五五五七七という七句四十一音の新しい定型を作りだしてしまったのだ。そこに茂吉らしい融通無碍な姿勢がある。

が、不思議なのは、そうやってとっさに作られた新しい器が、きちんと短歌として認定するに足る韻律や調べを保っている、ということだ。この歌の場合は、五七五という初句から第三句までの定型律と第五句から第七句までの五七七というリズムが、色濃く短歌の定型の韻律を保持している。破調の歌であるにもかかわらず、私たちがこの歌に強烈な短歌らしさを感じてしまう秘密はそこにある。

次の歌も新たな定型を作り出してしまった歌だろう。

夜《よ》をこめて鴉《からす》いまだも啼かざるに暗黒《あんこく》に鰥鰥《くわんくわん》として国《くに》をおもふ

『のぼり路』（昭15）

この歌の四句以下には、先の歌とはやや異なる細やかな律動がある。「暗黒に・鰥鰥として・国をおもふ」（五・七・六）という三句形式の小刻みなリズムがこの歌の下句には律動しているのだ。

この歌は、五七五五七六という新しいリズムを持った「六句新定型」の歌だといえる。

この歌のリズムから感じられるのは、先の歌のような興奮した茂吉の姿ではない。もっと沈潜した茂吉の心の影のようなものだろう。

この歌が作られたのは昭和十五年歳晩である。すでに欧州戦は膠着状態に入りつつある。戦時の色はいよいよ濃くなってきている。そのような情勢のなかに置かれた茂吉の心情がこの歌の調べには影を落としている。

この歌の場合も歌い始めは穏やかだ。上句の「夜をこめて鴉いまだも鳴かざるに」という十七音は、きっちりと五七五の定型に収まっている。また「夜をこめて」という初句のなかに響いているオ音や「いまだも鳴かざるに」のなかに響くア音は、この上句にゆったりとした穏やかな色合いを与えているといってよい。

が、この上句の穏やかな調べは、次の「暗黒に・鏁鏁として」という四五句に到って、一転、厳しいものとなる。この部分で耳につくのは「暗黒」の「コク」、「鏁鏁」の「カンカン」というカ行音の鋭い調べである。「鏁鏁」は「目が冴えて眠れないさま」を表す言葉だ。目が冴えて眠れないという茂吉の焦燥感は、この鋭いカ行の音の小刻みな連鎖のなかに現れている感じがする。

上句の穏やかな調べから四句五句の急峻な律動へ。スピードを増したこの歌の言葉の流れは、一気に結句に向かう。そこにあるのは「国をおもふ」というフレーズである。

この結句の音数は六音である。結句は通常七音であるはずなのだが、この歌の結句はそれに一音足りない。この一音欠落の結句を読むとき、私たちは、スピードを次第に上げて来た言葉がここまで来て、急に肩透かしを食らわせられたように途切れてしまう感じを受けてしまう。そこに深い欠落感が生まれる。この一音欠落の結句によって、私たちは、払暁の暗黒のなかで国の行く末を憂い、目を見開いている茂吉の心の陰影を否応なく感じ取ってしまうのだ。

このように考えてくると、五七五五七六というこの歌の「六句新定型」のリズムは、茂吉の暗澹とした憂国の情を読者に焼き付けるためには最善の文体であったことが分ってくる。この歌でもまた、茂吉はあえて破調を選択することによって、彼の心のありようをなまなましたままとした形で読者に伝えることに成功しているといってよい。

2

しかしながら、いかな茂吉といえども、いつもいつも新たな定型を作るという芸当ができるわけではない。より大量の感情が不意に押し寄せてきた場合、彼は、出来合いの器を腕力で捻じ曲げ、容量を広げてそこに感情を押し込んでしまう場合もある。

レパルスは瞬目のまに沈みゆきプリンスオブウエルスは左傾しつつ少し逃ぐ　「拾遺」(昭17)

この歌は、昭和十六年十二月の茂吉がマレー沖での日本軍大勝利の報道に接し、興奮して作った歌である。この一首を含む昭和十七年の歌は、すでに歌集稿として整理され『万軍』という歌集として発行される予定となっていた。

茂吉の破調の歌は、この歌のように、まずもって言葉が定型からはみ出る「字あまり」として生起する。この歌の場合、上句は五七五の定型に収まってはいる。が、下句の「プリンスオブウェルスは・左傾しつつ少し逃ぐ」は十一音・十一音という大幅な「字余り」なのだ。

マレー沖海戦のニュース映画を見た茂吉は、まず日本海軍の攻撃によって瞬時に沈没した巡洋艦レパルスに視線を送る。「レパルスは・瞬目のまに・沈みゆき」というこの上句ではきっちりと五七五の定型が守られている。ここには、普通の定型の短歌を作ろうとした当初の茂吉の心積りがはっきりと刻印されている。

ニュース映画のカメラは、次に英国の主力戦艦プリンスオブウエルスの動きを捉える。この船はすぐには沈まなかった。左舷に魚雷を受けながら、艦橋を左に傾けて爆撃をかわそうとした。それを見て、茂吉はムラムラと興奮し、怒りを感じる。彼は、瞬時に、「プリンスオブウエルスは・左傾しつつ少し逃ぐ」という言葉を口早に口走ってしまうのだ。

このように、この歌の下句の大幅な「字余り」は、茂吉が歌を詠む途中で、興奮のあまり定型意識を放擲してしまったところから生じている。もし茂吉の心のなかで最後まで定型を守ろうとする意識が働いていたなら、下句も定型を遵守して「プリンスオブウェルスは逃げゆく」（十四音）とでも歌ったはずである。あるいはそれが無理でも、この歌を推敲する時に、改めて定型の歌に仕立て上げることもできたはずだ。

が、茂吉はそれをしなかった。この大幅な「字余り」をそのままにして、推敲しなかったのである。そこに茂吉のプロフェッショナルな判断がある。この破調の歌をもし定型に収め「レパルスは瞬目のまに沈みゆきプリンスオブウェルスは逃げゆく」などとしていたなら、ニュース映像を見ているときの茂吉の心の躍動感は読者にまったく伝わらなくなってしまう。茂吉は、それを予想した上で、この歌を作り立ての三十九音の破調の形のまま発表したのだ。それは、定型の力を熟知した茂吉だからこそできた高度な政治的判断だといえる。

翌昭和十八年には次のような歌がある。


その機体ひるがへりぬと見る見るうちに敵の船団に直撃弾至近弾　「拾遺」（昭18）

のちに『くろがね』という歌集名を付けて出版するはずだった歌稿のなかの一首である。詞書に「三月廿七日陸軍航空部隊コックスバザー、モンドウを空襲す」とある。コックスバザーは、ビルマ国境に近いインド領（当時）の港町で、英軍の根拠地であった。

茂吉の目には、英国の船団に攻撃をしかける戦闘機の姿が見える。戦闘機は編隊の列を崩して、翻るように急降下爆撃に移る。茂吉はまるでその攻撃を目の当たりにしているかのように興奮して、この歌を詠んでいる。

この歌は、おそらく「その機体・ひるがへりぬと・見る見るうちに・敵の船団に・直撃弾至近弾」という句切れで読まれるべきなのだろう。音数は五・七・七・八・十一、五句三十八音の形式だと見てよい。下句は十九音の大幅な字余りである。

が、この歌の場合、茂吉は最初から破調の歌を作ろうとして歌い始めたのではあるまい。当初、茂吉は、おそらく通常の短歌の形式に則って「その機体・ひるがへりぬと・見るうちに」と歌いはじめたのだろう。が、戦闘機があれよあれよと言う間に、敵の船団に近づいてゆく。その姿が彼の眼に映る。その切迫感のなかで茂吉は思わず「見る、見るうちに」と口にしてしまう。この歌の第三句までの表現には、当初、定型に則って穏やかに歌い始めた茂吉が、次第に高ぶってゆく様子が刻印されているように思われる。

戦闘機から切り離された一つめの爆弾はそのまま敵船の艦橋を直撃する。後続機から放たれた二つめの爆弾は至近弾となって着水し、水しぶきをあげる。いったん「見る、見るうちに」と口ずさみ、定型のタガを外してしまった茂吉は、もう抑制が効かない。彼は、自らの興奮のままに「敵の船団に・直撃弾至近弾」と早口で叫び、快哉を叫んでしまう。この一首は、定型に則って歌い始めた茂吉が、第三句での途中で理性のタガが外れ、パイロットと一体となって戦果を見て興奮し、十九音という大字あまりの下句を絶叫してしまった。そんな感のある歌だといえよう。

この一首を読むとき、読者である私たちは、まるで映画を見ているかのような明確な映像イメージを感じとる。茂吉はニュース映画を見てたくさんの戦時詠を作っている。この歌もおそらくそんな歌なのだろう、と想像する。が、不思議なことに、事実はそうではないらしい。

茂吉の日記を調べると、この歌が作られた昭和十八年の三月後半、茂吉は風邪を引いて十日あまり寝込んでいる。外出した形跡はない。また、彼の歌稿は、正確に編年順になっているので後から三月後半の部分にこの歌を滑り込ませたとは考えにくい。風邪の癒えた茂吉が映画館に行くのは半月後のことである。すなわちこの歌は「コックスバザー空爆」のニュース映像を見て作られたものでは、おそらく、ない。

とすれば茂吉は、大本営ラジオ発表だけを聞いて、空爆の情景を想像しこの歌を作ったことになる。日本の戦闘機の編隊が急降下し、敵船団を空爆する。風邪で病臥している茂吉は、そのような映像を自分の頭のなかで立ち上げてこの歌を作ったのだ。妄想を思い描き、その妄想のなかに入りこみ、その妄想に自ら興奮し、理性のタガを外し、快哉を叫んでしまう茂吉の心のエネルギー。この破調の歌は、茂吉の心的エネルギーの桁外れの大きさを感じさせる一首だといえよう。

3

このように茂吉の破調の歌は、そのほとんどが定型では収まりきれない興奮を感じたときに作られたものばかりだ。が、例外もある。興奮ではなく、嘆息が破調に繋がる場合もあるのである。あるとき自分がふっと漏らしたため息を、思わずそのまま歌にしてしまった、といった感じの茂吉の破調の歌もある。

モナ・リザの脣《くちびる》もしづかなる暗黒《あんこく》にあらむか戦《たたかひ》はきびしくなりて　『のぼり路』（昭15）

この歌を読んだとき、私たちが感じる茂吉の声調は、あきらかに先の二首とは異なるだろう。この歌はまるでため息まじりに歌われているような感じがするのだ。

モナ・リザの　（五）
脣《くちびる》も、　（五）
しづかなる　（五）
暗黒《あんこく》に、　（五）
あらむか。　（四）
戦《たたかひ》はきびしくなりて　（五・七）

もし、あえて多行書きにするならこの歌はこのように書かれるだろう。まるで「秋の日の、ギオロンの、ためいきの、みにしみて」という『海潮音』の詩を彷彿とさせるような、ため息を漏らすような、五音の連なりの調べがここにはある。

この歌は、欧州大戦中の名画の疎開を題材にしている。一九四〇年九月三日、パリのルーブル美術館は、ドイツ軍の接収から逃れるために名画モナリザの疎開を決行した。疎開先はパリ南方のロワールのシャンボール城だったが、当時は公表されなかった。茂吉は、梱包されひそかに運び出されたモナリザを想像したのだ。

茂吉は欧州留学中に何度かルーブルを訪れている。十五年ほど前に見たそのモナリザの唇が、いま、梱包され、暗闇のなかに息づいている。ひょっとすると、その唇はこのまま失われ、再び明るみに出ることはないかもしれない。茂吉は、名画疎開のニュースを聞いてそう想像する。永遠に失われてしまうかもしれぬ美しい女性の唇が、いま、暗闇のなかに息づいている。それを想像した茂吉は肉感的な陶酔の入り混じった嘆息をもらす。モナリザの、唇も、しづかなる、暗闇に、あらむか……。この歌のこの細やかな調べは、かすかな陶酔をともなった茂吉の小刻みなため息を表しているかのようだ。ニクヅキのついた「脣」の文字もそのなかめかしさを強調していよう。

このような初句から五句までの小刻みな調べに比して、六・七句「戦はきびしくなりて」は一気に言い下された感がある。その調べの変化は、夢見るような陶酔感から、一気に冷徹な現実に引き戻されたような感じだ。女性のつややかな唇が失われる。そのことが茂吉にとってそのままダイレクトに「戦のきびしさ」に直結する。

茂吉にとって戦争の惨禍は、第一義的には「美なるもの」の喪失にあるのであって、それ以外ではない。国民や人民が苦しむが故に戦争は「きびしい」のではない。美への陶酔が阻害されてしまうからこそ戦争は悲惨なのだ。この歌の前半部から後半部にかけての急激な緩急の調べの変化のなかに、そのような茂吉の耽美的な認識のあり方がおのずから現れ出ているかのようで興味深い。

この歌のさきがけとなったような歌に次の一首がある。この歌が作られた六年前、昭和九年の三月の歌である。

富みたると貧しきと福《さいはひ》と苦《くる》しみとかたみにありとひともうべなふ　『白桃』（昭9）

この歌も先の歌と同じく、多行書きにしてみよう。

富みたると、（五）
貧しきと、（五）
福《さいはひ》と、（五）
苦《くる》しみと、（五）
かたみにありと（七）
ひともうべなふ。（七）

初句から第五句まで続く「と」の脚韻が美しい。五音の律と脚韻があいまって、静かな澄み切った調べを奏でている。

内容を補ってこの歌を読むと、「富みたると貧しきと福と苦みとかたみにあり」と私が言うと「ひとも」その言葉を肯定した、ということになろう。富みたる時と貧しき時と、幸福と苦悩とは交互に訪れるものだ。茂吉はふとそういう感慨を漏らす。耳を傾けてくれていた友人は、その茂吉の言葉に対して「そうだね」と頷いてくれた。そんな情景を歌ったのだろう。

「禍福は糾える縄のごとし」というのだろうか、ここで茂吉が漏らしたこの感慨は、人生をある程度歩んできたものなら誰しもが感じる平凡で俗っぽいものにすぎない。が、このようなため息を漏らすような五音の連なりのなかに置かれると、それが断然、人生の究極の真理をついた哲学者の箴言のように感じられてくるから不思議だ。

この歌が作られたのは昭和九年三月八日のことである。嘆声を漏らしたようなこの歌のさびしさの背景には、前年十一月に起こった妻てる子の「ダンスホール事件」の影響があるだろう。この事件をきっかけに茂吉は妻との長い別居生活に入ることとなった。茂吉満五十二歳の春である。

4

ここまで例にあげた歌は、すべて三十二音以上からなる歌であった。このように茂吉の破調の歌は、圧倒的に「字余り」の歌が多い。

が、ごく稀にではあるが、例外もある。三十一音に満たない「字足らず」の破調の歌も茂吉にはあるのである。次の歌はその数少ない歌のひとつである。


朝市《あさいち》に山のぶだうの酸《す》ゆきを食《は》みたりけりその真黒《まくろ》きを　『白き山』（昭22）

この歌の第三句は「酸ゆきを」である。本来、五音であるべき第三句が四音の「字足らず」になっているのだ。「朝市の山のぶだうの」という緩やかな一二句の調べを目で追ってきた私たちはこの第三句で大きくつまずいてしまうだろう。

一般に「字足らず」という現象は、「字余り」より不自然な感じを読者に与えてしまう。特に第三句での「字足らず」は、歌の調べを決定的に破壊してしまう。が、この歌において茂吉は、禁忌ともいえるその第三句の「字足らず」を平然と用いている。そればかりではない。この歌の場合、第四句「食みたりけり」も六音句になってしまっている。結果としてこの歌は五七四六七という五句二十九音からなる「字足らず」の破調の歌になってしまっているのである。これは「字余り」の破調歌が多い茂吉にしては稀有な例だといえる。

この歌の調べから私たちが感じとるものは何なのだろう。それは先の「夜をこめて」の歌で感じたものより深い欠落感や空漠感のようなものではなかろうか。第三句の「酸ゆきを」という文字を読み終えたとき、私たちの心には深い空白の時間が流れる。それはそのまま、葡萄の粒を息を詰めながら口に運ぶ、茂吉の沈黙を表しているように感じられる。また、第四句の「食みたりけり」の後にある空白の時間にも、私たちは葡萄を口に含み終えたときの茂吉の深いため息のようなものを感じてしまうだろう。三十一音の短歌の器があるべき言葉によって満たされていないという空白感は、読者である私たちの胸に寂しくさえざえと伝わってくるのである。

この歌が作られたのは昭和二十二年の初秋のことだ。茂吉はこのとき月山山中の肘折温泉に出かけていた。敗戦の悲傷と執拗な戦犯追及は六十五歳の彼の心を苛んでいた。また、前年の春に罹患した肺炎によって肉体的な老いは深まっていた。その茂吉が、人里はなれた温泉郷の朝市で一房の山葡萄を買う。彼はその一粒を口に運ぶ。山葡萄特有の酸味が口中に広がる。そのかすかな酸味にだけ、茂吉は自分が今生きているという生の実感を感じ取る。この歌の調べには、そんな空漠感が漂っている。

このような「字足らず」の歌は、茂吉最晩年の歌集『つきかげ』においてさらに多く登場してくるようになってくる。

この体古《からだふる》くなりしばかりに靴穿きゆけばつまづくものを
老身《らうしん》に汗ふきいづるのみにてかかる一日《いちにち》何も能《あた》はぬ

『つきかげ』(昭23)

どちらの歌も第三句が四音である。この二首にも先の『白き山』歌同様の欠落感が漂っているといってよい。これらの歌は、老耄のなかに沈んでゆく戦後の茂吉の寂しい歌の一系列なのである。熱狂にせよ、憂国にせよ、空漠にせよ、茂吉の破調歌は、茂吉のそのつどそのつどの生の実感によって必然的に齎されたものである。茂吉はみずからの心の必然性に忠実に従って、破調のリズムを採用したのだ。その必然性の有無が、破調の歌に生気を与えるか否かの決め手になるのではなかろうか。

憂愁の発見

1

明治四十四年、当時二十九歳だった斎藤茂吉は「アララギ」誌上に「金槐集私鈔」の連載をはじめた。それは、翌大正元年の九月号まで中断を含んで以下のようなかたちで都合七回、「アララギ」誌上に掲載されることになる。

第一回　明治四十四年六月号（「アララギ」四巻六号）
第二回　明治四十四年七月号（「アララギ」四巻七号）
第三回　明治四十四年十月号（「アララギ」四巻九号）
第四回　明治四十五年六月号（「アララギ」五巻六号）

第五回　明治四十五年七月号（「アララギ」五巻七号）
第六回　大正元年八月号（「アララギ」五巻八号）
第七回　大正元年九月号（「アララギ」五巻九号）

途中、半年間の中断期間はあるが、茂吉はこのなかで八十六首の歌に論評を加えている。明治四十四年という年は、茂吉にとって画期的な年であった。茂吉はようやく長い習作期を脱し、みずからの歌の姿を獲得しつつあった。

それと平行して、評論の執筆にも精力的になっていた。そのひとつとして茂吉は、明治四十三年末から「アララギ」誌上に、のちに『童馬漫語』に纏められる歌論を積極的に発表しはじめる。その欄で茂吉は「独詠歌と対詠歌」「感と歌」「短歌の形式」といった短歌本質論を次々に発表していった。この時期、茂吉は「自分にとって短歌とは何なのか」という問題を真正面から考えようとしていたといってよい。出来上がった歌を「外側からでなく、これを生み出す内側から考え」（柴田稔『斎藤茂吉伝』）ようとする時期が、茂吉に到来したのである。

「金槐集私鈔」はこのような時期に書かれた。そこには自らの歌の鉱脈を見出しつつあった茂吉が、「金槐集」を手がかりにそれをしかと掴みとろう、とする意図が働いていた。実際、この「金槐集私鈔」の解読には、鑑賞者としての意識よりもむしろ実作者として意識の方がより強く働いている。源実朝の「金槐集」は茂吉にとって自らの短歌を確立するための試金石だったといってよい。

源実朝は、正岡子規以来、根岸短歌会やアララギのなかで高く評価されてきた歌人であった。その出発点は子規にある。子規は和歌改革の出発点となった「歌よみに与ふる書」(明31)のなかで、源実朝の歌に注目している。彼は「人丸の後の歌よみは誰かあらん征夷大将軍みなもとの実朝」という歌を作るほど実朝に心酔していた。そのような風土のなかで育った茂吉にとって、「金槐集」というテキストは、一度は自らで読破し研究しなければならなかった対象であったに違いない。後に『赤光』に収められる名歌を次々と作りだしつつあった茂吉は、新たな意欲でこの研究に没頭していったのである。

茂吉は「金槐集」のどのような部分に感応し、どこに新たな可能性を見いだしたのだろうか。

2

くわしく「金槐集私鈔」の中身をみてゆきたい。

この連載において、茂吉が取上げた歌は「金槐集」に収められている歌の約一割弱である。この当時、茂吉は「金槐集」のなかからどんな歌を選んだのか、そこにその当時の茂吉の歌の嗜好のようなものが滲み出ている。

この「金槐集私鈔」の第一回にあたる「アララギ」(明44・6)に、茂吉は「金槐集」のなかから次のような二首を選び出している。

春過ぎて幾日もあらねど我やどの池の藤なみうつろひにけり
ものいはぬ四方のけだものすらだにもあはれなるかなや親の子をおもふ

また、続く第二回（七月号）の「金槐集私鈔」では、次の四首が選出されている。

ふく風の涼しくもあるかおのづから山の蟬鳴きて秋は来にけり
苔ふかき石間をつたふ山水のおとこそたてね年を経にけり
おく山の岩垣沼に木の葉落ちてしづめる心ひと知るらめや
かくれ沼の下はふ蘆の水ごもりに我が物思ふ行方知らねば

もとより「私鈔」は「通釈」ではない。茂吉は、心の必然性のみにしたがって「金槐集」のなかから自分の食指が動く歌だけをそのつどピックアップしていた。茂吉は自分が好きだと思った順番に、歌を選出し、感想を書き記していったのである。ということは、連載の一回め二回めに選出されたこれら六首は、「金槐集」全七百余首のなかで、茂吉が最も好きだった部類の歌、ベストシックスだったと考えてもよいのだろう。

これら六首を一読すると気づくことがある。それは、茂吉が意外に繊細な「細み」の味わいを湛えている歌を選んでいる、ということである。そのような「細み」や「繊細さ」を源実朝の歌のなかに読み取ることは、茂吉以前にはあまり行われていなかったのである。
たとえば、この茂吉の選歌を、正岡子規の選歌と比べてみよう。正岡子規が、「歌よみに与ふる書」（明31）のなかで選んでいるのは、は次のような歌々である。
武士《もののふ》の矢なみつくろふこての上に霰たばしる那須のしの原
時によりすぐれば民のなげきなり八大竜王雨やめたまへ
ものいはぬ四方《よも》のけだものすらだにもあはれなるかなや親の子をおもふ
山は裂け海はあせなん世なりとも君にふた心われあらめやも
大海の磯もとどろに寄する波われて砕けてさけて散るかも
正岡子規はこれらの歌の魅力を、賀茂真淵から学んだのだろう。これらの選歌を一読して分るのは、子規は実朝のなかにある「強さ」や「勢い」に注目しているということである。たとえば、子規は「武士の」の歌について次のようにいっている。

普通に歌はなり、けり、らん、かな、けれ抔の如き助辞を以て斡旋せらるゝにて名詞の少きが常なるに、此の歌に限りては名詞極めて多く「てにをは」は「の」の字三、「に」の字一、二個の動詞も現在になり（動詞の最《もつとも》短き形）居候。此くの如く必要なる材料を以て充実したる歌

は実に少く候。（八たび歌よみに与ふる書）

また「時によれば」の歌についても、次のようにいう。

八大竜王と八字の漢語を用ゐたる処、雨やめたまへと四三の調を用ゐたる処皆此歌の勢を強めたる所にて候。（同）

このように見て来ると、子規は、実朝の歌のなかに「古今集」のなよやかな調べとは異なる名詞中心の強い硬度をもった調べを見いだし、そこに歌の「勢い」や「強さ」を認めていたことが分かる。古今調の歌を批判しようと意図した「歌よみに与ふる書」は、なよやかな古今調とは異なる強い調べを持った歌として実朝の歌を顕彰し、その価値を主張したのである。

このような「強さ」「勢い」重視の子規の実朝観に対して、若い茂吉は違和を感じたに違いない。「金槐集私鈔」において茂吉は、概ね子規の発言に対して肯定的な立場に立って論評してはいるものの、その根底には、なんとなく子規の発言に違和を感じている様子もうかがえるのである。

子規が誉めたたえた「武士《もののふ》の」の歌に対してもそうである。子規に配慮したのだろうか、茂吉は「金槐集私鈔」の連載の最終回（大元・9）になって、ようやくしぶしぶこの「武士の」の歌を批評の俎上に上げる。が、その評価は子規よりもはるかに厳しい。茂吉は次のようにいう。

この歌は甚だ有名な歌であるが予は左程秀でた歌とも思はないで居た。それは何となし此歌は題詠的であつて作者は如何なる場合に詠んだのかも分らないし那須のしの原と云つて居ながら矢張り空想の歌だと感じて来たからである。第二に『武士』も一人の武士の様に感ぜられた為めに何となし役者か人形でもあるらしく思つたからである。

茂吉は、この歌を読んだ初学期の感想が一面的なものであるかもしれないと思い、賀茂真淵らの説を参照したりしたようであるが、やはりこの初学期の印象は払拭できなかったらしい。彼は一応「この様にいろいろと補充して味ふとこの歌も相当に佳作であるやうとと《ママ》思ふ」としながらも、結局は次のようにいう。

それにしても世間で賞する程には賞しがたい。結句の如きも名詞止めにしたのはこの歌の場合感心しがたい。那須などは詞書に含めて『霰たばしる』で結びたかつたのである。第三句は『ウヘニ』と読まずに『ヘニ』と読みたい。なほ此歌に就きては先輩及び友人に聞かざるべからず。

以上の記述を総合してみると、茂吉は、子規が魅力を感じた名詞の多用やわざと劇的に構成したこの歌の「趣向」に対してかなり厳しい見方をしていることが分かる。「何となし役者か人形でもあるらしく思つた」という批評は、この歌の大振りな歌いざまに対する茂吉の嫌悪感をあらわしているだろう。この時期、茂吉が短歌に求めていたのは、子規が実朝の歌に求めた「強さ」や「勢い」ではなかった。もっとひそやかな歌の気韻といったようなものだったのではなかろうか。

3

子規が高く評価した「武士の」の歌の魅力を否定する茂吉。では逆に、この時期、彼が魅力を感じたのはどのような歌だったのだろう。

もう一度、茂吉が「金槐集私鈔」の第二回で取り上げている実朝の歌を見てみる。

苔ふかき石間をつたふ山水のおとこそたてね年を経にけり

この歌には「恋の心をよめる」という詞書がついている。その詞書に影響されて、この歌は古来「恋」の真情を山水に喩えた寓喩の歌として解されてきたらしい。恋情の露骨な表出を避けた実朝が、「山水」という比喩を使って、自分の恋情をひそやかに表現している歌だと解釈されてきたのである。

が、この歌を「比喩」の歌と捉えるそのような解釈に対して、茂吉は次のようにいう。

> 余は思ふに、かういふ種類の歌は、作者が恋心に堪へがたくて居た時実際かくの如き光景に対して居て詠歎したものから初まつたものであるらしい。従つてその歌通りに解釈すればよい。それで居ておのづから作者の心持が彷彿として味ふ事が出来るのである。実朝時代では、心持を寓する一種の手段として斯ういふ光景を借用して詠んで居るのであるから致し方がなく、作者もその積りだろう《ママ》と思ふけれど、余だけはそう《ママ》いふ厭な事はしたくない。従而この歌をも単純に文字通りに解し、かゝる光景の再現とそれに伴ふ作者の心持とを感じて居るのである。

ここで茂吉は古来比喩歌として捉えられてきたこの歌を「実際かくの如き光景に対して居て詠歎したもの」として捉えなおしている。彼自身、作者・実朝も比喩歌としてこの歌を詠んだであろうと想像しながら、それでも茂吉は、なかば強引にこの歌を実景を歌った歌として解釈しようとするのである。

茂吉はこの歌を「山水」の実景を歌ったものと解釈する。そして、山峡の岩を覆う緑の苔の間を伝って、静かに山水が流れる様子を眼前に浮びあがらせる。その上で、その在るか無きかのひそやかな音に耳を傾けている実朝の心情を忖度しようとするのだ。つまり、茂吉は、山水のしづくというひそやかなものに感応する自分と同年代の青年将軍・源実朝の沈潜した心情をこの一首から読み取ろうとしているといってよい。ひそやかな光景と、作者・実朝のひそやかな心情。茂吉は、その二つのものが渾然一体となった詩境を、この一首から感じとろうとしているのである。

しかしながら、茂吉はこの歌の「ひそやかさ」を気分的に感じとっているだけではない。そのようなひそやかな気分がなぜ生まれるのかを、この歌の語法に即して彼なりに論理的に分析しようと試みている。先に引用した部分に引き続いて、彼は次のようにいう。

一首全体と結句の『けり』との関係とを味ひ給へ。結句を単純に『年を経にけり』といつて居る処言ひがたい味がある。特に『たてね』から直ぐ続けた処がよい。第一第二第三句あたりの音調の自然なる敬服に堪へぬ。この歌でも『大海の』の歌（大辻注・「大海の磯もとどろに寄する波われて砕けてさけて散るかも」）でもその他の作でも実朝は吾等が現在考へてゐる歌調といふ事に就てすでに実行して居るのを嬉しく思ふ。

確かに、この部分では「味がある」「処がよい」といった主観的な評言が多用されている。したがって、ここの部分で茂吉は客観的に「音調の自然」や「歌調」を解析しているとは言い難いかもしれない。

が、ここで茂吉は、結句「けり」や逆接を表す已然形中止用法「おとこそたてね」といった助詞・助動詞の斡旋や、上句のてきぱきとした言葉の斡旋といった部分に注目を払っている。このような微妙な言葉の斡旋に、どのような形で作者の心情が投影されるかということを彼なりに究明しようとしている、といってよい。そこには、作者の心情が外界の光景に投影されるとき、その心情は歌の統辞や調べのなかにかすかな形で滲み出てくるはずだ、という茂吉の信念がある。
外界の光景を心情の「比喩」として捉えるのではなく、外界の光景を心情と一体となった「心象」として捉えようとするこのような茂吉の姿勢は、序詞を使った次の二首の歌の解釈でも発揮されている。

おく山の岩垣沼に木の葉落ちてしづめる心ひと知るらめや
かくれ沼の下はふ芦の水ごもりに我ぞ物思ふ行方知らねば

「金槐集」では、これら二首の歌にも「沼に寄せて忍ぶ恋」という詞書がついている。そのような詞書の記述に引き摺られて、この歌は古来から「序歌」、すなわち序詞を用いた歌として解釈されていた。その解釈に従えば、一首めの歌の上句「おく山の岩垣沼に木の葉落ちて」は下句の「しづめる心」を導きだす「序詞」である、ということになる。すなわちこれらの歌は序詞を用いた「序歌」だ、というのが茂吉以前の一般的な解釈だったのである。
これら二首の歌を解釈するにあたって、まずもって茂吉は、「序詞」というものを単なる作歌上のテクニックと捉えるこのような従来の序詞観を次のように否定する。

この二つは序歌の例であるが、序歌に対する積極的な自己の考は未だ持つて居ないし精細に研究した事も無いが、初句に形容詞的に用ゐた場合や枕詞のやうな使ひ方をした様な外は一般に序歌といふものは嫌ひである。（略）併し、流行的技巧からなつた序歌の技巧はさし置いて、最初の、おのづから序歌となつた歌の場合を想像するならば、矢張り作者が一種の心持に領せられて居りそれが特殊な自然現象に対するに及んで強められ深められ、やがて歌となつたもの丶様に思はれる。又真実の序歌ならばかくあらねばならぬのが自然の約束であらうと思ふ。

ここで茂吉は、序詞を単なる技巧とみなす従来の解釈に反発して「作者が一種の心持に領せられて居りそれが特殊な自然現象に対するに及んで強められ深められ」ることによって生起するものだと見なしている。序詞の場合も、少なくとも初発の場面においては、現実の光景との交感がなければならないはずだ、という彼の主張がこの部分には明確に出ているといってよい。

このような彼自身の序詞観に基づいて、茂吉は一首めの歌を次のように解釈する。

実朝の初めの歌（大辻注・「おく山の」の歌）は『しづめる』で両方に言ひ掛け木の葉が水底に沈む現象と自分の心が沈んで居るのに言掛けたもので、自分の『しづめる心人知るらめや』と言はむがための序であると解して居り、作者も無論その積りであらうが、余は矢張り一首全体をば自然光景に解し作者は一種の思ひに堪へがたくて直接この光景に対して詠んだ様に解し、『しづめる心』も木の葉の沈める心持、沈める趣の様に解し度いのである。この様に作者と自然の光景とを密接に関係せしむれば序歌でも左程厭なものでは無い。無理な解釈であるのが無論であらうけれど少なくも余の作歌態度は是非斯くあり度いと思つて居る。

ここで茂吉は、自らの解釈を「無理な解釈であらう」と言いながら、それでもなお、あえてこの歌を情景を直接に歌った歌だとして解釈しようと努めている。木の葉の沈む様子と実朝の「思ひに堪へがたい」心情が、一体的に捉えられた歌としてこの歌を味わおうとしているのである。

茂吉は、外界の情景を心情の「比喩」だとは考えない。まず作者の心情が外界と独立して存在していて、作者はその心情をよりよく表現するために、その心情にふさわしい情景を「比喩」として拵えあげる。そのようなテクニカルな言語操作をまっこうから否定する。心情と情景は、作者のそのような小手先のテクニックで結びつけられるものではない。そうではなくて、現実の情景と、作者の心情が渾然一体となった状態をそのまま調べに乗せて歌う。それこそが自分の理想とする歌なのだ……。この時期の茂吉は、歌の理想像をそのようなものとして捉えていたのである。

心と景の渾然一体となった状態を写し取る。「金槐集私鈔」において表明された茂吉のこのような考え方は、後の彼の「写生論」のさきがけをなすものだった。茂吉は大正九年に「実相観入」という標語を持ち出し、「実相に観入して自然・自己一元の生を写す」という彼の「写生論」を理論化する。そのような短歌観はすでにこのころから胚胎していたのである。

が、「金槐集私鈔」における歌の解釈には、まだ「実相観入」といった硬直したもののしさは感じられない。むしろ、そこに流露するのは、もっとしなやかな若々しい情感である。二十九歳の若い茂吉が「一種の思ひに堪へがたく」沈んでいる同じ年代の実朝に身を添わせているような甘やかな感傷の気分が、この「金槐集私鈔」には流れている。青年将軍・実朝の憂愁をみずからのものとして感受し、詠嘆している若い茂吉の姿が文章の端々から匂いたってくるのである。

4

このような茂吉の鑑賞文の背後には、彼自身の憂愁が深い影を落としているであろう。彼は、「金塊集私鈔」の連載を始める直前の明治四十四年の「アララギ」四月号に次のような言葉を洩らしている。

> このやうな人（大辻注・短歌を馬鹿にする人々）の眼から見たならば、僕等の歌の様な一寸擬古らしく見える歌や、高慢らしい口吻で短歌を云々する評論やはどの位厭味に感じられ若くは児戯にも類すると感じられるだろう。こんな事を思つて見ると、如何にも気恥しくなつて来て歌も詠み度くなくなるし、評などは無論したく無くなる。さういふ事は度々であるにも係らず、矢つ張り僕は歌が好きである。何故に好きだろうと思ふ時一種悲哀の心持が湧いて来る。しんみりとしてしまつて、煙草など吹かして居ると、胸のあたりが妙になつて来て歌が詠めさうな

心的過程にうつり行く、而して五六首位出来る。

ここで茂吉は、詠うことと一体になった「しんみりと」した「妙」な感じについて述べている。それを青春晩期の憂愁ということはたやすい。確かに彼はこの時期、そのような憂愁に心閉ざされていたのである。

茂吉は、その自らの憂愁を政治的生命を絶たれた若き青年将軍・実朝に投影していたのかもしれない。「アララギ」明治四十四年七月号に掲載された「金槐集私鈔」第二回で茂吉が選んだ四首のうち、三首は「金槐集」の「恋の部」に収録されている歌であった。茂吉はこの時期、婚約者であった「おさな妻」斎藤輝子とはまだ結ばれてはいない。この文章が掲載された号と同じ明治四十四年四月に、茂吉は女中であった「おくに」の死を悼んだ一連も発表している。彼女との関係がどのようであったかについては諸説あるが、この時期の茂吉の心情のなかに、青年晩期のおもに恋愛や性に関する憂愁があったことは確かだろう。

しかしながら、大切なことは、そのような実生活の背景ではない。憂愁のなかで情景と心情を一体として捉える、という、「金槐集」解読を通じて見いだされた方法は、その後の茂吉の歌に大きな影響を与えていった。

たとえば、「アララギ」の明治四十五年二月号に発表された茂吉の「睦岡山中」の一連は、そのような方法が、見事な形で開花した一連だろう。抄出してみる。

寒《さむ》ざむとゆふぐれて来る山のみちあゆめば路は濡れてゐるかな
山ふかき落葉のなかに夕《ゆふ》のみづ天《てん》より降《ふ》りてひかり居りけり
うれひある瞳かなしと見入りぬる水はするどく寒く光れり
ふゆ山にひそみて玉の紅き実を啄ばみてゐる鳥見つ　今は
風おこる木原をとほく入りつ日の赤きひかりはふるひ流るも

これらの歌には、時雨に濡れた山道や、落葉に溜った水、山中の隠り沼、赤き実といった外界の情景が、作者の憂愁と一体となった形で見事に形象化されている。茂吉が「金塊集」解読を通じて発見したものは、このような近代的な憂愁だったのである。

「金槐集私鈔」から約三十年後の昭和十八年、文芸評論家の小林秀雄は「実朝」を書く。そのなかで彼は、子規が「歌よみに与ふる書」のなかで壮大な歌として称揚した「大海の磯もとどろに寄する波われて砕けてさけて散るかも」のなかに「青年の殆ど生理的と言ひたい様な憂悶」を読み取っている。また、彼は「箱根路をわれ越えくれば伊豆の海や沖の小島に波の寄るみゆ」の歌について次のように述べる。

この所謂万葉調と言はれる彼の有名な歌を、僕は大変悲しい歌と読む。実朝研究家達は、この歌が二所詣の途次、詠まれたものと推定してゐる。恐らく推定は正しいであらう。彼が箱根権現に何を祈つて来た帰りなのか。僕には詞書にさへ、彼の孤独が感じられる。悲しい心には、歌は悲しい調べを伝へるのだらうか。（略）「沖の小島に波の寄るみゆ」といふ微妙な詞の動きには、芭蕉の所謂ほそみとまでは言はなくても、何かさういふ感じの含みがあり、耳に聞こえぬ白波の砕ける音を、遥かに眼で追ひ心に聞くと言ふ様な感じが現れてゐる様に思ふ、はつきりと澄んだ姿に、何とは知れぬ哀感がある。耳を病んだ音楽家は、こんな風な姿で音楽を聞くかも知れぬ。

たしかに、小林秀雄の実朝解釈は、近代的に過ぎるかもしれない。しかしながら、ここで小林は、若い日の茂吉同様、実朝のなかにある哀感・憂愁を感じとっていることは確かだ。

小林秀雄は「実朝」を書くにあたって、茂吉の「金槐集私鈔」を参照したという。茂吉が発見した実朝の憂愁は、その後の茂吉の歌の調べを決定的に導いてゆくものであると同時に、「近代的憂愁に鎖された青年将軍」というその後長く受け継がれてゆく実朝のイメージを決定づけるような力を持っていたのである。

哀傷篇と悲報来

1

偉大な歌人は、もっとも劇的な時期に、もっとも劇的な形で事件に遭遇するものなのかも知れない。北原白秋と斎藤茂吉の人生を見てゆくと、そんな感じがしきりにする。

彼らは、第一歌集『桐の花』（大2・1）『赤光』（大2・10）の出版を準備している時に、人生上の大事件と遭遇する。「姦通事件」（白秋）と、「伊藤左千夫の死」（茂吉）である。彼らの第一歌集は、それら個人的な痛恨事の事件の渦中で慌しく纏められたものだ。

両者はともに、その事件を編集中の歌集のなかに編みこんでいる。ほぼ完成していた第一歌集の端にそれを強引に挿入したのである。不思議なのは、通常なら、歌集の統一感を破壊してしまうはずのそれらの痛切なエピソードが、両歌集のピークとなる輝きを放っているということだ。

それぞれの歌集について見てゆくことにしよう。

北原白秋は、『桐の花』を出版する前年の明治四十五年六月、一旦は別離した人妻・松下俊子と同棲をしはじめる。俊子の夫は、翌七月、姦通の事実があったとして白秋と俊子を告訴する。それを受けて、七月六日、白秋は未決囚として市谷の未決監に収監されてしまう。その収監は、彼の弟が事件の解決に奔走して慰謝料三百円を支払い仮釈放にこぎつけるまで約二週間続いた。

この「姦通事件」の体験は、全八章からなる『桐の花』の最終章「哀傷篇」百四首のなかに歌いこまれている。『桐の花』の全歌数の約四分の一を費やした大連作である。

君と見て一期《いちご》の別れする時もダリアは紅《あか》しダリアは紅し　「I哀傷篇序歌」

鳴きほれて逃ぐるすべさへ知らぬ鳥その鳥のごと捕へられにけり　「II哀傷篇」

この心いよよはだかとなりにけり涙ながるる涙ながるる

向日葵《ひぐるま》向日葵囚人馬車の隙間《すきま》より見えてくるくるかがやきにけれ

監獄《ひとや》いでてじつと顫へて噛む林檎林檎さくさく身に染《し》みわたる

それぞれ、捕縛時（一・二首め）、収監中（三首め）、法廷への途上（四首め）、仮釈放時（五首め）に歌われた歌々である。

これらの歌では、それぞれの歌にリフレインが用いられている。このようなリフレインを多用した歌いぶりは、『桐の花』の歌の特徴であろう。リズミカルで軽やかな歌の響きは、愛唱性を高めるための重要な要素でもあったはずだ。しかしながら、「哀傷篇」のなかのこれらの歌のリフレインは、軽やかさを感じさせない。むしろ、平常心を失った収監時の白秋の動揺を読者に感じさせる、といってよいだろう。「哀傷篇」の前半には、このような白秋の動揺を感じさせる歌が多い。が、「哀傷篇」の後半部になると、一転して、次のような沈潜した歌が並んでいる。釈放後の白秋の沈淪を表現した歌々である。

いと酢《す》き赤き柘榴《ざくろ》をひきちぎり日の光る海に投げつけにけり　「Ⅲ続哀傷篇」
ぬば玉のくらき水の面《も》を奥ふかく石炭舟のすべりゆきにけり
時計の針Ⅰ《いち》とⅠとに来《きた》るときするどく君をおもひつめにき　「Ⅳ哀傷終篇」
吾が心よ夕さりくれば蝋燭に火の点《つ》くごとしひもじかりけり

先の歌群と比べると、より内省的で自らのこころのありようをじっと見詰めている作者像が浮かび上がってくる。このような内省的な作風は白秋の第二歌集『雲母集』（大４）で開花するのだが、「哀傷篇」の後半には、それを予告するような作風の変化を垣間見ることができるのである。

おそらく『桐の花』を巻頭から順に読み進めていった読者は、この最終章「哀傷篇」を読んで面食らったことだろう。そもそも『桐の花』は、編年順には編まれていない。また、第一歌集にありがちな逆年順でもない。当初、白秋はこの歌集を春夏秋冬という四季を柱に構成しようとしていたように思われる。

例えば、「哀傷篇」以外の七つの章の背景となっている季節を示すと、おおよそ次のようになる。

・銀笛哀慕調……春→夏→秋→冬
・初夏晩春……晩春→初夏
・薄明の時……夏
・雨のあとさき……夏
・秋思五章……秋
・春を待つ間……冬→早春
・白き露台……春→夏

このように見てくると、最終章以外の『桐の花』は勅撰和歌集の四季の部立のような整然とした構成意識によって編まれていることがわかる。『桐の花』を読む読者は、いくたびか繰り返される四季の巡りを思い浮かべながら、この歌集を読み進めるに違いない。

同じことが何度も繰り返される時間。四季を意識するとき、私たちが感じるのはそんな円環的な時間の様態であろう。そこには、過去から未来に向けて直線的に流れる時間はない。それは時間軸上に編年順で編まれた歌集を読む時とは全く違う時間感覚であるはずだ。

編年順で編まれた歌集は、その背後に、人生の時間の流れに即した作者の成長史を感じさせる。歌集を読み進めるに従って、一人の人間の成長や変化がくっきりと見えてくる。また逆年順の歌集の場合は、時間の流れが逆になるが、それでも直線的な時間の流れを感じることにおいては、編年順と大差はない。

が、『桐の花』はそうではない。円環のようにグルグルと同じところを巡る時間があるだけだ。このような時間のなかでは人物は変化しない。『桐の花』第一章から第七章までに登場する作者像は、たゆたうような駘蕩とした時間の流れに身を任せ、嘆息を漏らすメランコリックな青年の姿である。その甘ったれた青年は、何の人間的成長もなくそこでため息をつき続けている。そんな感じがする。一首一首の歌は、強烈な色彩とリズムに満ち溢れているにも関わらず『桐の花』の中の作者像は意外に単調で退屈なのだ。

が、読者のその印象は、最終章「哀傷篇」に到って激しく揺さぶられることになる。「哀傷篇」は明治四十五年の夏から冬にかけて作られた歌を、正確に時間軸に沿って並べたものだ。そこには、直線的な時間軸に沿って刻々と変化する作者の変化が刻印されている。告訴時の動揺から出獄後の内省に向かう作者の精神的変遷が刻印されているのである。『桐の花』全編に流れるいつ果てることもないけだるい時間の継続を感じてきた読者は、この最終章において、人生の荒波のなかに押し出され、そのなかで闘わざるをえない壮年白秋の姿を予感させられることになる。その意味で「哀傷篇」は、耽美的な『桐の花』的世界の崩壊とそれ対する白秋の決別の意志を感じさせる連作になっているといってよい。

姦通罪で告訴されるという事態は白秋にとっては、思いがけなく遭遇した事件に過ぎなかった。が、白秋はその偶然を、文学的な必然として『桐の花』のなかに編みこんだ。個人史的偶然を文学的必然に転化させてしまうところに、うたびとの業のようなものを感じてしまう。

2

斎藤茂吉もまた『赤光』出版直前に、伊藤左千夫の死という個人史的偶然と出会っている。大正二年七月、すでに第一歌集『赤光』(大2・10)の編集を終えていた茂吉は、逆年順に編集したこの歌集の巻頭に「悲報来」の一連を急遽割り込ませることになった。

初版『赤光』は次のような歌から始まる。

ひた走るわが道暗《みち》しんしんと堪《こら》へかねたるわが道くらし
ほのぼのとおのれ光りてながれたる蛍《ほたる》を殺すわが道くらし
すべなきか蛍《ほたる》をころす手のひらに光つぶれてせんすべはなし
氷《こほり》きるをとこの口《くち》のたばこの火赤《あか》かりければ見て走りたり

四首だけの引用だが、一読、異常とも言える緊迫感が伝わってくる。それは、第二句と第五句に同じ「わが道暗し」を置いた一首めの歌の重厚な五七調の調べからもたらされるものであり、また師の死去という衝撃によって齎された「蛍を殺す」という自虐的な行為の異常性（二首め）から来るものであろう。

第一歌集の巻頭章は、その歌人がこの世に誕生した産声のようなものである。開巻して最初に眼に飛び込んでくる「死」と「自虐」は、『赤光』全体のイメージを導く主調低音として読者の胸に焼き付けられる。それは同時に、歌人斎藤茂吉の根底に流れる主調音としても意識されるに違いない。

「悲報来」の持つ重厚な悲劇的調べを感じ取った読者は、続く「屋上の石」「七月二十三日」「麦奴」「みなづき嵐」に眼を移していく。そこには、生（性）と死を突き詰めて見つめる青年の像があり、「狂人守」として人間の精神の異常性に真向から医師の姿がある。

天そそる山のまほらに夕《ゆふ》よどむ光りのなかに抱《いだ》きけるかも　「屋上の石」
めん鶏《どり》ら砂あび居《ゐ》たれひつそりと剃刀研人《かみそりとぎ》は過ぎ行きにけり　「七月二十三日」
ほほけたる囚人の眼のやや光り女を云ふかも刺しし女を　「麦奴」
ダアリアは黒し笑ひて去りゆける狂人は終《つひ》にかへり見ずけり　「みなづき嵐」

突き詰めた性への意志、人間の精神のなかにぎらつく残虐性、「ダアリアは黒し」というどす黒い濁った色彩感覚。それらはすでに最初の連作「悲報来」のなかに暗示されていたものだ。『赤光』を開き、数章を読み進めた読者は、この部分においてすでに斎藤茂吉という歌人のまぎれもない特異性を感じたことだろう。

あるいは私たちは、このような茂吉の大正二年の作品のなかに、同年一月に発行された『桐の花』の「哀傷篇」の影響を見てよいのかもしれない。それは白秋の「君と見て一期《いちご》の別れする時もダリアは紅《あか》しダリアは紅し」と茂吉の「ダアリアは黒し笑ひて去りゆける狂人は終にかへり見ずけり」といった直接的な語彙の類似に止まらない。リフレインの多用や、強烈な色彩感、そして全体を覆う悲壮感。思うに大正二年の茂吉の歌は、「哀傷篇」やのちに『雲母集』に収録される同時期の白秋の歌から多大なインスピレーションを受けていたように思われる。

開巻一番「悲報来」やその後に続く連作に衝撃を受けた読者は、次に『赤光』のピークとも言える二つの連作を眼にすることになる。「死にたまふ母」と「おひろ」である。ともに大正二年の前半に作られたこの大連作によって、読者の眼には茂吉という歌人の像がくっきりと見えてくる。このように『赤光』の巻頭に置かれている大正二年の茂吉の歌は、圧倒的な力を持った作品ばかりなのである。

初版『赤光』は、巻末の初期歌篇を除けば、正確に時間軸を遡る形で作品が配列されている。読み進むに従って、作者・斎藤茂吉はしだいに若く未熟になってゆく。それは、まるでビデオテープの巻き戻し映像を見るような奇異な印象を読者に与える構成ではある。が、茂吉があえてこのような奇異な作品配列をした理由は明白だろう。彼はまず何よりも「悲報来」から「死にたまふ母」「おひろ」に続く大正二年の最近作を読者の前に示したかったのだ。そして、その意図は見事に成功しているといってよい。「悲報来」に始まる初版『赤光』は、開巻直後の大正二年の作品の圧倒的な迫力によって、近代短歌史に残る歌集になったのである。

「哀傷篇」と「悲報来」。そのふたつ連作は、歌人を襲った偶然の事件に触発されて作られた連作ではある。白秋はそれを自分の作風を相対化する必然として歌集に編みこみ、茂吉はそれを絶対化する必然として歌集に編みこんだ。その編みこみ方は対照的ではある。が、にも関わらず、人生の途上において出会った個人史的な偶然を文学上の必然に変えてしまうところに、この二人に共通するしたたかな歌人的自我があったといえはしまいか。

島木赤彦の写生論

1

近代短歌における写実主義の理念を現す用語に、アララギ派の歌人がよく用いた「写生」という用語がある。

この用語をはじめて文学用語として用いたのは、いうまでもなく正岡子規である。「実際の有のまゝを写すを仮に写実といふ。又写生ともいふ。写生は画家の語を借りたるなり」(叙事文　明33)と回想しているように、彼はこの「写生」という用語を、当初は西洋画の「スケッチ」の訳語として用いていた。「客観」とか「主観」とかいったこざかしい認識論的な概念規定に深入りさえしなければ、子規のいう「写生」は「スケッチ」という用語と同じく、「眼の前に存在しているものをそのまま描きだそうとする方法である」とごく素朴に考えておいてよい。

写生といふことは、天然を写すのであるから、天然の趣味が変化して居るだけそれだけで、写生文写生画の趣味も変化し得るのである。写生の作を見るとちよつと浅薄のやうに見えても、深く味はへば味はふほど変化が多く趣味が深い。

（『病床六尺』明35）

最晩年のこのような発言を見ても分るように、子規の問題意識はきわめてシンプルである。ここには、「目の前の客観物を主観がどのように認識しうるのか」といった認識論的なややこしい議論に拘泥した形跡はない。目の前には、間違いなく客観的な「天然」があり、それを言葉や絵筆によってあるがままに写しとる。それは簡単で自然な行いだ。ここで子規は、単純にそう考えているように見える。彼は、いわば素朴実在論的な図式のなかで「客観」をあるがままに写しとる方法の存在を信じているのである。

目の前の「客観」を「主観」を交えずに「写生」する。子規において素朴に信じられていたこのような「写生」の理念は、しかしながら、子規の没後、急速に変容していった。子規の死後三年を経た明治三十八年、子規の後継者である伊藤左千夫は、長塚節との論争のなかですでに次のような発言をしている。

事実を歌に詠むといふのみで写生とは云はない、歌の形式歌の調子などに就て少しく考へて見ると、純客観とか写生とか云ふやうなことが云へるものではない、見よ歌の形式と云ふものは、帯の如くに接続して居る、俳句などのやうに中間で切れることが出来ない、二句切三句切れなど云ふ皆詞の組織上便宜でやることで真に切れて居るのではないは云ふまでもない、であるから樹と石とあつてもそれを並べることは出来ないで、必ず左右につなぐとか上下につなぐとか是非つないでしまはねばならぬのである　それで其つなぎは何かと云へば即主観である。

（歌譚抄　明38）

事実を詠むだけでは「写生」ではない。ここで左千夫が指摘しているのは、子規のいうような「写生」は、短歌の形式になじまない、ということである。

左千夫によれば、短歌は、俳句とは全く異なった性質をもっている。短歌においては、一首の言葉は「帯のごとくに接続」される。したがって、短歌においては「樹」とか「石」とかいった複数の「純客観」をそのまま無媒介な形で並置することは不可能だ。「樹」と「石」という「純客観」を「帯の如」きもので有機的に接続し、そこになめらかな調べの統一感をつくりだす。短歌にはそのような統辞的・音韻的な連続性が不可欠だ。左千夫はそう考える。そして、その「純客観」を繋いでいるものを「主観」と呼ぶのである。

このような「純客観」と「主観」の関係を、左千夫はさらに「もちの木のしげきかもとに植なべていまだ苗なる山茶花の花」という一首を用いて説明している。この歌の初句「もちの木」と結句「山茶花の花」というふたつの「純客観」は、たしかに一見、並列的に等置されているように感じられる。が、左千夫によれば、この歌の表現の重点はあくまでも結句の「山茶花の花」にある。「もちの木」は単に「山茶花をあらはさんための説明」に過ぎない。第二句から第四句の長々とした叙述は、ふたつの「純客観」を繋ごうとする意識によって書かれている。その意識こそが「主観」なのだ。左千夫はそう説明する。

このような左千夫の指摘は、俳句と短歌の詩型の差異をとらえたものとして興味ぶかい。俳句は、切れ字によって二物を衝突させることによって成立している詩型である。俳句は二つの「純客観」をそのまま衝突させる。したがって、「純客観」をそのままの形で写し取ろうとする「写生」の理念は、こと俳句においては、きわめて有効な作句理念となり得る。

が、短歌にあっては事情はそう簡単ではない。短歌は、基本的には二物を衝突させる詩型ではなく、情景と心情をなめらかに接続する詩型である。したがって、短歌においては、子規の「写生」の理念はそのままでは有効に機能しない。そこには、複数の「純客観」を統辞によって関連づけ、種々の事物の印象を統括する「主観」の働きがどうしても必要となる。左千夫はそう考えていた。「写生」を短歌に応用しようとすれば、「純客観」のみを重視する従来の「写生」だけでは不十分だ。むしろ「主観」の働きをも視野に入れた、より包括的な「写生」理論が必要になってくる。左千夫がここで主張しているのは、短歌という詩型の特性に即応した、新しい「写生」の理念を構築することだったといってよい。

左千夫に続くアララギ歌人たちは、左千夫の目論見どおり、「写生」という用語に「主観」をも包含した広汎な意味内容を担わせてゆく。短歌に即応した新しい写実理論の構築は、「写生」という子規由来の用語をなし崩し的に拡大解釈することによって達成されていったのである。

2

「純客観」のみならず「主観」の働きをも内包した新しい「写生」の理念。島木赤彦の『歌道小見』（大13）のなかの次のような「写生」論は、左千夫以降、「アララギ」のなかで深化した「写生」論のひとつの典型である。

私どもの心は、多く、具体的事象との接触によつて感動を起します。感動の対象となつて心に触れ来る事象は、その相触るる状態が、事象の姿であると共に、感動の姿でもあるのでありま す。左様な接触の状態をそのまゝ歌に現すことは、同時に感動の状態をそのまゝに歌に現すことにもなるのでありまして、この表現の道を写生と呼んで居ります。（写生『歌道小見』）

ここで言われている「写生」の対象は「感動」である。短歌は「写生」によって「感動」を表現する。ここに私たちは「純客観」に重きをおいていた従来の「写生」論とは異なった新しい規定を見出だす。

「具体的事象との接触によって」生じる「感動」。それは、「客観」と「主観」が触れ合ったその瞬間の心のありようだ、といってもよいだろう。ここで赤彦は、もはや「純客観」と「主観」という素朴な二項対立の図式に立って物事を考えようとはしていない。彼はここで、客観と主観に分化する以前の心的な現象に注目し、その主―客未分化の現象を「感動」と呼んでいるのである。したがって、「主観」と触れ合うことのない「純客観」は、「写生」の対象にはならない。また逆に、具体的な「客観」から遊離した抽象的な「主観」そのものも「写生」の対象にはならない。「感動」という現象のなかでは、「主観」と「客観」は、支えあいながら等根源的に共存しているのである。

このように考えてくると、赤彦が「悲し」「嬉し」といった「主観的言語」を極端に忌避した理由が分ってくる。彼は「悲し」「嬉し」といった感情語が入っている句を「主観句」といい、その濫用を次のように戒めている。

主観句を歌の上に頻用することが、主観を尊重する道である如く心得てゐる人が多いのでありますが、小生は、それを、その反対に考へてゐること上述の如くでありまして、物心相触れた状態の核心を歌ひ現すのが、最も的確に自己の主観を表現する道と思ふのでありまして、これを写生道と称してゐるのであります。主観的言語も写生道に伴つて多く命を持ちます。抽象的言語が具体感によつて特殊化されるからであります。

（主観的言語『歌道小見』）

感情語（主観的言語）は、そのつどそのつど湧き上がる個々の感情のこまやかな違いを捨象した結果生まれてきた抽象語である。したがって、「いま」「ここで」自分の内に起っている一回かぎりの感動は、概念的な感情語で言い表すことはできない。「感動」の一回性に執着しようとする赤彦のこのような態度は「一つのものを的確に指し示すにはただ一つの名詞しかなく、それを修飾するにはただ一つの形容詞しかなく、それを動かすにはただ一つの動詞しかない」（フローベール）という高名なリアリズムの定義を思い起させる。近代写実主義の祖であるフローベールが出来事の一回性とその記述に徹底的にこだわったのと同様に、赤彦もまた感動の一回性を歌のなかにどのように定着させればよいかということに執拗にこだわっていたのである。

しかしながら少し考えれば分るように、感情語を完全に排して「感動」を表現することはとても難しい。「悲し」「嬉し」といった感情に寄りかかることができないとすれば、私たちはそのつどそのつど、新たにそのときどきの心情を表現する言葉を見つけだしてゆかねばならない。「主観的言語」をみずから禁じ手とし、その制限の中で「感動」の一回性を表現する。赤彦は、自分自身に課したその困難な実作上の課題をどのように解決しようとしたのだろうか。

『歌道小見』には、感情語を排しながらも「感動」を表現し得ている歌の実例がいくつかあげられている。それはたとえば、次のような歌である。

瓶にさす藤の花ぶさみじかければ畳のうへにとどかざりけり　　正岡子規

高山も低山もなき地のはては見る目のまへに天し垂れたり　伊藤左千夫

たしかに、この二首には「悲し」「寂し」といった感情語は一切使われてはいない。が、それにも拘らず、これらの歌の背後に、ある感情を抱いた作者の姿が明確に感じられる。それはなぜなのか。赤彦はその理由を考えてゆく。

大切なのは、調べが徹っているということだ。これらの歌には調べによる統一感がある。その徹る調べは、多く、助詞や助動詞による統辞によって生み出されている。子規の歌でいえば「みじかければ」という接続助詞や「とどかざりけり」という詠嘆の助動詞、左千夫の歌でいえば「地のはては」の「は」という係助詞や「たり」といった助動詞が、一首の叙述をゆるやかに接続している。赤彦が「写生」の理想としたこのような歌のなかでは、助詞・助動詞がきわめて有効に生動しているといってよい。

助詞・助動詞は、現実の事象を話し手の意識のなかで主観的に認識し、その主観的な認識を聞き手に伝達する、という働きを持つ品詞である。赤彦がこれらの歌に感じ取ったのは、助詞・助動詞を一首の歌のなかで生動させることによって「寂し」「悲し」といった感情語を使うことなしに作者の心情を読者に伝達する可能性だったといってよい。赤彦が「写生」の対象とした「感動」は、このような「てにをは」のなかに濃厚に表れ出ていたのだ。

『歌道小見』で主張されている晩年の赤彦のこのような短歌観は、当時の彼の歌にも大きな影響を与えている。

やや暫し御嶽山《おんたけやま》の雪照りて谿《たに》の曇りは移ろひにけり
岩あひにたたへ静もる青淀《あをよど》のおもむろにして瀬に移るなり
石楠の花にしまらく照れる日は向うの谷に入りにけるかな

『柿蔭集』

赤彦の死の前年である大正十四年に制作された木曽谷の羇旅詠である。これらの歌を含んだ「高山国の歌」の一連は赤彦晩年の代表作といえる。

先の子規や左千夫の歌同様、これらの叙景歌には、感情語は一切用いられていない。が、それにも関わらず、読者である私たちは、これらの歌の背後に、木曽谷の自然をじっと見つめている作者の姿を感じとることができる。木曽谷の自然を見つめ続けている一人の人間の目がそこにしっかり存在している。そんな感じを受ける。言いかえるなら、これらの歌の背後に息づいているのは、継時的な主体の感覚なのだ。

このような感覚はどこから生まれるのだろう。ひとつにそれは、「やや暫し」「おもむろに」「しまらく」といった副詞のはたらきによるのだろう。これらの副詞は、作者の時間意識をはっきりと表している。それによって、これらの歌には時間的なひろがりが生まれている、といえる。

が、それだけではない。これらの歌には先の子規や左千夫の歌同様、多くの助詞・助動詞が用いられ、それがことごとく一首のなかで生動している。一首めの「雪照りて」の「て」や、「にけり」。二首目の「なり」。三首めの「る」「ける」「かな」。こういった作者の時間認識や詠嘆の心情を表す助詞・助動詞の働きによって、これらの歌からは、木曽谷をじっと見つめ刻々に心を動かしている作者の姿がまざまざと浮かびあがってくる。「寂し」という既成の感情語では表し得ない作者の胸のふるえ。これらの歌は、叙景歌でありながら、そのような赤彦の感情のこまやかな振動を私たちに伝えてくれる。それは、ひとえに副詞や助詞・助動詞という「辞」(時枝誠記)の働きによっている、といっても過言ではないだろう。赤彦自身が「写生」の歌の理想像とした「感動」の表現は、これらの晩年の歌の細やかな「辞」のなかで達成されている。

あからさまな感情語による声高な自己主張ではなく、それ自体は指示性を持たない「辞」によって、こまやかな「主観」の働きを表現してゆく。自体明晰な指示性を持つ「言」(自立語)ではなく、副詞・助詞・助動詞といった付属語によって、一首の叙景の背後にある主体をあぶりだしてゆく。赤彦が理想としたのは、描きだされた「客観」の背後に、かすかに、しかし確かに生動している「主観」のありようであった。「辞」の働きをこまやかに測定し、それを駆使することによって、一首の意味内容の背後に、あたかも影絵のように継時的に存在する主体を立ちあがらせる。赤彦が「写生」によって支えようとしたのは、このように、実に遠回りで精緻な自己表現の回路だった、といえる。

「客観」を模写する、というところから出発した素朴な「写生」の理念は、子規の死後、左千夫や赤彦らに受け継がれることによって、「客観」と「主観」とのこまやかな触れ合いを写し取ることを目標にしていった。そのような深化のなかで、アララギの写生論は、近代短歌における繊細で精緻な「辞」の表現を、背後から支える理論的支柱に変容していったのである。

3

写実は、なぜ、かくも衰えてしまったのか。

この問いに対する答えは、はっきりしている。それは、近代短歌における写実や写生の理念を支えてきた「辞」の力が、二十世紀の後半の五十年間を通じて急速に衰えたからである。日本語の変容という短歌を超えた理由が根本にある。その変容は、今世紀にいたって短歌そのものを瀕死の状態に追いやっている。

が、そればかりではない。むしろ、短歌自身が、みずから進んで「辞」の遺産を蕩尽してしまった、という側面もある。

「アララギ」の写生歌に対する反発から生まれた塚本邦雄の短歌は、ごくおおざっぱにいえば、一首の中にある「辞」の過剰な機能を抑止し、自立語の衝撃力をむき出しにしようとしたものであった。前衛短歌の文体は、上句と下句を「辞」によって接続することなく衝突させる、という特徴を持つ。したがって、前衛短歌のなかに現れる情景は、一つの主体から見られたものでなく、まるでキュビズムの絵画のように複数の視点が一首のなかに共存することになる。そのような「辞の断絶」（菱川善夫）のなかで、「調べ」による連続感や、統辞による統一感は、近代短歌の「負の遺産」として意識されていく。「辞」の精緻な使用によって一首の背後に存在していた統一的な継時的に生動する主体の影は、前衛短歌のなかではあっさりと抹消されてしまったのである。

「写生」という精緻な写実理念に支えられていた近代短歌は、前衛短歌の暴力性によってすでに自己崩壊への第一歩を歩まされていたのだ。

静寂感の位相

1

大正十二年前半、北原白秋と島木赤彦は計八回にわたる論争を行った。かたや「アララギ」総帥である島木赤彦、かたや童謡や歌謡にも手を染め国民詩人となりつつあった北原白秋。二人の対決は激烈なものにならざるを得なかった。その論争を時系列に沿って並べると以下のようになる。

①、白秋「短歌と俳句—五度、荻原井泉水君に」（「詩と音楽」大11・11）
②、赤彦「山房独語二」（「アララギ」大12・2）
③、赤彦「山房独語三」（「アララギ」大12・3）
④、白秋「どんぐりの言葉その一」（「詩と音楽」大12・4）

⑤、赤彦「山房独語五」（「アララギ」大12・5）
⑥、白秋「どんぐりの言葉その二」（「詩と音楽」大12・6）
⑦、赤彦「山房独語七」（「アララギ」大12・7）
⑧、白秋「どんぐりの言葉その三」（「詩と音楽」大12・8）

この論争の発端となったのは、①「短歌と俳句―五度、荻原井泉水君に」の文章において白秋が自作の二首を松尾芭蕉の二句と比較したことである。それは以下のようなものであった。

日の盛り細くするどき萱の秀に蜻蛉とまらむとして翅かがやかす　北原白秋
蜻蛉やとりつきかねし草の上　松尾芭蕉
なに削る冬の夜寒ぞ鉋の音隣り合せにまだかすかなり　北原白秋
秋ふかき隣は何をする人ぞ　松尾芭蕉

そもそもこの歌と句の組み合わせは、白秋が行ったものではない。それは、白秋の友人であった荻原井泉水の手によるものだった。白秋は、井泉水が行った組み合わせを面白がり、①の文章において、ふざけた調子で優劣を論じたのであった。

このような短歌と俳句の比較論は、真面目な文学論ではない。白秋と井泉水という気心の知れた友人の間の遊びのようなものに過ぎない。が、赤彦にはこの遊びが許せなかった。彼はすぐさま②「山房独語二」という文章を書く。そこにおいて赤彦は、芭蕉に対して「軽々しきに失する」白秋の執筆態度を批判し、白秋の歌は、芭蕉の句と比較すべくもない拙い歌にすぎないと罵倒したのである。赤彦の怒りはそれだけでは収まらなかった。彼はさらに、翌三月③「山房独語三」を書き、あらたに白秋の歌「命二つ対へば寂し沙羅の花ほつたりと石に落ちて音あり」を俎上にあげ「今少し内面的の深み持つようにあるべきである」と酷評する。

このような赤彦の批判に白秋が反論したのは言うまでもない。彼はすぐさま④「どんぐりの言葉その一」を書き、両者の衝突は本格的な論争に発展していった。その後この論争は、次第に感情的なものになり泥仕合の様相を呈してゆくのである。

2

が、そもそも赤彦はなぜ、突然、白秋に噛みついたのだろうか。なぜ彼は、白秋のたわいない遊びを許せなかったのか。

どうやら、赤彦のこの狭量な態度の背後には、この論争の前年に発行された『斎藤茂吉選集』に寄せられた白秋の「序」の内容に対する彼の怒りがあったようである。このなかで白秋は、赤彦の第二歌集『切火』（大4）について触れ、次のように述べている。

往年赤彦君の『切火』も『雲母集』の模倣だと云はれたと云つて赤彦君初め随分弁明されたやうであつた。これも私としては気の毒に堪へない。何にしても同時代に生れ、同じ道に執し、同じく親しく作品を見せ合ひもすれば、歓談もする。かうした間に自然互に影響し合ふといふ事は、敏感である詩人であり、歌人であるほど如何とも為難いことである。

（斎藤茂吉選集序　大11・1）

赤彦がカチンと来たのは、このような白秋のものの言い方であった。なぜなら、言葉こそ慇懃ではあるが、ここで白秋は、赤彦の『切火』のなかには自分の『雲母集』（大4）の模倣があることを暗に肯定しているからである。

客観的に見ると、この白秋の見解は妥当なものである。それは、大正二年に作られた白秋の三浦半島詠（『雲母集』所収）と、翌三年に作られた赤彦の八丈島詠（『切火』所収）を比較対照すれば明らかだろう。

恍惚《くわうこう》とよろめきわたるわだつうみの鱗《いろこ》の宮のほとりにぞ居る　　北原白秋
寂しけど煌々と照るのぼり坂ただ真直《まつすぐ》にのぼりけるかも
うつらうつら海を眺めてありそうみの女子裸となれりけるかも

日のひかり照りみつる海の深蒼《ふかあを》に一人ぽつつり眼《まなこ》をひらく
天《あめ》と水の光りの中に立ちてゐる我が影ばかり寂しきはなし
月の下の光さびしみ踊り子のからだくるりとまはりけるかも

島木赤彦

こうやって並べてみると、両者の歌は区別ができないほど似ていることがわかる。これらの歌において両者は、自然児のように、海の明るい光のなかに身をまかせ孤独の感傷に身を浸そうとしている。

このとき、白秋は松下俊子との苦しい恋愛のなかにいた。島木赤彦もまた中原静子との苦しい恋愛を終らせようとしていた。歌風の類似のみならず、実生活においても二人は同じ苦しみのなかにいたのである。大正三年の赤彦は、三浦での白秋の生き方に共感を覚え、彼に倣って八丈島への逃避を企てた、とさえいえそうだ。『切火』の時代の赤彦にとって、生き方を含めた白秋の影響は甚大なものであった。その意味で、赤彦の歌を自分の歌の模倣だとする白秋の指摘はもっともなことなのである。

が、その後赤彦は、白秋の影響圏から脱出しようと苦闘する。大正期全般を通じて赤彦は白秋短歌の持つ官能的な輝きからなんとか袂を分かとうと努力してゆく。それと同時に、歌論において赤彦は、自分と白秋の作風の違いをことさらに言い立ててゆくようになる。

たとえば大正六年一月、島木赤彦は「岐上偶語」のなかで、白秋と自分の歌の違いを次のように主張している。

白秋氏が雲である時に予等は石である。白秋氏が鳥である時に予等は獣である。雲と石と鳥と獣と何れが値打があるなど考へるのは下らぬ事である。雲石鳥獣皆異なつた世界に住してゐるからである。

（「アララギ」大6・1）

白秋を雲や鳥にたとえ自分を石や獣にたとえる赤彦のなかには、華麗な白秋の歌と写実的で地味な自分の歌の差違をあえて際立たせようとする赤彦の意図が働いている。彼は、白秋と自分の違いを白秋の歌風とアララギの歌風の違いとして拡大解釈してゆく。ことさらに党派の違いをきわだたせることによって、赤彦は白秋の影響圏から脱しようとしていた、といってよい。

このような涙ぐましい努力を積み重ね「寂寥相」という独自の作風を確立しつつあった大正十一年の赤彦にとって、旧作『切火』の模倣性を指摘した白秋の序文は、許し難いものであったに違いない。その赤彦の怒りが、翌年の②「山房独語二」③「山房独語三」の文章における過激な白秋批判に繋がっていったのである。

両者の論争が感情的になっていった背景には、このような「模倣」とオリジナリティーという、表現者のプライドに関わる切実な問題が横たわっていた。

3

では、実際のところ、当時の赤彦は大正十二年の白秋の歌をどう見ていたのか。それは、この③「山房独語三」の文章によく表れている。

この文章において赤彦は、白秋の「なに削る冬の夜寒ぞ鉋の音隣り合せにまだかすかなり」の歌を次のように批評する。

思ふに、白秋氏は「隣り合せに」を副詞のつもりで使はなかつたであらう。それが、この歌の理解をまごつかせる所以である。この「隣合せ」が、他の詞との置きかへによつて生き得るとするも第一句より第三句までの語感が、一首の静寂感に対して甚しく騒がしい。「何削る」と初めから急迫して呼び出してゐるのが、先以て威勢がよすぎる。ここは「何を削る」と素直に大まかに行くべき所である。それに「冬」「夜寒」「鉋」といふやうな名詞が、べたべたと並んであるので、愈々こつこつした騒がしい語感を惹起するのである。

ここにおいて赤彦は、白秋の歌が表現しようとしている「静寂感」に一定の理解を示している。この当時の赤彦が「寂寥相」をみずからの歌作の理想としていたこと思いあわせるなら、その理解は当然と言える。

が、その一方で赤彦は、白秋の歌から受ける印象を「騒がしい」という。「何」「ぞ」といった主観的感情があらわに表出される副詞・助辞が目立つ上句や「冬」「夜寒」「鉋」といった名詞が頻出するこの歌の文体が、一首全体の「静寂感」を打ち消してしまっている、というのである。

続いて赤彦は、白秋の「命二つ対へば寂し沙羅の花ほつたりと石に落ちて音あり」を俎上にあげ、次のようにいう。

「寂し」など言はない方が、寂しさが内に籠るであらう。これが已に外面的にして軽易なる一端の現はれである。若し強ひてこの句を存して生かさうとするならば、斯様な場合「対へば」といふ騒がしい音を避けて「対ひて」等として置く方が、静かになつて落ちつくであらう。第三句以下沙羅の花の音を「ほつたりと」と形容してゐるのは、斯様な静寂境に対して、露《あら》はに過ぎ生に過ぎる。（略）露はな描写は感じを外面的に浮ばせて内面に潜ませない。

「寂し」という露な主観語を排し、その寂しさを語感のなかに溶け込ませること。ことさらめいた理屈を感じさせる「対へば」という確定条件の語法を避けて「対ひて」という穏当な接続語法を用いること。作者のナマな情感のこもったオノマトペ「ほつたりと」を排して、間接的な描写でもって沙羅の花のありようを表現すること。ここにおいて赤彦が主張しているのは、先の「なに削る」の歌の場合と同様、作者の直接的な主観や情感を外面に表さず、一端奥深く内面化した上で表現することの重要性である。

このような赤彦の白秋批判から、私たちは、彼が理想としていた「寂寥相」がどのようなものであったかを窺い知ることができる。

彼は『歌道小見』（大13）において、「作者の心中に動いた寂寥感」は「徹底して歌の調子に現れてゐる」と主張している。作者の感じた寂寥は、言語の意味にではなく「歌の各言語の響や、それらの響を連ねた全体の節奏」の上に現れるものだ、という彼のこの主張からすれば、白秋の歌の名詞の羅列や感情がむきだしになった統辞は、赤彦が理想とする寂寥や静寂の歌境からは遠いものだ、ということになるだろう。赤彦の目からすれば、白秋の歌の「静寂」は、言葉の上だけの作りものめいたもの、外面的なものに見えたに違いない。赤彦が目指したものは、もっと内面化され、鎮静化された「寂しみ」の境地だったのである。

4

白秋と赤彦は並走して静寂の詠風を求めていた。が、そこに至る方途や、静寂感の位相は別々のものにならざるを得なかった。この論争ののち赤彦は、『太虚集』（大13）や遺歌集となる『杮蔭集』（昭2）といった歌集を発表してゆく。そこに収録された最晩年の歌は、みずからの「寂寥相」を実作において完成させたものだった。また白秋は、この論争で主張した「静寂感」を『白南風』（昭9）

の歌々の中で実現してゆく。そのなかで白秋が実現した伸びやかで典雅な象徴的歌境は「新幽玄体」という名で呼ばれることになる。

大正十二年の赤彦白秋論争。それは、静寂の境地を目ざした赤彦と白秋がその模索の途上で、各々の方法論を主張したところから生まれたものである。その衝突を通して二人はそれぞれ独自の静寂感の位相を見出してゆく。その意味で、この論争は二人がオリジナリティーを発見するための必要不可欠な対立であった。

子規万葉の継承

1

昭和十五年、還暦を迎えつつあった会津八一は、その記念として『鹿鳴集』を発行した。大正十三年に発行した『南京新唱』をはじめ、それ以後に発行された小歌集『南京余唱』『村荘雑事』らのなかから三百三十首を自選したいわば生涯の作歌の総決算ともいえるアンソロジーである。

その「後記」のなかで彼は、四十年以上前のみずからの作歌の原点を次のように回想している。

しかるに、此の年（大辻注・明治三十二年）の早春より予はたまたま俳句を始め、『ホトトギス』『日本』などを愛読しつつ句作に熱中し居たりければ、同じく『万葉集』を宗とする正岡子規等の作歌に接する機会もしばしばなるにつれて、忽ち其主張流風に傾倒し、俳句のかたはら歌をも作り始めたり。

（『鹿鳴集』後記・昭15）

さらに彼は、新潟中学を卒業した二十歳の時に子規の家を訪れる。それは、生涯ただ一度きりの子規との対面であった。その様子を彼は次のようにふり返ってもいる。

その翌年（大辻注・明治三十五年）三月、予は中学を卒業して東京に出でしも、ほどなく病に罹りて、七月に郷里に帰れり。帰るに先だちて、六月の某日、根岸庵に子規子を訪ひ、初めて平素景慕の渇を医するを得たり。この日、俳句和歌につきて、日頃の不審を述べて親しく教を受けしが、梅雨の煙るが如き庭上の青葉を、ガラス戸越に眺めながら、午頃の静かなる庵中にてひとりこの人に対坐して受けたる強き印象は、今にして昨日の如く鮮かなり。（同右）

当時、二十歳だった八一の感動がじかに伝わってくるような文章である。六十歳になろうとしている八一は、生涯最大の事件ともいえる子規との対面の意義を噛みしめるように四十年後この文章を書いている、といってよい。

ただこの回想を、そのままじかに八一の実体験と考えるのは危険だ。宮川寅雄は、その著書『会津八一』のなかで、この部分の表現は、歌人として自己を確立した昭和十五年の八一が、四十年前の体験を無意識のうちに改竄したものではないか、と考えている。なぜなら、明治三十三年当時、八一の関心はもっぱら俳句に集中していたからである。

子規との対面の翌年である明治三十四年、八一は二十一歳の若さで「東北日報」「新潟新聞」の俳句選者に就任する。八一はホトトギス派の俳句を北陸・東北地方に唱導する主導者として自分の地位を築いてゆくことになる。彼がその後あらためて短歌を作ったのは、子規との対面の八年後の明治四十一年のことだった。作歌が本格化するのは、さらにそれから十数年たった大正十三年、最初の歌集『南京新唱』を出すときのことである。とすれば、たった一度の子規との対面において、子規と八一の間で語られたのは、主に俳句のことが中心であったはずであり、短歌は話のついでにしかすぎなかったのではなかろうか。

しかしながら、それでもなお、私はこの子規との一度きりの出会いが歌人・会津八一にとってきわめて大きな意味を持っていたと思う。それは八一が、和歌革新に取り組んでいた子規の短歌観に、直接的な形で触れることができた、という点においてである。

明治三十三年は子規にとって、和歌改革の理念が、「雨中松」などの実作のなかで、しだいしだいに血肉化されていた時期であった。八一は、実作のなかで洗練されつつあった子規の短歌観を二十歳の若者のもっとも素直な感性で受け入れたことになる。しかも、その後、八一はしばらく作歌に取り組んではいない。歌壇の動きと隔絶した立場にいた八一にとって、子規没後の歌壇の動きは縁遠いものであった。左千夫・茂吉・赤彦ら、子規の後続の世代と無関係な場所いた八一。その超俗した彼の心のなかで、正岡子規の短歌観は、もっとも純粋な形で培養され、肥大化していったのではないだろうか。

そう考えてくると会津八一は、子規直系の弟子であると考えることもできる。彼より五歳年長の島木赤彦や、彼より二歳年下の斎藤茂吉が、伊藤左千夫を通して子規につながる「第三世代」の歌人であるのに対して、八一は、蕨眞や岡麓らと同じく子規の謦咳に触れた第二世代の歌人なのだ。その意味で八一は、アララギ派の歌人というより、遅れて短歌の世界に入ってきた「根岸短歌会の歌人」というのがふさわしい。茂吉たちにとって八一は、いわば長い放蕩ののちに、歌壇という本宅に帰ってきた叔父貴のような存在だったのではなかろうか。

2

斎藤茂吉は生涯一貫して会津八一の歌を高く評価し続けた。彼は根岸短歌会の先輩である八一に生涯変わらぬ尊敬の念を持っていたといえる。

大正十三年、八一ははじめての歌集『南京新唱』を刊行する。その歌集を贈られた茂吉は、時あたかも、自宅・青山脳病院の焼失という失意のさなかにあった。茂吉は、その随筆「癡人の癡語」(大14)のなかで、この歌集を読んだ感想を次のように記し、八一の歌を絶賛している。

何だか悲しく寂しく、その日その日が暮れてゐる私の一閑張《いっかんばり》のうへに、計らず秋草道人会津八一さんの「南京新唱」が届いた。一読して秀歌があるのに私は驚いている。（略）「南京新唱」の著者の歌調は、万葉調であるが、むしろ万葉調の良寛調に近い。それゆゑ愚なるが如くであつて行渡つてゐる。この著者も山中高歌では『みすずかるしなののはてのむらやまのみねふきわたるみなつきのかぜ』などといふやうに、真淵流の歌もある。これは恐らく幾らか前期に属する歌であらうか。『毘樓博叉《びるばくしや》まゆねよせたるまなざしをまなこにみつつあきの野をゆく』に至ると、もはや真淵らの未だ思ひ及ばなかつた境地である。この『まゆねよせたる』あたりは、正岡子規あたりから目ざめたと謂つてよからう。（癡人の癡語　大14）

この文章において、茂吉は八一の歌調を「万葉調の良寛調」と呼んでいる。さらに、彼の歌のなかに正岡子規の影響を感じ取っている。茂吉は八一のなかに、自分たちとは微妙に異なる万葉調を感じとっているらしい。そのほそぼそとした歌の調べが、自宅の火災という逆境のなかにある茂吉の疲れた心に染みたのである。

先に引用した『鹿鳴集』の後記によれば、八一は小学校時代、桂園風の和歌を学んだらしい。しかし、彼はそれに全く興味を覚えなかった。その後、中学に入った彼は、同じ越後の良寛の和歌に感銘を受け、その調べが万葉調であることを知り興味を抱く。万葉調の歌を理想として掲げていた子規の歌に惹かれたのはそのような来歴による。彼が最初に親しんだのは、良寛の歌のなかにある万葉調だったといってよい。が、はたしてそれだけなのか。

茂吉が直感的に見抜いたように、たしかに八一の歌の調子にはアララギ主流の歌人たちの万葉調とは微妙に異なった調子がある。それは、例えば『南京新唱』の次のような歌々にも端的に現れている。

つの刈るとしか追ふ人はおほてらのむねふきやぶるかぜにかもにる
わぎもこがきぬかけやなぎみまくほりいけをめぐりぬかさゝしながら
あきはぎは袖にはすらじふるさとにゆきてしめさむ妹もあらなくに
しぐれのあめいたくなふりそ金堂のはしらのまそほ壁にながれむ
あまたみしてらにはあれどあきの日にもゆるいらかはけふみつるかも
うつしよのかたみにせむといたつきのみをうながしてみにこしわれは
みほとけのあごとひぢとにあまでらのあさのひかりのともしきろかも
むかつをの杉のほこふでぬきもちてちひろのいはにうたかゝましを

このままの表記では、歌意がよく分らないので、強引だが、漢字交じりの表記にあらためてみる。

角刈ると鹿追ふひとは大寺の棟ふきやぶる風にかも似る
吾妹子が衣掛やなぎ見まく欲り池をめぐりぬ傘差しながら

秋萩は袖には刷らじふるさとに行きて示さむ妹もあらなくに
時雨の雨いたくな降りそ金堂のはしらの真赭壁に流れむ
あまた見し寺にはあれど秋の日に燃ゆる甍は今日見つるかも
現し世の形見にせむといたつきの身をうながして見に来しわれは
みほとけの顋と肘とに尼寺の朝のひかりの羨しきろかも
向つ尾の杉の鉾筆抜き持ちて千尋の岩に歌書かましを

「かも似る」「見まく欲り」「あらなくに」「いたくな降りそ」「今日見つるかも」「見に来しわれは」「羨しきろかも」「書かましを」。これらの歌には、万葉集の言い回しがダイレクトな形で導入されている。

このような万葉直輸入の語法は、この歌集が発行された大正十三年当時のアララギでは、すでに見ることが少なくなっていた語法だった。当時のアララギの歌調の典型を調べるために、「アララギ」大正十四年三月号（茂吉が帰朝後はじめて歌を寄せた号）の巻頭同人の歌々を一瞥してみる。茂吉が帰国してはじめて歌を寄せた記念すべき号である。

やけあとのまづしきいへに朝々に生きのこり啼くにはとりのこゑ　斎藤茂吉
後の世の語《かたり》にならむ諏訪の湖《うみ》やよき人どちの来ても遊べる　岡　麓

水車屋のくらきに数多杵つけり生きてうごける物にぞ見ゆる　中村憲吉
他家《よそ》の子の猿みて遊ぶ悪戯《いたづら》に注意の言葉云ひて去りたり　土屋文明
軒の氷柱障子に明かく影をして昼の飯食《いひ》ふころとなりけり　島木赤彦

これらの歌を読むと、一首一首のなかに描かれている情景が非常に鮮明に、私の胸のなかに立ちあらわれてくる。このなかには、八一のように万葉集をそのまま引き写した語法は少ない。唯一、当時アララギの古老であった岡麓が「諏訪の湖や」（間投助詞）「どち」「来ても遊べる」といった万葉集直輸入の語法を用いているのが、むしろ、いかにも場ちがいで、古風な印象を与えるほどである。

大正末期のこの時期、茂吉・赤彦・憲吉・文明ら、「第三世代」に属するアララギの歌人たちは、すでに彼らの写生の理念にふさわしいシンプルな近代短歌的な文体を獲得していた。それはきわめて意識的・機能的な語法の選択だったろう。たとえば、ここにあらわれた赤彦の歌の「なりけり」という万葉調の結句でさえ、素朴な表現では決してなく、昼飯を食べる詫びしさを強調し、その映像を強調するための語法として意識的に選択されていることが感じられる。

この時期、アララギの歌人たちは、万葉集のなかにある雑多で多種多様な語法のなかから、自分たちの写生理念にあう語法（たとえば「なりけり」など）のみを取捨選択し、明晰な映像を読者の胸に焼き付けるような「アララギ的万葉調」をすでに確立していた。近代短歌の典型的な文体は、すでに確立されたあとだったのである。

3

が、八一の『南京新唱』の歌はそうではない。八一は「かも似る」「見まく欲り」「いたくな降りそ」「羨しきろかも」「書かましを」といった、すでにアララギでは死語となった多様な万葉集の語法を、平然とみずからの歌に使用するのだ。彼はこれらの語法をどこから獲得したのか。そして、それを改めなかったのはなぜなのか。
　私見によれば、これらの歌の本歌はあきらかに子規である。しかも、八一が子規と対面した明治三十三年から明治三十四年ごろを中心とした次のような子規の歌こそが『南京新唱』の万葉調のベースとなっている。子規と八一の歌を併記してみる。

松の葉の葉なみにぬける白露はあこが腕輪の玉にかも似る　『子規歌集』（明33）
角刈ると鹿追ふひとは大寺の棟ふきやぶる風にかも似る
なぐさもるすべもあれとか花菫《はなすみれ》色あせたれどすてまくをしも　『子規歌集』（明35）
吾妹子が衣掛やなぎ見まく欲り池をめぐりぬ傘を差しながら
わが庭にさく梅の花雪ながら折りてかざさん人もあらなくに　『子規歌集』（明35）

秋萩は袖には刷らじふるさとに行きて示さむ妹もあらなくに　『子規歌集』（明34）
春雨はいたくなふりそみちのくの孝子の車引きがてぬかも　『子規歌集』（明33）
時雨の雨いたくな降りそ金堂のはしらの真赭壁に流れむ　『子規歌集』（明33）
ガラスとの外に咲きたる菊の花風に雨にも我が見つるかも　『子規歌集』（明34）
あまた見し寺にはあれど秋の日に燃ゆる甍は今日見つるかも
我が庭にさける黄菊《きぎく》の一枝《ひとえだ》を折らまくもへど足なへわれは
現し世の形見にせむといたづきの身をうながして見に来しわれは
うちひさす都の花をたらちねと二人《ふたり》し見ればたぬしきろかも
みほとけの顎と肘とに尼寺の朝のひかりの羨しきろかも
梅の花見るにし飽かず病めりとも手震はずば画《ゑ》にかかましを
向つ尾の杉の鉾筆抜き持ちて千尋の岩に歌書かましを

「かも似る」「まく」「あらなくに」「いたくな降りそ」「見つるかも」「われは」「ろかも」「ましを」。このように見てゆくと、先にあげた『南京新唱』の万葉調の歌々と、子規の明治三十三年以降の歌々との類似は誰の目にもあきらかだろう。

これらの歌の類似を「子規の歌の模倣」、あるいは「子規の歌の剽窃」という一語で片付けてしまうのは簡単だ。しかしながら私たちは、これらの八一の歌がアララギの万葉調が確立したあとの大正十三年に発表されたことに注目すべきだろう。そのことのなかには、「模倣」とか「剽窃」といった言葉だけで片付けることのできない重要な意義がある、と思われる。

その意義とは、子規から左千夫に至り、さらには茂吉・赤彦・憲吉、そして文明に至るアララギ主流の師系のなかではすでに捨て去られてきた数多くの万葉集の文体が八一の歌に保存されている、ということである。子規の歌のなかで、いきいきとした姿で息づいていた万葉集の雑多で多様で豊かな文体。それをあえて「子規万葉」と呼ぶなら、歌壇から隔絶した場所にいた生きた化石のような八一の歌のなかで「子規万葉」の世界が奇跡的に息づいていた。そこにこそ『南京新唱』という歌集の短歌史的に重要な意義があったのだ。八一の歌をはじめて読んだ大正十四年の茂吉は、その意義を直観し「子規万葉」の豊かさに再び触れていたにちがいない。

正岡子規は、万葉集のなかから豊かで多様な可能性を汲み取った歌人であった。万葉集についてはじめて直接的に述べた「万葉集巻十六」(明32)のなかで子規は、万葉集の巻十六のなかにある「滑稽」や「題材の豊富」さに注目し、その豊かな作品世界のなかに和歌革新の原動力を見出そうとしている。また、彼が明治三十三年から同人たちとともに開始した月一回の「万葉集論考会」では、巻一から巻三に至る初期万葉の語法や語彙をくわしく研究している。そのような研究のなかで子規は万葉集の深い理解に到達していった。

そのような研究の成果は、翌三十四年の春から翌三十五年に歌われた子規の実作のなかで見事に開花する。

佐保神《さほがみ》の別れかなしも来《こ》ん春にふたたび逢はんわれならなくに　『子規歌集』（明34）
若松の芽だちの緑長き日を夕かたまけて熱いでにけり
うちひさす都の花をたらちねと二人《ふたり》し見ればたぬしきろかも
龍岡《たつをか》に家居る人はほととぎす聞きつといふに我は聞かぬに
下総《しもふさ》のたかしはよき子これの子は虫喰栗《むしくひぐり》をあれにくれし子
くれなゐの梅ちるなべに故郷《ふるさと》につくしつみにし春し思ほゆ　『子規歌集』（明35）

「われならなくに」「夕かたまけて」「ろかも」といった初期万葉の語法。「聞きつといふに我は聞かぬに」「よき子これの子」といった万葉集の民謡に頻出するリフレイン。「なべに」「春し思ほゆ」といった古風な助詞。死に向かう日々のなかで、子規はこれら多様な万葉の文体をまるで子どものように自由に嬉々として用いている。万葉集の多様な語法を駆使しながら、それまでの彼の歌にはなかった微妙な心理的陰影を描き出している。いわば子規特有の「細み」の叙情がこれらの歌には流露しているといってよい。万葉集の多様な文体を駆使しながら「細み」を表現する「子規万葉」の作品世界をこの時期、子規は完成させていたのだ。

この子規の「細み」の叙情は、アララギ歌人には継承されなかった。あえていえば、もっともよく受け継いだのはおそらく長塚節だったのかもしれない。しかし、節は一人の弟子も持たないまま夭逝する。「馬酔木」を経て「アララギ」を主宰した伊藤左千夫は、彼が説いた「短歌叫びの説」

でも分かるように万葉集の重厚な調べを重んじ、子規の「細み」の歌境を継承しなかった。左千夫に反発しながらも本質的なところで左千夫の重厚な歌の調べを受け継いだ茂吉や、「鍛錬道」「寂寥相」を説いた赤彦は、「子規万葉」の多様さや雑多さを、それぞれの仕方で、精選する方向に向かってゆく。概括的にいえば、大正期のアララギは、子規が提示した豊かな万葉集の文体をこのようにして取捨選択し、精選していったのである。

会津八一が、奇跡的に、あるいは偶然にみずからの歌のなかに保存していたのは、大正期のアララギがふるい落としていった豊かな「子規万葉」の世界であった。彼が『南京新唱』のなかで示した次のような名歌は、確実に子規の「細み」の叙情を受けついでいる、といってよいだろう。

かすがの〻みくさ折りしきふすしかのつのさへさやにてるつくよかも
水煙のあまつおとめがころもでのひまにもすめる秋のそらかな
くわんおんのしろきひたひに瓔珞のかげうごかしてかぜわたるみゆ
まばらなる竹のかなたのしろかべにしだれてあかきかきの実のかず
野のとりのにはのをさ〻にかよひきてあさるあのとのかそけくもあるか

鹿の角に反射する月光、水煙から透けて見える秋空、仏像の首飾り（瓔珞）を揺らす風、竹林から透けてみえる城壁と柿の実、庭の笹に餌をあさる鳥の足音。これらの歌で描かれているのは、非常に微細な物象や物音である。そのこまやかな物の影や音に、心を寄せる作者の静謐な叙情。そのひそやかさが読者の胸にしんしんとしみてくる。自宅の焼失という悲痛のなかにあった大正十四年の茂吉の心を深く癒したのは、八一の歌のこのようなほそぼそとした澄み切った「細み」の歌境であったにちがいない。八一『南京新唱』のこの「細み」の歌境は、ひょっとしたら、この時期の茂吉の歌を集めた歌集『ともしび』の、あのさびさびとした沈潜した歌境に深いところで影響を与えている、とさえ言うことが出来るのかもしれない。

会津八一の『南京新唱』は、アララギが選び落としたオルタナティブ（alternative）な可能性を私たちに伝えてくれる歌集である。

素型としての戦時詠

1

戦時詠は、近代短歌史の躓きの石であった。

近代短歌の歴史を振り返ろうとするとき、日中戦争・太平洋戦争の戦時詠の位置づけは実に難しい。その難しさゆえに、この問題は、常に論者の見識が問われる問題となる。

たとえば、斎藤茂吉の戦時詠を考えるときもそうである。ある人は、茂吉の戦時詠を茂吉の「本音」から作られたものだと解釈するだろう。そして、そのなかに批判精神や思想性の欠如を見出すだろう。またある人は、それを「建前」から作られたものと解釈するだろう。そして、彼の「制服歌」は気の迷いの産物であって、茂吉の精神の無垢はいささかも汚れていないと強弁する。

戦時詠の問題を考えるとき、私たちは、このように本音と建前という二分法的な思考法のなかでそれを捉えてしまいがちだ。が、そのような単純な発想のなかには、微妙なものを見失わせてしまう危険性が存在している。

私たちは日常生活のなかで、本音と建前を使い分けている。が、どこまでが本音で、どこまでが建前なのか、判然としない場合が多い。私たちは、建前が必要な公的な立場に身を置いていると同時に、本音という私的感情も持ち合わせている。そのふたつは明確に峻別できるものではない。私たちは本音と建前に両方足をつっこみながら生きる。むしろ、それが私たちの実態なのだろう。

太平洋戦争で歌われた多くの戦時詠を丹念に見てゆくと、それらのなかには、本音と建前の二分法では峻別できない微妙な感情が表現されていることに気づく。短歌という詩型は、そのときその微妙な感情を赤裸々に表現してしまう。そして、そこにこそ、生の実態に密着した短歌の素型を見出すことができるのではないか、と私は思う。

2

太平洋戦争時、人々はどのような歌を詠んでいたのか。それを考える題材として、昭和十九年の「アララギ」六月号を選んでみたい。

私の手もとにあるこの雑誌は剥落がひどい。戦時中の粗悪な酸性紙が使われているためだろう。手に取るとポロポロと崩れて行きそうである。が、このなかには昭和十九年当時の「銃後」の生活や時代状況を彷彿とさせる多くの歌が掲載されている。

挺身隊の女学生三人片隅に活字ケースを暗記して居り　青木辰雄
撚線の流れ止まぬを見守りて処女立ちたり夜深く来れば　滋賀秀一
改札口に使へるパンチ見習ひて後に立つ少女《をとめ》四人か五人　荒木良雄
女らしくなりて挺身隊より帰れども他愛なき事話せるかもよ　大間知弘次

「挺身隊」とは、当時労働力不足解消のために結成されていた勤労奉仕組織である。十四歳から二十五歳までの女子がその対象となっていた。この年の三月、「女子挺身隊制度強化方策要綱」が閣議決定されて、学校などで組織された女子挺身隊が、工場などの職場へ勤労奉仕に本格的に出かけていくことになった。一首めから三首めの歌は、印刷所・工場・駅など、自分の職場に初めてやってきた挺身隊の少女たちの姿を描いている。その少女たちは、働く大人たちに清新な印象を与えたらしい。これらの歌では、初めて実社会の労働を体験した少女たちの初々しい姿が描き出されている。

このなかで四首めの歌は、女子挺身隊の勤労奉仕から帰ってきた娘を見つめる父親の歌である。勤労奉仕の職場で大人たちに揉まれた少女の顔には、初めて実社会の厳しさに触れた大人びた表情が浮かんでいる。父親である作者は、目ざとく娘のその変化に気づく。が、一旦部屋に上がるやいなや、彼女はその日の出来事をたわいなく家族に語って聞かせている。作者は、その和やかな顔を見て安堵する。そんな微妙な心情を歌った歌だろう。

もちろん勤労奉仕が楽だったはずはない。女子挺身隊に参加したこの少女も、身を切るような緊張感のなかで一日を過ごしたに違いない。が、そんななかでも、労働というものがもたらす充実感は確かな形で存在する。父親である作者は、緊張から解放された少女の表情から、その充実感を読み取ったのだろう。

この号には、勤労奉仕に従事した少女たちの歌も掲載されている。

この弾丸《たま》のいささかの塵も心こめ拭ひをるなり生命《いのち》通ひ行く　長崎一子
防空壕次第に深くなりゆくを楽しむがごとひたに掘りけり　木村波穂

これらの歌にあるのは、肉体労働が人に与える単純な快感、といったものだろう。一首めの歌は、兵器工場に動員された少女の歌である。この歌の結句「生命通ひ行く」という表現には、労働というものの快感と、それを初めて知った少女の喜びが流露している。その実感は多分、「報国の使命感」といった理念や建前とは全く別のところにあるものだろう。

二首めの歌は、防空壕作りに従事したときの歌である。防空壕を掘るという作業は重労働であったに違いない。が、身体の疲労に比例して、防空壕は確実に深くなってゆく。それを実感したとき、彼女は「ひたに」労働のなかに没頭してゆく。そういう歌だと解釈できる。この歌の「楽しむがごと」という表現のなかには、予想に反して楽しむように労働をこなしている自分への軽い驚きがある。その驚きもまた、「報国の歓び」といった抽象的な理念とは無縁のリアルな実感だといえよう。

が、大変なのは、勤労奉仕だけではなかった。国家総動員法によって、この時期、多くの物資が軍需品として供出させられていた。そのような事情が窺える歌もある。

吾が蒔きし麦清々と生ひ立てば供出の日が今より楽し
青々とやさしき麦にふりかくる黒土の香も恋しきものを
伴明子

広島県在住のこの女性は、自分の畑から麦の供出を求められていたのだろう。一読して、麦に対するいとおしさが伝わってくる歌である。

戦後的な視点からすると、一首めの「供出の日が今より楽し」という表現は「建前」であり、決して彼女の「本音」ではない、と見なされるかもしれない。たしかに、農民が供出を心から「楽し」と感じるとは思いにくい。そのことは、二首めの歌の「恋しきものを」という逆接のニュアンスのこもった哀切な結句からもうかがえる。この結句には、「供出の日が今より楽し」という表現とは矛盾する悔しさが滲んでいる。自分が精魂こめて育てた麦を、命令によって軍需品としなければならない無念がここにはある。そう解釈することもできなくはない。

が、だからといって、一首めの「供出の日が今より楽し」という表現を心にもない「建前」だ、ということはできないだろう。この歌の屈託のない伸びやかな調べは、あくまでも明朗である。そこに恨みのような感情を感じとることはできない。自分が育てた麦が自分のものにならない悔しさは確かにあったに違いないが、それが皇軍に供されるという誇りもまたそれと矛盾しない形で彼女の心のなかには共存していたのではないか。

醜のみ楯と散りし惜しまね心根のやさしさしぬび夜半はみだれつ　　溝間操子
行きずりに似通ふ姿見し故にこもりて向ふ子のうつしゑに

息子を戦争で失った母の歌である。どちらの歌も痛切な心情が胸を打つ。

一首目の歌は、修辞的にも高度な歌である。二句めの「惜しまね」は逆接の形で下の文脈につながってゆく已然形の中止用法であろう。したがって、二句までは「『醜《しこ》の御楯《みたて》』として戦死した息子を惜しみはしないけれども」という意味になる。惜しみはしないけれど、深夜、優しかった息子を思い出すと、心は乱れに乱れてしまった。そんな歌である。

二首めの歌は、町でたまたま息子に似た若者を見てしまったときの歌である。息子の姿を思い出した彼女は、家に帰り息子の写真を見つめなおし面影を追う。息子を戦争で失った親の心の乱れが感じられる歌だといってよい。

一首めの歌に出てくる「醜の御楯」は、天皇の楯となって戦う防人を表す語である。戦時中は、兵士を美化する言葉として盛んに用いられた。その一語に注目して、二句までの「醜のみ楯と散りし惜しまね」は「建前」を歌ったものだと考えることはできよう。

しかし、息子の戦死という、気も狂わんばかりの悲しみに、なぜ彼女は「醜のみ楯と散りし惜しまね」という形式的な上句をつけなければならなかったのか。それを考えるとき、私は短歌という詩型が持つ本質的な機能に気づかざるを得ない。

短歌を詠むということ。それは自分の心情に、五七五七七という民族共通の型をはめ込むことだ。それによって個人の感情は、共同体の他の成員と共有できるものになる。自分だけでは抱えきれない悲しみ。それに公の形を与えることで、個の悲傷にあるカタルシスを与える、おそらく短歌形式というものは、そのような本質的な機能を担っているのだ。

おそらく、この夜、この母親もまた、気も狂わんばかりの悲しみに型を与えるために、「醜の御楯」と言い、それを短歌の定型の上に載せたのだろう。そうすることによって、彼女は、その夜、辛うじてみずからを支えたに違いない。

このように考えてくると、なぜ短歌が戦時に多作されるか、ということも分かってくる。人々が、自分ひとりでは支えきれないほどの大きな悲しみを抱く時代。戦時とは、いつの世もそのような悲しみの時であろう。誤解を恐れずにいえば、それは短歌にとって、おのれの本質的な機能を十全に発揮できる幸福な時代なのだ。

Ⅲ

『早春歌』以前

1

近藤芳美の第一歌集『早春歌』は、次の歌から始まる。

落ちて来し羽虫をつぶせる製図紙のよごれを麺麭で拭く明くる朝に　『早春歌』

この歌の初出は「アララギ」の昭和十一年一月号である（表記には異同がある）。この歌を筆頭にして『早春歌』には、昭和十一年から昭和二十年の敗戦時までの歌が収録されている。近藤芳美、満二十二歳から三十一歳の頃の歌である。それ以前の彼の歌々は、この歌集には一切収められてはいない。

が、近藤芳美にはこのような『早春歌』最初期の歌以前に、約四年間に渡る習作期がある。ここでは、その習作期の作品を見つめなおし、近藤芳美の『早春歌』に至るまでの足跡を確認しておきたい。

まず年譜的な事実を確認しておく。近藤芳美は、昭和六年末、広島高校一年満十八歳のときにアララギに入会する。翌七年二月には、広島県五日市の中村憲吉を訪ねその門下に入る。同年の「アララギ」四月号には、本名の「近藤芽美」の名で、中村憲吉選歌欄に初登場を果たす。それ以後、昭和十一年に至るまで彼は「アララギ」誌上に断続的に歌を発表してゆく。

昭和七年四月号から十年十二月号まで、計四十五冊の「アララギ」に掲載された近藤の歌は、歌会記の詠草欄なども含めると、全七十首。この七十首の歌に、『早春歌』以前の近藤芳美の歩みが刻印されている。

これらの歌の掲載歌数と、掲載欄、住所・署名を表にまとめておく。

・昭和七年・計13首　（四月広島高校二年に進級、19歳）

四月　3首　「月集其三」中村憲吉選（広島・近藤芽美）
六月　5首　同欄
八月　1首　「白雨集」（二段組み）中村憲吉選
九月　2首　同欄

十月　2首　同欄

・昭和八年・計16首

五月　4首　（四月広島高校三年に進級、20歳）

六月　3首　「月集其三」中村憲吉選

七月　3首　同欄

十月　4首　同欄

十二月　2首　同欄

・昭和九年・計17首

六月　2首　（三月高校卒業、四月より浪人、五月憲吉死去、21歳）

八月　3首　「月集其三」土屋文明選

九月　3首　同欄（朝鮮・近藤芽美）

十月　3首　同欄

十二月　6首　同欄

・昭和十年・計20首

一月　4首　同欄（東京・近藤芽美）

三月　4首　（四月東京工業大学に入学、22歳）

十月　3首　同欄（東京・近藤芳美）

同欄

同欄

十一月　5首　同欄
十二月　4首　同欄

以上が選歌欄に掲載された芳美の歌六十六首である。他に、歌会の詠草欄に以下のような計四首の歌が掲載されている。

・昭和八年
二月　1首　「広島アララギ新年歌会」詠草
三月　1首　「広島アララギ歌会」詠草
五月　1首　「広島アララギ歌会」詠草
・昭和九年
十二月　1首　「京城アララギ歌会」詠草

このように見てみると、昭和七年八月から三号にわたって、中村憲吉選の二段組の「白雨集」に歌が掲載された以外は、初期の近藤の歌はすべて「其三」欄と呼ばれる三段組の選歌欄に掲載されていることが分かる。この時期、近藤はアララギの数多い新人年少歌人の一人に過ぎなかった。

作歌のペースも決してコンスタントではない。一覧表からは、三度にわたって、選歌欄に歌が掲載されていなかった時期があったことが分かる。すなわちそれは、①昭和七年十月号から八年四月号までの七ヶ月間、②昭和九年一月号から五月号までの五ヶ月間、③昭和十年四月号から九月号までの六ヶ月間、という約半年にわたる三度のブランクである。

もちろんこの時期の「アララギ」は非常な厳選であったため、投稿して全て没になっていた、という可能性も皆無ではない。が、その可能性は少ないだろう。むしろ、これらの時期は作歌に集中していなかったと考えるべきだ。ブランクの期間はすべて年の前半である。「アララギ」に投稿した歌は三ヶ月後に掲載されるのが常であったから、当時の近藤は毎年、晩秋から年頭にかけて歌を怠けていたことになる。

思うに、これには彼が学生であったことが大いに関係しているのだろう。学生にとって、この季節は年度末試験や入試で忙しい時期である。大学入試を二度経験している近藤にとって、これらブランクの時期は、歌作を横においてまで学業に専念せざるを得なかった時期だったのかもしれない。

さらに興味ぶかいことは、このブランクが彼の作風に微妙な影響を与えていることである。それを見るために、ここでは、習作期の近藤の作品を便宜的に以下の三期に分けて考えておく。

・第一期（昭7・4〜昭8・12）中村憲吉選歌欄の時期。昭和七年十月号から八年四月号までの欠詠期を含む時期。

・第二期（昭9・3〜昭9・12）憲吉の死に会い、土屋文明欄に移行、高校卒業から浪人を経験していた時期。広島・朝鮮・東京と転々と居を換えた時期。

・第三期（昭10・7〜昭10・12）東京工業大学入学。アララギ発行所に足しげく通いはじめた時期。

このような便宜上の区分に従って、以下、各時期ごとに作風の変化を確かめておきたい。

2

「アララギ」昭和七年四月号には、憲吉選「四月集其三」の欄に次の歌々を含む三首の歌が掲載されている。初登場である。署名は「広島・近藤芽美」。「芽美」は彼の本名である。

山峡の家みな低し葺屋根に夕餉のけむり暮れのこる見ゆ
下り立ちて畦についばむ鵲の足あらはなれ朝の刈田に
（昭7・4）

詞書には「朝鮮」とある。昭和七年年頭に両親のいる朝鮮に帰省した際の歌だろう。一首めの「葺屋根」は「ふきやね」と読むのだろうか。煙のなかに微妙な夕暮れの気配を感じた下句に、繊細な感受性を感じはするが、まずは平凡な、十八歳の少年の歌としては老成した風景描写の歌である。二首めの歌の下句「足あらはなれ」には、さすがに若々しい青年の官能のうずきのようなものを感じる。が、その魅力も「朝の刈田」といった陳腐な舞台設定のなかで相殺されてしまっている。総じて、第一期の近藤の歌の題材は狭い。仏閣を訪れたときの歌や自然詠など、従来のアララギのなかで確立された歌の題材を忠実になぞっている感が強い。

訪へば応へて動く僧の影知客寮《しかれう》の縁の緑すだれに　（宇治万福寺　昭7・9）
くらがりに祖師燈揺げ手をあげしまま忽《たちまち》にぬかづく僧等　（朝鮮燈心寺　昭7・10）
灯影褪せし障子立てきり護摩堂にあかときの行けだるくつづく　（室生寺　昭8・7）
立てきりし障子に映ゆれ時雨来る塔頭《たうきう》堂の庭の葉鶏頭《かまつか》　（広島アララギ歌会詠草　昭8・5）

仏閣を訪れたときの歌々である。十八歳の少年が歌う題材としてはあまりにも渋すぎる題材だろう。「訪《おとな》へば」「あかときの行」といった語彙や、「燈揺げ」（「ひゆらげ」と読むのだろうか、誤植の可能性もある）「障子に映ゆれ」といった已然形中止の語法などのなかに、アララギの語彙・語法を忠実に習得しようとしている彼の努力がうかがえる。

これらの歌で、近藤は、堂宇の暗がりのなかでほのゆらぐ光を見つめている。蝋燭や明かり障子から、部屋にとどくほのかな光。その光の微妙な揺らぎのなかで、僧や葉鶏頭の影を見つめている。

もちろん、これらの歌の背後には、仏閣の歌を好んで詠った師・中村憲吉の影響があることはいうまでもない。あるいは、憲吉が前々年の昭和五年に法隆寺夢殿で詠った「いみじくも燈に照りいで御ほとけの金色の体あたたかく見ゆ」といった歌の直接的な模倣があるのかもしれない。

しかしながら、そういう歌材選択の影響や文体の模倣を超えて、近藤の歌には、何かたゆたうような青春のあてどない情感が流れていることも確かである。特に、僧や葉鶏頭の動きがつくる微かな陰影をとらえた一首めの歌や四首めの歌には、光と影の微妙な動きに敏感な近藤の本来的な資質を見てとることができる。また、後に彼の歌の主調低音となるアンニュイな気分も、三首めの歌には流れているだろう。仏閣というきわめてアララギ的な歌材と、若い不安な感覚との微妙なギャップが面白い。

このような老成した歌とは対照的に次のような歌も散見される。

旅芸人の楽隊は触れて行きしかど宿はづれより練り返し来ぬ　（昭7・6）
夕照の衢に出でつ推古仏を見て来しあとの気づかれ覚ゆ
（広島アララギ新年歌会詠草　昭8・2）
ゆられ行く場末の町に乗合自動車の室内燈は明るしと見つ　（広島アララギ歌会詠草　昭8・3）

アンニュイといえば、先の歌よりもこれらの歌の方が濃厚に出ているだろう。旅芸人を見たときの漂泊感や、推古朝の仏を見たときの気づかれをこれらの歌はうまく表現している。ただ「夕照の衢」とか「場末の町」といった舞台設定はあまりにも陳腐だろう。

山の辺の枯篠叢を潜り行く水音とほし春浅みかも　（昭7・6）
松の皮笹むらに落ちてさやる音山沢深く入りて聞き居り　（昭8・5）
山の霧吹き下りたる深谷の竹叢はすでにしづくする音　（昭8・6）

古い文体で作られたこれら自然詠のなかにも、やはり細やかな神経が息づいている。とくに、聴覚の繊細さはまぎれもない。「松の皮笹むらに落ちてさやる音」といった現象の把握が、作歌歴一二年でできているということは、この少年が平凡な感傷家でないことを示している。

このように第一期の歌を注意ぶかく見てゆくと、やはり後の近藤芳美を感じさせるような天禀の素質を見出すことができる。中村憲吉は、はやくから彼のこのような素質を見ぬき、熱い期待をかけていたのだろう。アララギへの投稿三回めの昭和七年八月号では、近藤は早くも三段組の「其三」欄を通過し、それより上位に位置づけられていた二段組の憲吉選歌欄「白雨集」に登場している。少壮の国文学者として憲吉に嘱望されていた扇畑忠雄らと同等に位置づけられたのである。保守的なアララギのヒエラルキーの中でのこの昇格の速さは、異例だといってよい。近藤と中村憲吉とは生前二回しか顔を合わせていない。が、それでもこの二人は熱い師弟関係で結ばれていた。

「白雨集」への掲載は、次の昭和七年九月号や、同十月号に続いてゆく。が、しかし、意外なことに、翌昭和八年一月号では、彼は再びもとの「其三」欄に降格させられてしまう。時間軸に沿って「アララギ」を読んでゆくと、非常に突飛な感じがする処遇である。その背後にはいったい何があったのか。

昭和八年当時アララギでは、病が篤くなって選歌業務に耐えられなくなった憲吉に代わって、事実を伏せたまま土屋文明が憲吉選歌欄の歌々の選歌をしていた、という(田井安曇『近藤芳美』)。昭和八年の何月号からそうなったのか正確には分からないが、もしそうだとしたら、この近藤の降格は、憲吉ではなく、憲吉の代役として選を担っていた土屋文明の判断だった可能性もある。

たしかに昭和八年に掲載された近藤の歌を見ると、憲吉自身が選歌をしていたと思われる前年の歌とは微妙に異なるトーンを帯びてきている。いかにも憲吉が好みそうな仏閣を詠った歌が減少するかわりに、次のような歌が顔を出してくるのである。

声あげて祖母が新聞を読む聞けば松岡全権が泣き居る所なり　(昭8・6)
敷島村の街道にならぶ軒低しトラックが立てし埃つもれる　(昭8・7)
河口を疾《と》く潮引けば底砂に細く岐れて行く水脈は見ゆ　(昭8・10)
朝海にひらけし赭土《はに》の岬山路《さきやまぢ》雨茸白く蹴散らされ居り　(昭8・12)

一首めの歌は、昭和八年三月日本が国際連盟を脱退したときの歌である。当時の近藤としては珍しい社会的な題材である。もちろん、その捉え方は皮相的で、後年のような思想的な深さはまだない。だが、祖母が新聞を読むという眼前の情景と、日本の松岡洋右全権の涙という国連議事場での光景という、時空を超えたふたつの場面をモンタージュのように強引に結びつけた手法には、今までにない斬新な味わいがある。

また、トラックが立てた砂埃が家の軒に積っている情景をとらえた二首めの歌や、潮が引いて行く河原の砂と水を描いた三首めの歌にも、以前とは異なる乾いた現代的な感覚が疼いていよう。四首めの歌の下句の描写にも、若者の荒々しい乾いた飢餓感のようなものが感じられる。

このような描写や感覚の微妙な変化を、私たちはどう捉えるべきなのか。単純に考えれば、このような変化は近藤自身による作風の変革によるものだ、といえよう。しかし同時に、このような変化の背後には、憲吉の代役としてひそかに選歌をしていた土屋文明の意向と短歌観が働いていたともいえる。

月々選者に送る歌稿のなかからどのような歌が選ばれ、どのような歌が落とされるか、それを確認することによって、若い歌人は自らの資質に気づき自分の作風を作ってゆく。枯淡の味わいを追求した晩年の中村憲吉なら、おそらく没にしたであろうこれらの歌を、あえて選ぶことで、文明は「其二」欄の新人たちに短歌の現代的な水準を示そうとしていたのかもしれない。当時二十歳の近藤は、すでに、土屋文明の手によって、新たな短歌の可能性に遭遇させられていたのである。

が、文明のこのようなメッセージを、近藤は正しく理解し、受け止めることができたのか。

残念ながら、その後の芳美の掲載歌を見る限り、そうではないようだ。一度めの大学受験を前にしていたからか、昭和九年一月号から五月まで、アララギには近藤の歌は載っていない。その間に、彼は最初の師・中村憲吉と死別することとなってしまう。

3

昭和九年五月五日、中村憲吉は仮寓先の尾道において死去する。大学入試に失敗し、失意のなかにあった近藤芳美は、高校の制服を着たまま彼の葬儀に参加した。憲吉の死を会員に告知した「アララギ」昭和九年六月号では、同時に中村憲吉選歌欄の廃止が告げられている。憲吉選歌欄は、そのまま「土屋文明選」と銘打たれ土屋文明選歌欄に吸収されることになった。文明はそれ以前から受け持っていた自分の選歌欄会員の歌と、旧中村憲吉選歌欄の会員の歌を選歌することになった。同時に、「近藤芽美」の名は、自動的に文明選歌欄に移動し、近藤は名実ともに文明の弟子となったのだ。

この六月号には、五箇月ぶりに「近藤芽美」の名が載っている。住所は「広島」である。制作時期は、おそらくその年の三月ごろであろう。大学入試には失敗した。が、失敗はしたものの入試がとりあえず終わって、近藤はつかの間の休息を味わっていたに違いない。次に掲載された八月号では、住所は「朝鮮」に、さらに十二月号では「東京」に住所が変わる。さらに、翌十年一月号では、署名が本名の「近藤芽美」から、ペンネームの「近藤芳美」に変わる。五月に父がいる朝鮮・光州に帰省し、九月に再受験の準備のために上京するという、彼の慌しい生活の変化が「アララギ」の住所や署名からも伝わってくる。

この第二期の歌の題材は、依然、自然詠が中心である。が、その詠風は以前の歌とは微妙に異なってきている。

地を潜《くぐ》れる水が磧に湧き出るはしづかに小き藻をゆりて居り　（昭9・8）
磧中に水の湧き居るしづかにて気泡は底の石をはなれず
青稲田ふき来し風はみぎはよりそのまま池に波立てて行く　（昭9・10）

藻をゆらす湧き水、石に付着する気泡、池の面を走る風紋。自然への接近の仕方がより細やかになっているのが感じられる。

が、それよりも顕著なのは、「湧き出るはしづかに」「湧き居るしづかにて」「みぎはよりそのまま池に」といった、やや生硬なぶつぶつと途切れるようなクールな文体である。それは、中村憲吉選歌欄に所属していた頃の、流麗な和歌的な調べとは異なる現代的な文体である、といってよい。自然詠という素材は同一ながら、近藤は『山谷集』の歌を制作中だった当時の文明の散文的な文体からひそかな影響を受けていたのである。

昭和九年五月に、彼は朝鮮に帰省する。この時期に獲得した生硬な文体は、朝鮮の乾いた風土を描写するのには好適だったと言える。昭和九年十二月号に発表された「京城城塁」六首の一連は、

『早春歌』以前の芳美にとって、ひとつのピークともいえる画期的な作品群である。

尾根の堡崩れおちたるところありて夕づきし禿山のおきふしが見ゆ
吹く風は銃眼に音を立てて鳴る山の方より吹くにやあらむ
堡の上に鉄道草ふかれてなびき居れどとび散りてゆく実すでにとぼしき
石塁に沿へる日向の路行けば銃眼をふきぬける風のつめたし
（昭9・12）

日清戦争の戦跡である京城郊外の城塁の荒涼とした情景を、大胆な字余りを用いながらリアルに表現した歌々である。とくに銃眼に音を立てる風をとらえた二首目の歌などは、後年の「写図一つなせるばかりに吾は立つ吾が窓のかど風切りてをり」（『早春歌』）にも通ずるようなシャープな情景の把握がある。このような鋭い視線の背後には苦々しい青春期を生きる芳美のむきだしの傷心といったものが感じられよう。このような荒々しい迫力はそれまでの近藤の歌には、決定的に欠けていた要素だった。

終電車はげしくゆれてアスファルト煮て居るけむり窓よりにほひ来
（昭10・1）
赤土の道は枯田をうめたてて電車終点よりさらにつづけり
（昭10・3）

東京工業大学の入試を控えて東京に来た時の歌である。このような都市の情景を歌った歌にも、かつての近藤の歌のような甘やかな感傷は感じられない。「京城城塁」の歌同様、即物的な物象の把握と、それによる心情の表現が板につき、迫力を帯びてきている。

また、この時期には次の歌ような人間の動きを描いたものも散見されるようになる。

温室の鉢おきかへて居たりしが又図書館へ入りゆかむとす　（昭9・9）

道の辺のむしろにいちどきに袋より繭をうつすを立ちて見にけり　（昭9・10）

斎藤先生が焼場の裏の松原でこごみて枯枝をひろひ居たまふ

（京城アララギ歌会詠草　昭9・12）

くらき土間に鮮人の居て豚のかたちせる高坏《たかつき》をみがけるを見つ　（昭9・12）

鉢を置きかえる。袋から繭をうつす。枯れ枝を拾う。豚の形をした高坏をみがく。これらの歌には、人間がある一瞬に見せる表情やしぐさがストップモーションの映像を見るような鮮やかさで的確に切り取られている。その映像の確かさによって、そこに描かれている人物のひととなりまでが想像できる感じがする。そもそも、それまでの最初期の近藤の歌には「人間」を歌った歌はほとんどなかった。それがここでは、このような即物的な接近の仕方でもって人間の姿を描き出すようになってきている。ここにもこの時期の芳美の大きな変化が見てとれる。

　このような変化の背後には、近藤の上京があったことはいうまでもない。上京後、初めて出席したアララギの面会日に、文明から「何だ、君はもっと老人かと思っていた」と言われたという、有名なエピソードはこの頃のことである。いままで、選歌を通じてしか感じとれなかった文明の意図を、直接的に聴くことのできる機会は芳美にとって貴重なものであったに違いない。

　この時期の近藤は確かに、後の『早春歌』に通じる数々の鉱脈を掘り当ててはいる。が、彼にとって二度めの大学受験が、その鉱脈を掘り下げを困難にした。昭和十年三月号を最後に、彼は三たび約半年間の休詠期に入ってしまうのである。

4

　三度目の休詠期を終えた近藤が「アララギ」誌上に再登場するのは、昭和十年の十月号からである。制作時期は、おそらく七月だろう。東京工業大学に入学して、やっと少しの余裕が出来てきた頃の作品だと推測される。

　これ以後、近藤は「アララギ」誌上に欠かさず歌を出すようになる。また、この三ヶ月後に出た昭和十一年一月号には、『早春歌』巻頭の連作「製図室」に収められた三首が載っている。この後、彼はみずみずしい生活詠を、迸るように歌い出してゆくのである。したがって、この第三期は、直接的に『早春歌』の作品世界に繋がり、それと重なりあって行く時期だと言える。

昭和十年の終盤の歌は次のようなものである。

月あかき駅のホームに貨物車より一丈ばかりの鮪をおろしぬ（昭10・11）
河辺より夕あかりする終点を電燈つけて電車出て行く
くれゆきし屋根幾重にもかさなれるはたてに光る海原の見ゆ
張りきりし太きワイヤーが道をよぎり蕁麻長けし叢に入る（昭10・12）

『早春歌』の歌が生み出されてゆく直前の時期である。上京後に確固としたものとなった都会的風物に対する即物的な描写がここでも生きている。「貨物車より→鮪をおろしぬ」「終点を→出て行く」といった、後年の近藤の歌に散見されるやや捩じれた助詞の使い方も、この時期の歌には登場してきている。また三首目の歌からは、誰もが『埃吹く街』所収の名歌「水銀の如き光に海見えてレインコートを着る部屋の中」を想起するだろう。

しかしながら、このような歌と『早春歌』冒頭の「製図室」の歌々とはやはり差異があると見なければならない。それは、歌のなかの日常生活のリアリティーに関する差異である。

主任教授ににらまれてはならぬ事を卒業に間近き友がくどくどと云ふ
電燈の下にひろげし製図紙に小き羽虫のおち来て死にぬ（昭11・1）

落ちて来し羽虫をつぶせる製図紙のよごれをパンで拭く明くる朝に
大き蛾の翅をひろげて死に居しがなほ一人行く枯薄野を

昭和十一年一月号に掲載された全四首の歌々である。この中から三首目と四首目の二首が、後に『早春歌』に収録されることになる。

この一連において近藤は初めて、建築学徒である自分の日常的な生活を歌の題材としている。教授や友との人間関係、虫の死体によって汚される製図紙といった、ともすれば俗っぽいうす汚れた自分の日常のなかから詩的な情感を見つけ出している。そして、それによってこれらの歌の背後には絵空事ではない生身の若者の体臭が漂ってきている。

『早春歌』以前の歌と、『早春歌』の歌の違いは、まさしくこの一点にあろう。「アララギ」十一年一月号の四首は、まさしく近藤にとって日常の発見であり、生活の発見であった。

が、このような作品は、なにも突然変異的に生まれ出たものではない。当時の「アララギ」の文明選「月集其三」欄や、干支にしたがって「乙亥集」「丙子集」などと呼ばれている二段組の選歌欄には、近藤の作風の先駆ともいえる、同世代歌人たちの次のような歌々が並んでいる。

ゲーテ読みてたかぶりし日もすぎゆけば一日《ひとひ》が貧しくあけくるるなり　金石淳彦（昭9・8）
ひろげたるノートの上の青き羽虫見つつしあれば旅のごとしも　小暮政次（昭9・12）

雨のなかをきほひかへりて泥浸《し》みし靴下を部屋の隅に脱ぎ棄つ　高安国世（昭10・8）
つきつむれば吾が体質にかかはれる性《さが》ぞさびしき世に立ちながら　小暮政次（昭10・10）
酔ひしれて寝ざめしはずみに思ひ出づズボンに押しをして寝ることを　相沢正（昭10・11）

昭和十年前後の、知的な青年たちの湿気をおびた青春の情感がなまなまと描かれている作品群である。このような日常に即した生々しい青春の抒情は、土屋文明選歌欄に集う若者たちの共通した抒情であったといってよい。これらの歌と、後に『早春歌』の冒頭「製図室」に収録されることとなる、近藤の昭和十一年の次のような歌との相似は誰の目にも明らかだろう。

資本論を読みつぎ行きし幾日のたかぶりし感情もはやうとましき　近藤芳美（昭11・4）
消えかかりし喫茶店のストーブにあたり居て靴の破れを見せ合ひにけり
ほしいままに生きしジュリアンソレルを憎みしは吾が体質の故もあるべし　（昭11・5）

このような作品を見ると、同集団・同世代の人々が作り出すエコールがいかに強いものであるかを感じずにはいられない。昭和十年の秋から、近藤は、アララギ発行所に通い、事務をしながら、小暮政次や相沢正ら少壮の歌人たちと交流を深めてゆく。そのなかから、近藤は、自分の日常や生活を新たに見つめ直していったに違いない。

近藤芳美の『早春歌』以前の歌々を見ると、近藤にとって中村憲吉や土屋文明の影響がいかに大きいものであったか、さらには同世代のライバルたちとの触れ合いがいかに大切なものであったか、ということに改めて気づかされる。土屋文明を中心としたアララギという集団がその内にはらんでいた熱気とその磁力の強さ。それに対する郷愁に似た憧れを感じる。と同時に、そこにある真剣な雰囲気に対して、一抹の恐ろしさをも感じてしまうのである。

透明感の背後にあるもの

筑摩書房の『現代短歌全集』に収録されている『相良宏歌集』（昭31）を読んだのは、四年ほど前のことである。その時の不思議な印象を今も私は忘れることができない。

その歌集のなかには「疾風に逆ひとべる声の下軽羅を干して軽羅の少女」「ささやきを伴ふごとくふる日ざし遠き紫苑をかがやかしをり」といった、すでにアンソロジー等で眼にしたことのある彼の代表作が収録されていた。が、その歌集の背後から立ち上がってきた相良宏という人物は、意外にも、透明で甘美な抒情質をもった夭折歌人という既存のイメージからはほど遠い生々しさを持った人間だった。私は、彼の歌集のなかにあるその生々しさをどこかで嫌悪しながら、歌集を読み進めていったような気がする。

例えば、次のような歌の中には、どこか醜い感情の発露がある。

苦しければ小声で歌ひゐし君も記されむ唯手術死の一例として　　「野鳩の歌」

泣きながら看護婦駈けてすぎし時閃けり歓びの如き感情

歌集冒頭の「野鳩の歌」（昭23〜27）と名づけられた章のなかに収められた歌々である。これらの歌は手術中に死亡した少女を題材にしている。

手術室に向かう少女は薄れてゆく意識のなかで、自らを励ますように歌を歌ったにちがいない。彼女の死を知ったとき、相良は先程まで耳に届いていたその歌声を思い出す。しかしながら、彼はそれに感傷はしない。彼女の死を「手術死の一例」としてあえて冷徹に見つめようとするのである。

二首めの歌はさらに冷徹だ。手術室の前を看護婦が血相をかえて走る。相良は、それを見て少女に死が迫ったことを感じとる。そのとき一瞬、自分のこころに「歓びの如き感情」がひらめいたのを彼は見逃さない。

これらの歌にあるのは、透明で甘美な抒情をもった「軽羅の少女」の歌の相良ではない。自分と同じ病を持つ者の死。その死を知ったときに心のなかに生まれる微かな優越感。これらの歌で相良は、自分のこころに渦巻く残薄な感情を偽悪的なまでに吐露している。そこに私は、自らの内面を常に見つめずにはいられない若者の鋭い自意識を感じるのだ。

このような自意識をもった若者は、決して幸福ではない。それは恋愛に関しても同様だ。『相良宏歌集』のなかに収められた、福田節子への恋愛歌のなかには、恋の場面において自分自身を意識せざるを得ない相良の自意識のありようがはっきり刻印されている。

華やかに振舞ふ君を憎めども声すればはかなく動悸してゐつ
嘲笑をたたへし眸こほしきに袖濡れながら食器洗ひぬ

「野鳩の歌」

相手の華やかさを自分とは異質なものとして憎みながら、それでも彼女の声に胸をときめかせてしまう自分。相手の視線のなかにある自分に対する「嘲笑」を感じながら、それを「こほしき」と言わずにはおれない自分。ここには非常に屈折した愛の姿がある。

岡井隆は『相良宏歌集』の「後記」のなかで、相良のなかにあった「不当な」劣等感の存在を指摘している。たしかに彼の歌のなかにはさまざまな劣等感が顔を出している。

無学なる僻みに君を嘲りきかなしき口をすぼめゐしかな
骨立ちし胸をカゼッテに押し当つる我より誰も眼を逸らしゐる
養はれ永く病めれば天皇を恋ひ言ふ父に抗はざりき

「野鳩の歌」

相良宏は旧制の中央工業専門学校に入学した昭和十九年、肺結核に侵されて療養生活に入る。それに対し、福田節子はお茶の水女子大学の前身である東京女子高等師範学校を卒業している。旧専門学校中退という学歴に対するコンプレックス。長い闘病生活のなかでやせ衰えた自分の肉体への嫌悪。経済的自立をはたせず扶養されている自分への負い目。これらの歌には、肺結核という当時はまだ治癒の難しかった病気によって、彼が背負わざるを得なかった様々な劣等感がうごめいている。

しかしながら、これらの歌において相良はそのような劣等感を持つ自分を厳しく裁断してはいない。「かなしき口をすぼめゐしかな」という一首めの下句の表現に顕著なように、これらの歌に流れるのは、むしろ、相良の自己憐憫の感情であろう。彼は歌うという行為によって、結核病者という疎外された自分をかろうじて慰めていたのである。

このように考えてくると、一見清潔に見える彼の相聞歌のなかにも、どこか屈折した影がほの見えてくる。

わが胸より黄に澄む水を採りてゐる君の指先はいたく荒れたり
夜具の襟少し汚れしに顎埋むるこの愛しきに触るることなし
相病むはつひに淋しく痰吐きし気配をききぬ透視待ちつつ
断ちがたき思ひに共に透視待つ人のひそかに痰吐きてをり
「野鳩の歌」

愛する人の荒れた指先、垢に汚れた夜具、痰のからんだ咳ばらい。これらの歌において相良は、福田節子という女性の汚れた部分に鋭い視線を送っている。たとえそれが片恋に終わったとしても、これらの歌には愛する人を見つめる温かい目はない。むしろ相良は、残薄な視線で、福田のなかに

「汚れ」を見つけだそうとしているようにも思われる。
思うに相良は、福田節子のなかに、自分と同じような「汚れ」を発見することによって、かろうじて福田を自分の間尺にあった人間として対等視できたのではなかろうか。そこに私は、自分に対して劣等感を感じている青年のいびつでいじけた愛の形があるように思う。このような視線に常に曝されていた福田は不幸だ。

蔑みの果てに死にしか背を正し借着みにくき我を見据ゑき　「夜の林檎」

「夜の林檎」（昭27・11〜昭29・10）と名づけられた章のなかの一首である。福田節子は、昭和二十八年一月十一日に夭折する。相良は彼女が、死の際まで自分のことを「蔑み」の対象としていた、と考えている。その自覚は痛ましい。相良は結局のところ、彼女の死後も、生前彼女に対して感じた劣等感から自由になることはなかった。彼女の死後、相良が執拗に福田の面影に苦しめられる背景には、生前のいびつな愛のありかたがあったのだ。
このような相良の屈折した姿を見るとき、彼が死の一年前から作り始めたという「無花果の果て」（昭29・11〜30・6）の歌群は、奇跡的といってよいほど、澄み切った歌境を持っていることに気づく。

疾風に逆ひとべる声の下軽羅を干して軽羅の少女
歌ひつつ少女の去りし夜の窓ふまれし草の匂ひくるなり
脚あげて少女の投げし飛行機の高きコスモスの中にとどまる
ささやきを伴ふごとくふる日ざし遠き紫苑をかがやかしをり
樹を更へて遠ざかりゆく群鳥の声を混へて遠ざかるなり
「無花果の果て」

いまさら言うまでもない秀作群である。戦後短歌に新しい表現領域を付け加えたこれらの作品は、いまなお鮮烈だ。ここにはそれまでの相良の歌にはない明るさと透明感がある。健康な感性が息づいているようにも思う。

しかしながら、「無花果の果て」のなかにはこれらの作品にまぎれて、次のような作品があることも見逃してはなるまい。

犬の仔を犬の乳房に押しつけて少年はたのし手を一つ拍つ
灯を暗め眠らむとする部屋隅に音なく胸をなめて猫居り
病む前に来て前脚をねぶりたるいづこの猫か家深く去る
病む部屋に空しき受精する百合が折々にして薫りを吐きぬ
吾が知らぬ行為ぞさびし白梅の蕾とふふむみどり子の歯も
「無花果の果て」

清潔にすぎし十年もつきつめて生くる力は何処より来む

犬の乳房に小犬を押しつける少年、胸や脚をねぶる猫、受精する百合。病床のめぐりにあるもののなかに「吾が知らぬ行為」を夢想し、それを成し得ぬままに終わった「清潔」な自分の青春を思う相良。これらの歌には、それまでの相良の歌の中で注意ぶかく隠蔽されていた彼の性が疼いている。肉体的欲望を純化したような彼の最末期の歌にこのような性への執着を歌った歌があることは注目に値する。

さらに次のような歌もある。

しばだたく瞼暖もる朝床に窓をひらきに来る母を待つ　「無花果の果て」
四月より五月は薔薇のくれなゐの明るむことも母との世界
うら若き父母を想へばやはらかき頰を聖樹の灯はてらすべし

ここには、相良の心の底にある母への憧憬が顔を覗かせている。福田節子という女性の前で劣等感を抱かされ、男性として振る舞うことの出来なかった相良。彼は「母との世界」に帰ることによってかろうじて自らの性の疼きを癒していたのかも知れない。そこには、性的に成熟することを拒まれた療養者の悲しみがある。

病む我に最も近く眠るものびつこの軍鶏が羽搏きてをり　「無花果の果て」

相良は大正十四年生まれである。彼の実年齢は昭和の年数と正確に合致する。二十歳までの青春前期を戦争の影の下で過ごし、戦後の「明るさ」の中で不治の結核病者として過ごさなければならなかった彼の半生は、割の合わないものであった。彼は新薬ストレプトマイシンの恩恵を被ることなく逝かざるを得なかった最後の世代の結核患者なのだ。相良の歌に底流するのは、そのような時代の中で、常に劣等感を強いられてきた人間の生々しい感情である。「びつこの軍鶏」は、時代に玩弄された相良の自画像に他ならない。

相良の歌のなかにある透明感。その中には、卑小な自己の肉体を純化し、蒸溜しようとした相良の祈りが秘められている。その祈りを知ることによって、私たちは相良の歌のより深い輝きを再発見するに違いない。

歌に沈黙を強いたもの

1

太宰瑠維の初期歌篇『太陽が西から昇った』と、古明地実の初期歌篇「八月の手紙」（『古明地実歌集』所収）を読んだ。対照的な感受性をもったふたりの若い歌人がそこにはいた。二人の感受性の差異は、たとえば次のような歌にもあざやかに現れている。

われを離れ吸わるるごとく遠ざかる君は草生の上をゆくなり　　太宰瑠維（昭21）

告白を拒める背の翳を見せて去りしあと君が匂うしばらく　　古明地実（昭33）

約十年の世代差をもつ両者のそれぞれ二十三歳当時の相聞歌である。どちらも恋人との別れ際の情景を描いている。しかしながら、両者の視線は全く異なった方向に向けられている。

　太宰は、去ってゆく恋人の後ろ姿をいつまでも見つめつづける。別れの言葉を告げ、恋人の背が草の間に吸い込まれてゆくように消えてゆくまでの時間。その感傷のなかで、彼の心は彼の視線と一体となり、素直に恋人の後ろ姿に向かってゆく。そこには、ナイーブではあるが、すこやかな若者の感性があるといってよい。

　それに対して、古明地の感性はひどく屈折している。彼は去ってゆく恋人の後ろ姿に「翳」を感じとる。彼の視線は、ストレートに恋人に向かう太宰の視線とは対照的に自分自身に向けられる。さきほど抱きしめた恋人の匂い。彼の嗅覚は、自分の肌と一体となった恋人の匂いをとらえるのだ。そこには、恋人との逢い引きの場面でさえ、自分自身の存在を強く意識せざるをえない内向的な若者の感性があるだろう。

　このような両者の感受性の差異は、同時期の次のような歌でも鮮やかだ。

　ガラス窓に優しく並ぶ花見ればわれは汚れを知りそめにけり　太宰瑠維
　かかえいる膝吹きゆきし風あれど耳のうしろの汚れしならん　古明地実

　これらの歌は、上句で外界の対象物を捉え下句で自分の中の「汚れ」を意識する、というよく似た構造をもっている。が、その外界と自分の内面との接続の仕方は対照的だ。

太宰は、上の句で優しさに満ちた「花」をとらえる。そして、その優しさにうながされる形で、自分のなかに兆しはじめた「汚れ」を自覚する。「花見れば」という順接の句法で接続されているのを見ても明らかなように、そこには外界と作者の内面とのきわめて滑らかな連続があるだろう。みずからの「汚れ」を感じ取る太宰の心は、優しげな花を見ることによって、癒され昇華されてしまう。みずからの「汚れ」を歌っているにもかかわらず、この歌から立ち上がってくるのは、むしろ作者が自分自身に対して感じているであろう愛しさの感情である。そこには自愛に満ちた作者の姿がある。

それとは対照的に、古明地の歌には自分に対する憎しみのような感情が流露している。それは痛ましいほどだ。

彼が上の句で捉えているのは自分の膝を吹く風である。彼の視線は、太宰の視線のように素直に外界の事象に向かうのではなく、ここでも自分の肉体に向けられている。また、この歌では第三句の「颪あれど」という逆接表現でもって、「颪」という外界の事象と自分の内面とが強引に結びつけられている。そこには順接表現を用いた太宰の歌にあったような内と外との滑らかな連続はない。「颪」を歌いながら、古明地の意識は、むしろそのことによってより強く外部から遮断される。より内攻的に自分の「汚れ」に向けられてゆく。そこには自愛に満ちた太宰の歌とは対照的なひどく自虐的な作者の姿がある。

太宰の歌における自愛と、古明地における自虐。それはたしかに、両者の個人的な感受性の差異や個性の差異に起因するものにちがいない。が、そればかりではなく彼らの背後には、二人が青春時代を過ごした戦後という時代の影が色濃く投影されているような気もする。

2

『太陽が西から昇った』に収録された太宰の最初期の歌を読むとき、まず驚かされるのは、その短歌的な完成度の高さである。

昏みゆく疎水に沿えば或る窓にフライパン一つぶら下がりたり　（昭21）
しらじらと霞だつ街に灯りて高架の駅のはやく翳り来　（昭22）
夜の明けを帰り来たりて淡あわし長きホームに時計が点る
本箱のガラスに写る夕映えもひと時にして青き夜が来る　（昭23）
X線の乾板に貼る数字いくつ散らばりており暗き灯の下　（昭26）
聳え立つ粗壁の上に塗られゆく真白き壁に午後の日は射す
わが窓に吹き当る雪スタンドの灯を消せば微かに清き音たつ

夕暮れの水際の部屋に吊るされたフライパンの鈍い輝きを捉えた一首め。鉄道の高架だけが焼け残った廃墟の東京の光景を確かに捉えている二首め。これらの歌には、作者の視線によってとらえられた物質の確かな存在感がある。

が、それだけではない。これらの歌にはしっかりとした心の形がある。病院でみずからの胸郭の写真に添付される数字を見つめている作者の不安。深夜、明かりを消す瞬間に雪の響きを聴く作者の微かな孤独感と静かな安らかさ。これらの歌には心情をあらわす語はひとつも使われていないにもかかわらず、作者の心情は確かな形でもって一首の情景の背後から立ち上がってくるのだ。それは物に即して心を表現する短歌という詩型の生理を、若い太宰が直観的に理解していたからにほかならない。外界の事象に素直に向かい、そこに自らの心理の陰影を託したこれらの歌は、短歌という詩型に選ばれた太宰瑠維の抒情歌人としての資質をあますところなく伝えている。

が、この歌集には次のような歌も収録されている。

搾取なき平和の世をし待たんかな君との結婚もそのなかにあり　（昭23）
肩叩き語り合いたき誰たれか選挙に勝ちし夜を眠られず　（昭24）
関わりのあるままに政治も理解せん解放されゆく中国のことも

先の嘱目詠が、すこやかな若々しい感性を感じさせたように、これらの歌にも未来志向の明るい雰囲気が漂ってはいる。「搾取なき世」や「人民」による革命が成就するという夢が確かな形で信じられた時代。これらの歌に漂うのは、焼け跡の上にひろがった青空のような明るさである。それは、主に昭和二十年代前半のみに許された楽天的な将来像であった。

私は、このような社会詠や政治詠のなかにも、さきの歌と同様の太宰の感受性を見てとることができると思う。これらの歌において太宰は党という集団や、それがもたらす明るい未来像に対してきわめて素直に信頼を寄せている。そこには何の屈託もない。太宰の嘱目詠において外界の物象と作者の心情とがきわめて滑らかに接続し調和していたように、これらの歌においては、党という集団と、個としての自分とがきわめて滑らかに調和しているのだ。

そのような傾向は、歌集の後半になればなるほど、より強まっていっているように思われる。

党の勝利わがことのごとく喜びて丸き日焼けせし手を差し伸べぬ　（昭30）

アーケード灯る舗道に赤旗立て固くピケ張る負けてはならぬ　（昭34）

もちろん、現実の太宰瑠維という人物がどのような政治思想をもっていたか、という問題はここで問うべきではないだろう。それは文学外の問題であり、短歌の問題とは別次元の問題として慎重に切り離すべきものだ。

が、純粋に文学的な視点からこれらの作品を読むとき、これらの作品は短歌として決して成功しているとは言い難い。これらの歌には政治やイデオロギーに対する批判性が欠如している。この歌集に収録された社会詠や政治詠がやや迫力に欠けるように思われるのは、このような太宰の政治に対するやや楽天的な視線によるのではないか。政治と個人、集団と個という戦後文学特有のあのひりひりした軋みのようなものが、太宰の歌には意外に希薄なのである。それは外部と自分の心情を滑らかに結びつける太宰の抒情歌人としての感性がもたらした皮肉な結果であったのかもしれない。

が、これは何も太宰個人が悪いのではない。太宰瑠維という類まれな資質をもった抒情歌人にさえ、政治を歌うことを強いた時代。政治や思想を歌わなければならない、という強迫観念に短歌自身がとらわれていた時代。太宰の政治詠の背後に私が感じ取るのは、そんな戦後という時代の残酷さである。それは、昭和三十年代中盤以降、太宰に長い沈黙を強いたものと別のものではなかったはずだ。

短歌の無思想性を非難した戦後の短歌否定論は、実は、太宰のような若く純粋な抒情歌人にこそ深い精神的な傷痕を残したのではなかったか。『太陽が西から昇った』という歌集は「戦後」という時代が、太宰のような純粋な抒情歌人にとっていかに歌いにくい時代であったか、ということを私たちに教えてくれる歌集でもある。

3

太宰の初期作品とは対照的に「八月の手紙」に収められた古明地の初期作品は、修辞的な観点から見ればやや荒っぽい。いや、もっとはっきりと稚拙であるといってもよい。

コミュニストの君に覚えし革命歌が幾日を彩りて思い澄みゆく　（昭29）

歌集冒頭の歌である。一読解釈に苦しんでしまう歌であろう。もし、この一首の内容を散文化して表現するなら「コミュニストである君に教えられて、私が覚えた革命歌が、私の数日間の気持ちをあざやかに彩り、それによって、私の思いは次第次第に澄み透ってゆきつつある」ということにでもなろうか。

このように散文訳をしてみると、古明地の歌においては傍線を付した部分の表現が抜け落ちていることが明らかになる。第二句「君に覚えし」という強引な助詞の使用。第四句「幾日を彩る」という荒い措辞（「幾日」という語は本来疑問文のなかで用いられる語であって、平叙文にはそぐわない）。そして、結句において突然主語が「思い」という名詞に転換させられてしまう唐突さ。この一首は、彼の師近藤芳美の歌がそうであるように、強引でひとりよがりな措辞によって成立している一首だといってよい。

が、この一首には、技術的な欠陥を超えたなにか言いがたい不思議な魅力がある。それは、短歌の完成度を犠牲にしてまで、何かを口走らずにはおれないような若く早急な情熱である。それは短歌として静謐な完成度を持つ太宰の初期の歌には欠けていた魅力なのだ。

が、その情熱は決して外向的なものではない。革命歌を覚えることによって自分の中の何かが変わりつつある。自分でも予想できなかった形で自分が変わりつつある。この一首において作者が捉えているのは、そんな自分の内面の変化であろう。その変化を早急に口にだして自己確認せずにはいられない作者の意識がこの歌にはある。それは、静かで内省的な意識というよりは、自分の内面を腑分けするような内攻的な意識である、というのがふさわしい。この一首がもつ修辞の荒々しさはそのまま、彼の自分自身の内面に向けられているのだ。

このように個に執着する内攻的な意識の持ち主が、党という集団に安住できなかったことは容易に想像できる。「八月の手紙」の中心をなす状況詠のなかには、党を離れた人間の孤立がさまざまな形で登場してくる。が、それらの歌に漂う陰影は、彼の政治意識によるというよりも、むしろ本質的には、古明地のこのような内攻的な感受性によるものだといってよい。

勤め終え集い来て皆若く唱うこの人達をうらぎりし俺か　（昭31）
苦しみは一人処理して生き来しに泥のごと汝の身体を求む　（昭32）
声嗄らし悲痛装うと我が見しにひとりの指呼に蹤きてゆく群　（昭33）
人の耳に似し月にごるをみて帰る電鍵音消ゆるは明日と思いつつ　（昭34）
桐一樹くらげのごとく葉をふるい夜を呼び雨を呼び落ちし我を呼ぶ　（昭35）
睦みあう六全協後の兵よりはお前の白いノートを愛す　（昭36）

溺死体ながるるごとく群れうつりあわれ旗のみ夜にひるがえる　（昭39）

これらの歌には、集団に安住できないひとりの人間の、ひりひりとした個の軋みのようなものが渦巻いている。それは、太宰の歌には決定的に欠けているものだ。政治というものが、集団というものの力が、圧倒的な迫力をもって個を取り巻いていた時代。古明地の歌の背後には、昭和三十年代のそんな思想背景がある。古明地にとって作歌とは、その集団の迫力のさなかで、辛うじて自分の立脚点を確保しようとしたぎりぎりの営為だったのではなかろうか。

復党のよびかけに
還れよと呼ぶもの喘ぎ超えこしを知らずひたすら還れよとのみ　（昭38）

澄み徹ったかなしみを感じる美しい歌である。集団は自分に「還れ」と呼びかける。その声は彼の耳に、甘く響く。が、その声は、集団から離れ個として生きようとした自分の苦しみを知らない。集団と個の不一致に喘ぎ苦しみながら、ようやくそれを超克した彼の耳に、今やその声は空しく響くだけだ……。この一首には、集団と個という問題に執着し続けた古明地がたどりついた一つの到達点が、きわめて詩的な抽象度を保ちながら見事に表現されている。古明地実は、あるいは、短歌という詩型から選ばれた幸福な歌人ではなかったのかもしれない。が、彼は確かに、戦後という時代から選ばれた歌人ではあったのだ。

しかしながら、集団と個の対立がこのような形で解決されてしまったとき、古明地が自らの作歌の立脚点としていた「個の軋み」は、急速に色褪せていったように思われる。

ただ妻にこもりゆくとき羽蟻の雄のごとくにあれかしとのみ
道転じし転じしくるしみの癒えゆくと夜はかよいし妻の深さに
戦いのおきれば獄を選ばんと思いしより妻の愛しくてならぬ
私有せしもろもろのなかに妻数え汗ひきてゆく六四年八月
（昭39）

これらの歌には、あえて私的な領域に引き籠もろうとする作者の姿勢があろう。その背後には、政治の季節が終焉し、個人の内面において、集団と個という問題がもはや空しいものにならざるをえなかった一九六〇年代中盤の虚脱感が流れているような気がする。

古明地実はこれらの歌を含む連作「八月」を最後に、その後四年間歌作を中断する。彼はその連作に「歌のわかれ」という副題をつけた。彼の歌は、戦後という時代の終焉によって沈黙を強いられたのである。

太宰瑠維と古明地実。この二人の歌人は誠実に戦後という時代を生きた歌人である。が同時に、この二人は、戦後という時代に、翻弄されつづけた歌人でもあったのだ。

時間性の回復

1

田井安曇には、短歌と出会った時期を回想した「愛誦歌とも出会いとも」という興味ぶかいエッセイがある。その中で田井は、自分が初めて出会った短歌らしいものとして、彼が旧制中学四年生のときに読んだ三好達治の詩集『測量船』のなかの「春の岬」という詩を挙げている。

春の岬

春の岬旅のをはりの鷗どり
浮きつつ遠くなりにけるかも

『測量船』の巻頭を飾る短歌形式で書かれたこの短詩について、田井は次のように言っている。

三好達治は雑誌アンケートで天皇に退位を求めていたし、詩「駱駝の瘤にまたがって」を発表してわれわれの山中の少年の魂をも十分に揺すぶっていた。すでに共産主義青年同盟はあり、お祭めいたデモはあり、戦後的な状況はわが信州の山間盆地の町にも十二分に行き渡っていた。第二芸術論から免責された詩というものを書く人の、遡って行くと最初の集の、しかも冒頭にあるまぎれもない短歌。

（愛誦歌とも出会いとも『田井安曇歌集』）

その後の田井の屈折に満ちた歌業を思うとき、ここに書かれた短歌との出会いは二重の意味で象徴的だ。彼が旧制中学四年に在学していたのは昭和二十二年である。その前年には桑原武夫の「第二芸術論」や臼井吉見の「短歌の運命」が発表されて、俳句や短歌は決定的な批判に曝されている。さらに、戦後的な政治状況のなかで、早くも田井はこの年、共産主義青年同盟にも所属することにもなる。

いわば、短歌に対する全否定の嵐が吹き荒れていた戦後の状況のなかで、短歌と出会ってしまったということ。さらに、韻文学のなかで唯一「第二芸術から免責され」天皇の戦争責任を指弾する詩人三好達治の詩集のなかに「まぎれもない短歌」を見いだしてしまったこと。それはその後、戦後という特殊な時空間のなかで、短歌によって自分を支えなければならなかった田井にふさわしい皮肉な歌との出会いだったということができる。
先の部分に続いてさらに田井は、三好のこの詩の魅力を次のように語っている。

「春の岬」の一音多い、のびやかな提示、「旅のをはりの鷗」という一つののっぴきならぬ過去を負った生きもの、それが「浮きつつ遠くな」っていくという茫と霞のかかるような感じ。事実はよく見えているのであり、霞などかかっていないからこそその歌なのだが、「鷗」は一人の人生のようにも取れ、見ている己と見られている鷗とが途中で入替わり、「浮きつつ遠」ざかるのは己であるかのごとく錯覚されるところがある。

もちろん当時十七歳であった田井に、ここに書かれているような分析的な歌の読みができたはずはないだろう。が、それにもかかわらずこの一節には、少年であった田井を魅了した短歌の本質のようなものがはっきり顔をだしている。
少年であった田井はこの短詩を一首の短歌として読んだ。二行に書き分けられた詩ではなく、五つの句からなる短歌としてこの詩を味わったのである。そうすることによって、「春の岬」という初句は「旅のをはりの鷗」という第二句・三句へとつらなり、さらにそれは「浮きつつ遠くなりにけるかも」という下句に連なってゆく。五句形式の短歌として読まれることによってこの詩は、ゆったりとした意識の流れのなかで鑑賞されるものとなる。

短歌の様式にしたがってこの詩がこのように読まれるとき、読者の脳裏にはゆるやかな流れにしたがって、さまざまなイメージが明滅する。「見ている己と見られている鷗とが途中で入れ替わ」るという田井が感じた感覚は、短歌様式がかもし出すゆるやかな時間のなかに身をゆだねるときの陶酔感に他ならないだろう。短歌様式の統辞機能が生み出すゆるやかな時間の感覚。それを短歌の時間性と呼ぶなら、ここにおいて田井は、詩や俳句や小説にはない短歌特有の時間性を体験したのである。田井安曇はその出発において、すでに短歌様式のうちにひそむ時間性という本質を感じとっていた、といってよい。

しかしながら、戦後という時空間は、田井に陶酔を許さなかった。同じエッセイのなかで田井は、愛誦歌を素直に口に出せない自分を次のように嘆いている。

（愛誦歌に）酔えないのは「第二芸術論」の毒にしたたかやられ、そういう中で歌をつくりはじめたせいにちがいない。どこかであれは正論だ正論だ正論だと邪魔をしている。（略）まっとうな歌人という格があるとすれば、われわれは愛誦歌をはじめから持てぬ不具の世代、スタートからどこか病んでいる世代ということになるのかも知れない。最初からためらいつつ歌を作ってきて、いつかそれが止められなくなった、ということになるのだろうか。

一方で、はじめて出会った短歌の時間性に陶酔しながら、他方で「第二芸術論は正論だ正論だ正論だ」という内なる声を聞かねばならなかった十七歳の少年。そういう少年は不幸だろう。田井における歌との出会いは、そのような皮肉な矛盾のなかにあったといってよい。半世紀にわたる田井の歌業は、彼が最初に出会ったその矛盾を常に反芻し、その矛盾を常に自分の身をもって背負おうとした歩みであったのだ。

2

三好達治の「春の岬」によって短歌と出会った田井。その出会いをいつくしむかのように、四年後、田井は「未来」創刊号に次の一首を載せる。

暖き海となりゐむ春の岬君のねむりを夜半に思へば　（「未来」昭26・6）

「春の岬」という語句や、三句切れの文体のみならず、この田井の「未来」デビュー作と三好の短歌の間には、どこか深いところでつながっている感じがある。

それは、ふたつの歌に共通して流れるゆるやかな時間の感覚だろう。この歌において田井は、深夜、海辺に住む恋人の眠りを思う。そう思うことによって、連想は彼女が住む春の岬に連なってゆく。昨日まで冷たい冬の潮のなかに身を浸していた岬は、今夜、まるで眠る彼女の体温のような暖かい春の潮のなかに包まれているだろう。そのように想像する田井の心のなかには、たゆたうような時間の感覚がある。そのたゆたうような時間性こそは、三好の詩と出会った瞬間に田井が感じ取ったものなのだ。

三好の詩のなかに、ゆるやかな時間を感じ取った田井。思うに、その彼の原体験は、おそらく「恋を失い、詩人になろうと思っていた」当時の田井の実作に、決定的な影響を与えている。昭和二十二年から昭和三十年までの彼の歌を集めた第一歌集『木や旗や魚らの夜に歌った歌』(昭49)には、このようなゆるやかな時間の感覚を持つ歌が数多く収録されている。

天心に月の来たるが昨日より少し遅しと思い寝にゆく (昭25)

蚊帳の中より見ゆる甍の光するどし昨夜の酔いに続くごとしも (昭26)

あたたかき夕餉に窓は濡れてゆき或る年の今日妻は生れにき (昭29)

ここにあるのは戦後アララギの即物的なリアリズムとは、決定的に異質な物事のとらえ方であろう。この三首において、いま作者が見ているのは天心の月であり、蚊帳ごしに見える甍であり、夕餉の湯気に濡れた窓ガラスである。しかしながら、それらの物象は実在する手触りに乏しい。それは、作者の意識が、目の前の物象にダイレクトに向かっていないことによっている。

月・甍・窓ガラス。それらのものを網膜に映しながら、むしろ彼の意識は、過去のある一点から今を見つめている。「昨日より少し遅し」「昨夜の酔いに続く」「或る年の今日妻は生れにき」。これらの歌の下の句の表現には、いま見えているものを常に「昨日」とか「昨夜」とかいった過去の時点からとらえようとする彼の性向があるといってよい。

彼の身体の奥底にある過去から未来に向かって流れる時間の感覚。今彼が見ている月・甍・窓ガラスは、その継続する時間の感覚の流れのなかで、それと相関するものとして彼に認識されている。それは今という瞬間に見たものを、そのままの形で短歌の中に再現しようとする即物的なリアリズムとは対照的な現実把握だといってよい。

わたつみに一羽浮きつつ鵜はありぬ雨の降りいる夜半に思ほゆ　（昭25）
雪の中にぬくもりて林檎の木があるを楽しむごとくわれは思いぬ　（昭26）

これらの歌も同様だ。これら歌に登場してくる鵜・林檎の木などもどこか、紗のかかったカーテンごしにほの見えているような感じがする。それは、これらのものが、すでに田井の回想のなかで色づけられているからにほかならない。思い出すことによって彼の脳裏には昼間に見た鵜やかつて見た林檎が、いままさに目の前に存在するようにありありと現れてくる。これらの歌にも、過去を現在にひきよせるような田井の時間感覚が息づいているといってよい。

かなしみをせむるがごとく銀いろに芒はなびき術なかりけり　（昭23）
海霧が廊を流るる夕べにて幸せはいたくさびしきものか　（昭25）
枯葦の中より立てる鳥一羽川の向うに光となりぬ
とき長く射す入日ゆえ部屋なかに坐れるわれの心するどし　（昭26）
蜜蜂が花に入りゆく窓の下やさしき手紙一つ書きたり
一と日また雨に終わらん部屋の中に脱ぎし靴下をまた穿きており
脚垂れて蜜を集めにゆく蜂の通りすぎたるときに目覚めぬ　（昭28）
またいつか一人生き行く日を思い空想の或る所にて涙ぐむ
風落ちてしずかに闇となりし庭匂う石炭殻を踏みて帰りぬ
電車より押し出され来し数歩には思いていたり何か忘れつ　（昭29）

どれも美しい抒情を持った歌だと思う。どの歌からも、青年期特有のあの微熱のようなけだるさがゆるやかに立ち上がってくる。田井は、目に見えている情景をいま現在の情景としてシャープに切り取るのではなく、今という瞬間を、常に過去から未来に流れる時間軸の上で感じ取っている。これらの歌で描かれている情景が、紗のカーテンごしにながめられた情景のように、どこか柔らかで優しい表情を持っているのはそのせいなのだ。

いま目の前にある客観的な事物と、作者の心のなかにある過去の記憶・未来への予感。これらの歌にはそんな「こころ」と「もの」が、幸福な形で結びつく抒情詩としての短歌の特質が遺憾なく現れ出ている。田井は短歌との最初の出会いのなかで感じとった抒情を、自らの実作のなかで大切に育んでいった。『木や旗や魚らの夜に歌った歌』のなかにはそのような田井の歩みがはっきり刻印されているのである。

しかしながら、彼が歌人としての成長を遂げたのは、土屋文明下の戦後アララギであり、近藤芳美が率いた「未来」であった。そのことによって、田井の歌には複雑な陰翳と深みが加わることになる。

3

近藤芳美は戦後の第二芸術論の嵐のなかで、自らがめざす抒情のあり方を、次のように規定している。

> 従って新しい短歌は、自然在来の抒情派のいう抒情性とも別種の一つの抒情をもつ。素材的であり、余剰装飾をきらう、いわば、でれでれした表情を嫌悪する。新しい短歌の抒情は、ちょうど鋼鉄の新しい断面のような美しさをもった抒情だと思う。
> （新しき短歌の規定　昭22）

素材――物をとらえなければならない。物は詩としての主観の具体である。とらえるときには一種の労作がなされる。この労作の巧みさ鋭さが、とにかく作品一首の厚み、立体性をもたらす。

（把握と具象性　昭22）

この時期の近藤芳美は、師・土屋文明が行ったザッハリッヒな対象の把握を究極まで押し進めることによって「でれでれした」短歌の抒情を切りすて、短歌を近代文学として蘇生させようとしていた。甘美な抒情性が根底に流れる『早春歌』所収の彼の戦中詠から、「鋼鉄の新しい断面」を見るようなシャープな映像性をもつ『埃吹く街』への移行は、近藤のそのような意志に貫かれていた、と見てよい。

田井安曇が身を投じたのは、そんな近藤芳美を中心としたアララギの若手たちの集団である。彼らは基本的には、終戦直後からアララギの土屋文明を経由して、近藤のもとに集まった田井より年長のアララギリアリズムの信奉者たちであった。最も若い「未来」同人であり、本質的にはむしろ近藤のいう「在来の抒情派」であった田井はこの集団のなかでどのように歌おうとしたのか。

『木や旗や魚らの夜に歌った歌』には、たしかに『埃吹く街』の歌々を思い起こさせるようなザッハリッヒな対象把握を行っている歌が収録されてはいる。

ひとところ灯りをともす森の中けだものめきてロードローラーあり

（昭29）

檜二本の間少女のいる窓と鍋とかがやく三階四階の窓
外灯は円錐形に及ぶ中並ぶ槙あり壁に影して

歌集の後半になって現れるこのような歌々は、先に挙げた歌々とあきらに感触が異なっていよう。これらの歌で描かれている情景はまるでスナップショットのような瞬間的・非時間的な映像性をもっている。それは、先の歌群にあったようなゆるやかな時間性のなかで対象を捉えるような現実把握とは対照的なものだろう。これらの歌には、自分の資質とは異質の近藤芳美の詠法を自分のものとしようとしていた当時の田井の努力の跡がうかがえるように思われる。

が、これらの歌数は総じて少ない。また、その出来ばえにも、ややぎこちない感があるのは否めない。総じていえばこの歌集において、このような即物的な手触りのある歌はごく稀に現れる例外的な歌だといえる。「手法上の影響は、自分でもわからぬほど雑多である」（あとがき）というわりには『木や旗や魚らの夜に歌った歌』という歌集は、優れた抒情歌に満ちた青春歌集というトーンで見事に統一されている。彼が「未来」という集団のなかで数多く詠んだ膨大な即物的リアリズムの歌々は、この歌集ではきっぱりと捨象されているのである。

おそらくこの問題は、この歌集の特殊な編まれ方に関係しているに違いない。田井は、この歌集の編集について、次の『天—乱調篇』（昭50）の「あとがき」で、本音とも思える一言を漏らしている。

前集（大辻注・『木や旗や……』）を私は、今にして思えば「抒情詩」ということにあまりに強く縛られて編んだもののようである。したがって

十月の曇りに工廠の大廃墟鉄骨に黒き鳥を居らしむ

といった系列の歌を捨てに捨て、青春小抒情詩の方を採った。

ここで田井は『木や旗や魚らの夜に歌った歌』の編集意図を、おのずから語ってしまっている。『木や旗や魚らの夜に歌った歌』は、自分の初期の歌をただ漫然と集めたものなのではない。即物的リアリズムの歌を「捨てに捨てて」編まれたこの歌集は、抒情歌人としての自分の本質をもう一度確かめようとする田井の明確な意図に貫かれた歌集だったのである。

この歌集が編集されたのは、昭和四十七年から四十八年の間の時期である。この時期の田井は、いわば大きな転換期を迎えていた。自ら積極的な形で参加した七〇年安保の敗北、岡井隆の失踪、岡井が去ったあとの「未来」編集人復帰、岡井の残された家族に対する献身。それらの苦悩のなかで、彼は「我妻泰」という本名を「田井安曇」という筆名に変える。「七〇年安保に再び敗北、一切から逃げる思いだった」（『田井安曇作品集』年譜）という言葉は、その当時の彼の心境を如実に物語っているだろう。

この時期、彼は自らの内にやどる抒情と、彼の信念である行動の間で引き裂かれていたかのように見える。その姿は、次のような歌々に如実に現れ出ている。

文学をむしろ憎むと書きている森のとどろく一と夜の暁《あけ》に
『たたかいのししむらの歌』

すでに詩人に墜ちしならずやという問いが寝床のなかに坐りいるなり
絶望が歌となりゆくおろかさにこの今日も又わが救われつ
情況へ突き出されゆく刻々を抒情詩来るなわれを救うな
文学という王宮があるのかと問いつつ一人激しゆくかも
『水のほとり』

これらの歌に歌われている田井の姿はあきらかに矛盾に満ちている。一方で、叙情詩がもつ慰藉作用を誰よりも強く拒否しながら、その一方で彼は、歌うことでしか救われえない自分を誰よりもよく知ってしまっている。抒情詩に対する憎しみと愛情の狭間で発せられた「抒情詩来るなわれを救うな」という言葉は、自分と歌との関係を見失った田井の悲鳴のようにも聞こえる。

おそらく田井は、このような自己喪失のなかで、もう一度自分の本質を見つめなおす必要性を感じたのではないだろうか。歌と最初に出会った時の自分の姿を、もう一度確認しなおし、歌人としての自分の本質を確《しか》と見極め直すこと。それは、近藤芳美に強く薦められたという『水のほとり』の時期の歌々をまとめるよりも先に、彼がどうしても行っておかなければならなかった自己規定の営為だったのである。

実際、岡井の失踪後の歌を集めた第五歌集『水のほとり』（昭51）の後半には、苦しげな表情を見せる『我妻泰歌集』や『たたかいのししむらの歌』とは異なった、静謐な表情を持つ次のような歌が収録されている。

歩み来し山のかかりに夜の白き草のうねりは靡かいにけり
頻闇の中に芽吹きて一と山があると思えば眠りに落つも
蝕の夜の風ばかりなる町過ぎて親しき死者と思いいにけり

『水のほとり』

田井が『木や旗や魚らの夜に歌った歌』を編み終えた昭和四十九年の歌々である。これらの歌には、あきらかに「かなしみをせむるがごとく銀いろに芒はなびき術なかりけり」（昭23）や「雪の中にぬくもりて林檎の木があるを楽しむごとくわれは思いぬ」（昭26）といった初期の歌とおなじ時間の感覚が流れている。これらの歌には田井の初期の歌の特長であった、ゆるやかな時間の感覚が再びのびやかに顔を出している。このゆるやかな時間のなかに身を浸すことによって、辛うじて田井は、歌人であり続けることが可能になったのではあるまいか。

『木や旗や魚らの夜に歌った歌』は、抒情歌人としての田井安曇の本質を示す歌集である。が、それ以上にこの歌集は、それを編むことによって、歌に時間性を回復し、田井安曇を再生に導いた歌集でもあったのである。

断念と祈り

田井安曇の第七歌集『父、信濃』（昭60）は、一般的には清冽な悲しみに満ちた亡父への挽歌集だと思われがちである。歌集の「あとがき」を読むかぎり、作者自身もそう読まれることを期待しているようでもある。

が、私の印象は少し違う。この歌集で印象的なのは、父の挽歌よりも次のような愛恋を題材にした歌々だ、と常々思ってきた。

一つ仕事遂げゆくなかのおもざしのさまざまにして遂げたるかなや
傾きし傘のうちらに言いにけるかなしきこえにいらえせざりき
あかねさす昼をぬばたまの夜が蔽い心ほとほと死にてあらずやも
おそく見し嘆きは仕事又分けてさびさびとわが帰り来しなり
わななかむばかりにありしししむらの夕べ夕べにしずまるかなや

歌の正確な意味や情景ははっきりしない。が、歌を貫く清冽な調べはしんしんと胸に伝わってくる。これらの歌は、岡井隆をして「おもわず、歴史的仮名遣いで書き写したくなる」（『太郎の庭』）と賛嘆せしめた歌なのである。

が、これらの歌の清冽な調べは決して単純なものではない。この歌集を注意ぶかく読むとき、この歌集には、清冽とは対照的な底ぐらい情念が渦巻いているのを感じるのだ。

ポリス・タルソにてかのものと遭うなくばしあわせにかの肉《しし》むら経けむ

歌集のはじめの方に出てくる歌である。一読、難解な歌だ。辞書によれば「ポリス・タルソ」は、伝道者パウロの生地であることがわかる。現在はトルコ領であるが当時はギリシアの都市だった。

ここで生をうけたパウロは、厳格なユダヤ教信者となる。が、三十五歳のとき、彼は神の言葉を聞きキリスト教に回心する。エルサレムで布教を行っていたパウロはユダヤ人から命を狙われる。彼は一旦、身をかくすために生地タルソに帰ってくる。おそらくこの歌で田井が念頭においているのは、「使徒行伝」に記されたこのようなエピソードだ。

「ガラテヤ書」によれば、パウロはこの後、十四年間この生地でひそかに暮らしたという。十四年が経過したころ、伝道者バルナバがタルソにやってくる。バルナバは、パウロを探しだし原始キリスト教団の一員としてふたたび伝道に従事させようとしたのである。この歌に出てくる「かのもの」とは、パウロを再び伝道の表舞台に引き出したバルナバを指していると考えることができよう。そもそもパウロは、田井が深く心を寄せる聖人である。田井は何度もパウロを題材にした歌を作っている。「わが父をパウロと思う恣意ひとつ長く許してわれは生ききつ」（『右辺のマリア』）「ひたすらにパウロを読みてわが父を離《さか》り来たりぬ一と夜かかりて」（『父、信濃』）といった歌には、パウロを精神的な父としてとらえ、そこに生きる指針を求める田井の姿がしっかりと刻印されている。

しかしながら、この「ポリス・タルソ」の歌には、聖パウロを崇拝する普段の田井の歌とは異なる響きがある。田井は、ここで「もしバルナバに発見されなかったらパウロはどう生きたか」という想像をめぐらしているのである。

もしバルナバに見出されなかったら、パウロは市井の人として平凡な暮らしを続けただろう。殉教者ではなく「肉むら」の甘美に溺れる平凡な男として一生を終えたかもしれぬ。しかしそれはあるいは、殉教するよりも「しあわせ」な生き方ではなかったのか。田井はパウロに在り得たもうひとつの人生をそう想像するのだ。

なんとなく底ぐらい想像ではないだろうか。聖書によれば、パウロがバルナバと再会したのは、この歌を作った頃の田井と同じ四十代後半であった。田井は、自分と同じ四十代後半のパウロを、自分と同じ「肉むら」を持った中年の男として想像する。「肉むら」の甘美に溺れ、そこに幸福を見出す生身の中年男。崇拝の対象であったパウロを生身の中年男に引きずり降ろす田井のなまなまとした想念は、どこか背徳的でなげやりだ。そこには田井自身の抗いがたい肉欲のほのぐらさが顔を覗かせている。

歌集『父、信濃』の冒頭には、また次のような歌もある。

刀葉林地獄の空は墨色に梢にえがく乳房そのほか

この歌でも先の歌同様「刀葉林地獄」という宗教的な用語が使われている。「刀葉林地獄」とは、現世において愛欲に惑溺した男女が送られる地獄である。この地獄に送られた男は大木の樹下に立たされる。すると、木の上から魅惑的な女の声がする。男はそれを追って木に攀じ登る。すると、その木の葉はすべて下に向けられた刃となって、男の体を切り刻む。苦しみに喘ぐ男の耳に、足元の方からふたたび女の声が届く。男が声を追って木から下りると、葉はすべて上向きとなり、男の体はふたたび下から抉られる。それが永遠にくりかえされる、という（『往生要集』）。

何と恐ろしい地獄であろう。人間の肉欲の罪深さを陰惨に描き出した地獄のイメージである。作者は、ある夜、夜空の奥にその地獄の声を聞いたのだ。地獄で苦しむ男女の喘ぎ声を耳にしながらも、彼はそれでもなお、樹々の梢にやわらかい女人の乳房を見てしまう。それが地獄に通ずるものだということを知りながら、彼はなお乳房を求めてしまうのだ。この歌では、肉欲の罪深さに気づきながらなおそこに惑溺せざるを得ない男の悲哀がいたましい筆致で描きだされている。

肉欲に溺れる幸福を想像するパウロの歌と、肉欲に苛まれる苦しみを描いた刀葉林地獄の歌。宗教的なエピソードとともに肉欲を歌ったこのふたつの歌は、ともに歌集冒頭の連作「梢」のなかに置かれている。が、それはあからさまではない。一般的な読者には理解しにくい、専門的な用語や韜晦した表現を用いて、田井は自分の歌集に通底するテーマをひっそりと提示している。あたかも、清冽な調べをもつ名歌群の陰画のように。

実際、このころの田井にとって肉欲は大きなテーマであった。そのことがよく分かるエッセイがある。昭和五十四年十一月に発表された「連作『問わざりき』ができるまで」というエッセイである。昭和五十四年といえば、田井が『父、信濃』の歌を書いていた時期だ。

このエッセイのなかで田井は、自作の歌「肉慾という語を幼く聞きとめき問いて分らざりきやがて問わざりき」（『右辺のマリア』）について、次のように自解を加えている。

「肉慾」は辞書を引くと漢字制限で「肉欲」とある。しかし当時の聖書や祈祷書が「肉慾」と書いていたばかりでなく、名詞としてはどうしても下に心が欲しかった。（略）ついでに言えば「肉」という字は漢字のできていく段階まで入れると、もともと神に捧げられたもののようである。その意味ではおそろしいところまで「肉慾」なる文字は人間なるものを先取りしていることになる。

また、田井はこのエッセイの別なところで「己れそのものがまぎれもない肉なるものの悲惨を抱かえた存在であることを知った」とも述べている。

このような田井の言葉を読むとき、この時期、田井のなかで肉欲というものが、きわめて重い神学的な意味をもっていることに気づく。神の前で滅んでゆく肉体と肉欲を持つ自分、肉体の不完全性ゆえに逆に神を希求せざるを得ない自分。それは田井にとって自分の存在そのものに関わる意識であった。

そう考えると『父、信濃』のなかの次のような晦渋な歌の真意もはっきりと見えてくる。

くすぶりてありし燃木《もえぎ》のひといきに炎をあぐる見えてかなしも
愛欲のせちに苦しき秋江《しゅうこう》を少年なればさげすみたりき
富田富佐子に行きてその夫に抱かれよと言いし神父を怖れはじめぬ

燃えあがる炎のなかに自らの情念の姿を見る一首め。近松秋江の愛欲小説をさげすんだ少年時代を回想しながら、愛欲の苦しさにあえぐ今の自分を見つめなおした二首め。心病む歌人に対して肉欲の恩恵を説く神父を描いた三首め。これらの歌もまた肉欲に苛まれる田井の苦しみから生まれ出たものなのだ。

しかしながら、このような苦しみの根源はどこにあるのか。彼の肉欲はいったいどのような対象に向けられたものだったのか。

藤原龍一郎に「耐える多力者」(「綱手」平15・5)という優れた『水のほとり』論がある。田井の精神の暗部に果敢に踏み込んだ論考だといってよい。この論考において藤原は、田井の自歌自注を参照しながら「お互いがお互いにとって拒否者である」(田井)ような田井と妻との関係を明らかにしている。肉体による繋がりを結べない男女の関係が田井の歌に深い陰影を与えている、というこの藤原の指摘は作家論的にはきわめて重要だ。

この藤原の論考に沿いながら『父、信濃』を読むとき、読者はある一つの事実に気づかざるを得ない。それは、それまでの田井の歌集に頻繁に登場してきた「妻」がこの歌集では全く登場していない、という事実である。息づまるような筆致で描かれてきた配偶者との関係は、この歌集では見事に消去されている。この歌集において、肉欲は本来結ばれるべき相手ではないものとの間に存在しているのだ。

本来結ばれるべき肉体と関係を結べない。肉欲は常に、成就しえない予感や悲しみとともに作者を襲う。この歌集に流露するのは、成就しえない未了の思いの純粋さであるといってよい。それは配偶者との葛藤にみちた男女の関係を歌から捨象し、それに関わることを断念したことによってはじめて現出する純化された悲哀であったはずだ。

地上的世界のなかで七転八倒しながら歌い続けた田井安曇の作歌歴や歌集歴のなかで、『父、信濃』は例外的にとびぬけて清冽な印象を残す歌集である。ここには、歌をはじめた直後の我妻泰少年に流露していた感傷がうつくしく純化された形で復活している。が、その清冽は「地上的なもの」の痛ましい断念の上に成り立った純粋世界であることを忘れてはならない。

田井はこの歌集の「あとがき」の結語で、島木赤彦の歌を引き、次のようにいう。

大勢の手に支えられて本書も世に出る。ただありがとうを言うしかない。

山深く起伏して思ふ口髭の白くなるまで歌を詠みにし　赤彦

こういう歌が心に沁みるこの頃である。

ここで田井が、最晩年の赤彦の歌を引用したのは、赤彦が自分と同じ信濃出身であるという理由だけによるのではあるまい。赤彦の人生はまさに断念の連続であった。妻との死別、新しい妻との軋轢、恋人中原静子との離別、息子政彦との死別。彼の人生はさまざまな別離と断念の上に成り立っていた。この赤彦の歌は、そのような断念の果てに彼が至りついた清冽な諦念に彩られている。田井が歌集の末尾にこの歌を引き「こういう歌が心に沁みる」と記したこと。目立たぬように書かれてはいるが、私はこの結語のなかに、田井自身の深い断念と、澄みきった祈りの声を聞くような気がするのである。

岡井隆のうしろすがた

1

岡井隆の後ろ姿はさびしい、と思う。

たとえば、親しい仲間が集まる歌会があったとする。岡井隆は、その歌会の始めから終わりまで、ずっと温和なほほえみを絶やさずに批評を続ける。たまには当意即妙のジョークを飛ばし、周囲の者を笑わせなごませる。その時の彼の表情は人なつっこく明るい。

が、歌会が終わったとたんその様子は一変する。彼は微笑みの表情を残したまま、周囲の者に一言「じゃあぼくは、これで」と告げ、かたわらに置いてあった帽子をかぶる。冬なら、薄手の襟巻を巻く。彼は、誰よりもはやく会場から出る。私たちが、彼の後ろを追うようにして建物の外に出るときには、彼の後ろ姿はもう夜の街の闇に包まれている。

岡井隆の後ろ姿が寂しい、と感じるのはそんな時である。彼はうつむきながら、とぼとぼと歩いている訳ではない。歩く速度はむしろ速い方に属するだろう。視線はいつもやや上方を見ているような感じさえする。それでも、その後ろ姿には、声をかけるのがちょっとはばかられるような厳しい寂寥感が漂っている。歌会の最中の岡井隆の笑顔と、彼のその後ろ姿との落差。彼の近くで彼を見てきた者にとっては、もう馴染みの光景なのだが、それでもその落差には、いつも驚かされてしまう。

そういえば、彼にはこんな歌があった。「鳥打ちのぐいとまぶかに、話しかけられたくないの一語に尽きて」(『禁忌と好色』)。鳥打ち帽を愛用していた岡井隆を知る人間にとって、分かりすぎるほど分かる情景だろう。鳥打ち帽を被り、帰り支度をはじめた瞬間に表情が変わる岡井隆。おそらくその落差は、岡井隆自身も気づいていることなのだと思われる。が、この落差は決して不快なものではない。厳しい寂寥感が漂っている岡井隆の後ろ姿は、同性の私の目から見てもたまらなくセクシーだ。会話を交わしている時の彼の表情が柔和であればある分、彼のその不可触の寂しさは、よりいっそうミステリアスで魅力的に感じられてくるのだ。

岡井隆の歌は、彼の後ろ姿に似ている。そんな風に思うことがある。こんなことを言うと、唐突にすぎるかもしれないが、少なくとも私自身にとって、岡井隆の歌の魅力は、当初から、そのような性質のものだったのである。

私が初めて岡井隆の歌を目にしたのは、もう十年も前のことになる。そのときに私が魅了されたのは次のような歌だった。

はしり梅雨《つゆ》きみならばわがくるしみを言ひあつるらむ嗄声《させい》しづかに　『禁忌と好色』
外は陽のあまねからむを戸ざしつつ寂しき愛を学に注ぎぬ　『αの星』
透きとほるかなしみの時ゆゑのなきかなしみなればうなだれてゐつ

一首めの歌は岡井の歌集『禁忌と好色』（昭57）に、二首め三首めの歌は、それぞれ『αの星』（昭60）におさめられている。岡井隆の五十歳代後半の歌々である。

これらの歌はすべて美しい調べを持っている。一首めの「はしり梅雨」の歌では、音韻の交差がここちよい。「はしり梅雨」「君」のイ段音・ウ段音による鋭い響きから、明るいア段音の響きを持つ「ならばわが」へと推移するときに生まれるここちよさ。あるいは「いいあつるらむ」のイ段音から、サ行音を中心とした結句「させいしずかに」のささやくような音韻への変化。その音韻の明滅が、私たちの胸に伝わってくる。

二首めの歌は、「てにをは」がかもし出す調べが見事だ。「外は陽のあまねからむを」。この部分における、「は」「の」（同格）「む」（婉曲）「を」（逆接）といった助辞の機能の微妙さ。それによって、生じてくるかすかな屈折感。これらの助辞の作用によって、私たちは、そのつどそのつど、かすかに輝いたり翳ったりする作者の心理の流れを感じとることができる。まるで、静かな水面にさざ波が立つような微妙な心理の波動。それによって、私たちのこころはゆっくりと癒されてゆく。同じことは、「かなしみ」という言葉のリフレインが効果的に用いられている三首めの歌についてもいえる。透明感に満ちた視覚的なイメージを感じさせる、はじめの「透きとほるかなしみ」と、内面化された「ゆゑのなきかなしみ」。そのふたつの悲しみの間にある微妙な差異が私たちの胸にある流動感のようなものを伝えてくれる。

音韻の交差のここちよさ。短歌における「てにをは」の働きの微妙さ。そしてリズムに則したリフレインの流動感。これらの歌では短歌の音楽性が、五七五七七という定型の中で十二分に躍動し機能している。歌われた内容そのものは、三首とも大したものではない。これらの歌に登場してくる「くるしみ」「寂しさ」「かなしみ」といった言葉は、むしろ抽象的である、とさえいうことができる。が、このような抽象的な寂寥感が、豊かな短歌の調べをともなって表現されるとき、私たち読者の意識は、作者の寂寥感だけに直接的に向きあわせられてしまう。これらの歌が、寂寥感を主題としているにもかかわらず、なにか「癒し」のようなものを感じさせるのは、ほかならぬ調べのせいなのだ。

当時の私は、このような韻律論的な作品分析をして歌を読んでいた訳ではない。でも、そんな私でも、これらの歌の調べのここちよさと慰藉作用は直観的に感じとることができた。短歌では、寂しさと安らかさをこんなふうに同時に表現できるのだ……。これらの歌を読んで私は、寂寥と慰藉とを同時に表現できる短歌定型の不思議な力に新鮮な魅力を感じたのだ。『禁忌と好色』と『αの星』は、私に短歌の力を教えてくれた最初の歌集だったのである。

このような岡井隆の享受の仕方は、やや特異なものであるかもしれない。私たちの世代のニューウェーブ歌人、たとえば加藤治郎などは、『朝狩』などにおける岡井隆の前衛短歌的方法から決定的な影響を受けている。私たちより一世代上の歌人なら『土地よ痛みを負え』などの思想表現から影響を受けていることだろう。それは多くの場合、その人が初めて読んだ岡井隆の歌集が何であったか、という偶然の条件に左右されることが多いようだ。

そう考えてくると、私にとって『禁忌と好色』や『αの星』との出会いは、決定的な意味を持っていたのだな、ということがわかってくる。『禁忌と好色』や『αの星』は、『鵞卵亭』以後の岡井隆のアルカイックな文体が、完成された時期の歌集だといえるだろう。生きる寂しさを正面から見つめて歌う抒情歌人。その心情を短歌特有のやわらかで豊かな調べにのせて歌う伝統主義者。私が、その出会いの当初から胸に抱いている岡井隆のそんなイメージは、五十歳代の岡井隆の歌によって形成されたものに他ならない。

そのイメージは、夜の闇に足早に消えてゆく彼の後ろ姿のイメージと正確に一致するのだ。

2

しかしながら、このような私の岡井隆像は、一九九〇年代に入り、岡井隆が六十歳代後半を迎えることに出版された『宮殿』（平2）を読むことによって、大きく改変をせまられることになった。

くらやみの弟として今犬が垂れてゐる舌　泉のうへに
凍らせて復た解く肉の暗きいろアンダルシアに行かざりし夜の
『宮殿』

これらの歌をはじめて目にしたとき、私はここに流れている不気味さに嫌悪感を感じた。これらの歌に流れている重々しい調べ。それが私たちの無意識的な深層にまでじわじわと染み込んでゆき、私たちの不安感をかきたててくる。そんないやな感触を覚えたのである。

一首めの歌では、「くらやみの弟」という擬人化された闇の表現が不気味だ。また、「舌」という名詞止めによって、無造作に放棄されたような四句切の表現も乱暴すぎる。二首めの歌では「アンダルシア」という言葉がもつどこかけだるい音のイメージと「の」という不安定な文末表現が気になる。そしてどちらの歌にも、不安定な重々しい調べが、その背景に流れていよう。その調べが、舌や冷凍肉を歌った歌の内容とあいまって不気味さを倍増させている。

岡井隆の歌を読んでこのような不安感や嫌悪感を感じたことは、それまでにはなかったことだ。それ以前の岡井隆の歌は、寂寥を歌うときでさえ、やわらかで豊かな調べを持ち、それが一首に肯定的な力強さを与えていた。が、この『宮殿』の先のような歌では、岡井特有の力づよい調べが、どこかで抑圧されゆがめられてしまっている。

同様のことは、次のような歌を読んだときにも感じた。

いつの間にこんなに許多《ここだ》死者ぞある死者ばかり生き生きと木登《きのぼ》り

鎮魂は嘘だし小ぎたなくてこそあんめれ淡き水性の世に

のちに『神の仕事場』（平6）におさめられることになる連作「誰の為誰が書くオマージュ」のなかの歌々である。

これらの歌では、「こんなに」「嘘だし」といった現代の口語と、「許多《ここだ》」「こそあんめれ」などといった古代語が、強引なかたちで結びつけられている。それによって、一首の調べのは統一感を失ってしまっている。歌の内容は「鎮魂」をテーマにしているにもかかわらず、これらの歌には鎮魂歌特有の静かにしみとおるような流麗な調べはない。鎮魂歌らしい鎮魂歌を期待した私たち読者の神経をさかなでするかのようなアンバランスな調べがこれらの歌にはある。かつてあれほど豊かな調べでもって、自分の寂寥を歌った岡井が、なぜあえてこのような乾いたがさついた歌を歌うのか……。これらの歌を読んだときも、私はそんな不満を感じずにはいられなかった。

これらの歌であきらかなように、『宮殿』や『神の仕事場』において岡井隆の歌の調べは、決定的な変貌を遂げてしまったように見える。これらの歌集の歌の中で、短歌界の話題をさらったのは、たとえば皇后の失語症を歌った「叱つ叱つしゆつしゆつしゆわはらむまでしゆわはろむ失語の人よしゆわひるなゆめ」（『神の仕事場』）といった方法論的に突出した歌であろう。が、これらの歌で重要なのはむしろ、岡井隆はなぜこのような異形の調べを選択したのか、ということであるはずだ。調べの変化の背後にある、彼の意識の変化こそが、もう一度問い直されなければならない。

これらの歌集において、彼は、もはや自分の寂寥を豊かな調べに包んで歌おうとはしていない。彼は『禁忌と好色』や『αの星』で完成された豊かな調べを何の未練もなく捨て去り、重々しい調べや、アンバランスな調べでもって自らの寂寥を歌おうしている。短歌の調べがもつ慰藉作用を捨て去り、自分の寂寥に真向かおうとする彼の姿は、どこか痛ましい。が、そこにある種の凄味を感じることも確かなのだ。

川波を見てきりぎしに目を移す不幸といへばそんな気もする
生きゆくは冬の林の単調《モノタナス》さ　とは思はないだから生きてる
鳥打《とりうち》を脱いだら、きつと鳥打の蔭の蒼ざめた顔がかくせぬ
高野川ましろき鷺も凍《こほ》りつつ、さういふことだ凍鷺《いてさぎ》の罰
さびしいが此のさびしさはおのれより生《あ》れて広ごる水の朝《あした》や
越の国小千谷《をぢや》へ行きぬ死が人を美しうするさびしい町だ
『神の仕事場』

これらの歌には、底ごもるような老いの孤独がある。それは、もはや豊かな文語の調べをもって

しても、あるいは、岡井の韻律感の包容力をもってしても、癒すことができない寂しさだといってよいのかもしれない。「そんな気もする」「さういふことだ」「さびしいが」といった、かろうじて自分自身の耳もとでささやいているかのような口語のフレーズ。それが豊かな短歌的調べから遠いところにある分、岡井が今感じているであろう寂寥は、赤裸々な形で痛ましいまでに私たちの胸に突き刺さってくる。それは彼の師・土屋文明の余裕を感じさせる老いの歌や、近藤芳美の理想主義的な老いの歌とはあきらかに異なった位相にある老いの歌であろう。またそれは、『禁忌と好色』によって作り上げられた私のなかにある岡井隆像を破壊し、新たな形で深化させるような老いの歌だった、といってよい。

岡井隆という歌人は、さまざまな毀誉褒貶にさらされ続けてきた歌人である。彼自身それを利用するしたたかさも持ちあわせていた。しかしながら、その根本にあるのは、生の寂しさを見つめる叙情歌人としての生来的な清らかさである、と私は思う。彼の後ろ姿が魅力的である限り、彼が自らの寂しさから目をそらさない限り、私たちは根本的な部分で、この歌人を信じ続けていてよいのだろうと思う。

深淵をのぞくこと

1

岡井隆の歌集『二〇〇六年水無月のころ』（平18）は、きわめて短い期間に書き上げられた書下ろしの歌集である。執筆された期間は、平成十八年の六月五日から同七月二十日までの四十六日間。岡井はその期間中に計三百七十一首の歌を作ったことになる。

岡井は、この歌集を書き下ろすにあたって、この歌集の制作コンセプトを事前に次のように箇条書きしている。

一　二〇〇六年六月ごろから書き出す。

二　朝の時間を選ぶ。毎朝書く。

三　小さな書斎の小さな机上に限定して必ずそこで書く。自家製二百字詰原稿用紙に2Bの鉛筆で書く。

四　約一箇月で完了する。

かなり厳格な規定だといえるだろう。特に「二」「三」の規定が厳しい。毎朝休まず起床時に同じ机に座って歌を書く。そのように場所と時間が設定されている限り、歌材は限定されざるを得ない。このような設定のもとでは、日常生活の一場面において心のなかに流露した感情をリアルタイムで描くことはできない。前日の体験は、一夜の眠りの後、翌朝「回想」という形で歌にされざるを得ない。このような原則をもし厳守するなら、歌の題材はすべて過去の「回想」を通じて作品化されざるを得ないだろう。岡井は、あえてこのような規定を設定することによって「回想」というものに焦点を絞り、作品化を試みようとしている、といってよい。

彼が「回想」というテーマで歌を作ろうとしていることは、たとえば、歌集冒頭近くにある次のような歌でもあきらかだろう（数字は制作された日付を表す、以下同）。

回想は、だが、向うから常に来る呼び出されたんではないやましさに　（6・10）
回想がしばらく眠りをいぢめゐていつも細紐のやうに、おもひ出作者がみずから進んで思い出すのではない。「回想」は常に呼び出しもしないのに「向うから」やってくる。そして、それは常に「やましさ」を内包している。また、「回想」は「眠りをいぢめ」、悪夢として岡井の安眠を奪うことさえある……。ここで岡井が意図しているのは、自分の意識のうちに浮かび上がってきた過去を回想するという形で、そのまま短歌に記述するという手法なのである。まだ意識が覚醒し切っていない起床時に執筆時間を設定したのも、脳裏に浮びあがってきた瞬間の混沌とした姿のまま昨日の記憶を掬い上げようとする彼の意図に基づいているのだろう。

しかしながら、岡井は、なぜ六月七月という時期を設定したのだろうか。

一般的にいって、日本の六月七月はもっとも多湿で疲労を覚える時期である。老いを迎えた岡井にとって、それは体力的に苦しい時期であるはずだ。気候だけではない。岡井の経歴を見ると、不思議に六月七月という梅雨の時期に人生上の転機が訪れていることに気づく。昭和三十五年六月の安保闘争、昭和四十五年七月の「出奔」、昭和五十年七月の母の死去、そして平成十七年の六月九日には塚本邦雄が死去している。これらはすべて岡井個人にとって痛切な体験であろう。

気候的にも、個人の来歴においても、六月七月という時期は岡井にとって苦しみを感じる厄月であるはずだ。にもかかわらず、その時期に、あえて辛い過去の記憶を素材にして歌を書くという行為は自虐的だとさえいえるだろう。

しかも、岡井はこの歌集を編むに当たって、一冊の本の読書を自分に課している。それは、ナチスドイツのユダヤ人強制収容所の現実を描いたフランクルの『夜と霧』である。岡井はこの書を恐れ、それに「半世紀ちかく近づかないやうにして来た」といふ。が、彼はこの時期にこの書をあえてサイドリーダーとして完読しようとするのだ。

案の定、この読書は岡井に苦い認識を齎してくる。岡井は『夜の霧』のなかに描かれた「ユダヤ」や「強制収容所」を、みずからの「老い」とのアナロジーにおいて捉えてゆくのである。

ある意味で老いとは強制収容所である齢《よはひ》とは即「ユダヤ」なのだ　（6・15）
老いは一つのアウシュヴィッツである故に逃れがたかりガスに死ぬまで　（7・2）

「老い」である自分は、「ユダヤ」として世界から隔離され収容所に入れられている。ガス室に送られるまで、そこでつかのまの露命を保っているにすぎない。岡井にとって『夜と霧』に描かれた収容所の記録は、そのまま世界から隔離された自分の「老い」と共通するものとして感受されてゆく。『夜と霧』を読むことは、自分の「老い」を真正面から見つめることに他ならないのである。

気候的に苦しい時期に、『夜と霧』を読み、苦い過去を回想して歌を作る。しかも、岡井は、少なくとも一箇月以上、その苦行から逃れることはできない。『二〇〇六年水無月のころ』は、そのような過酷な事前コンセプトに基づいて作られているといってよい。

痛切なのはそれだけではない。岡井はこの時期、偶然にも、ふたりの師の死に出会っている。ひとつは近藤芳美の死、もうひとつは、医学上の師である片桐鎮夫の死である。

岡井は、近藤の訃報が届いた翌朝、次のように歌う。

かなしみにあらず放心に近からず下半身重く重く　あけぼの　（6・22）

私はどこへ向つて生きるのだそれとも生きるふりをするのか

近藤の死に岡井がどれほどの喪失感を感じたか、ということがよくわかる二首である。特に二首目の歌は、自分はもはや「生きるふり」をしているだけだ、という深い絶望感が率直に吐露されている歌だ。

このような感慨は、すぐさま読み進めていた『夜と霧』の印象と結びついてゆく。翌六月二十三日から、岡井は次のような一風変わった歌を作ってゆく。

アウシュビッツに気が満ちた　それが人間の集団だから「ユダヤ」だからだ　（6・23）

少数であり捨て去られかたまつてしかも優れた一群である

なぜかくも無視されてわれらつねに在る休みなく書き清く歌ふに

おそらくここでいわれている「優れた一群」、「われら」とは、近藤を中心に集まった「未来」という集団のことだろう。岡井は、近藤の死に遭遇することによって、優秀でありながら「少数」として疎外され、世間から捨て去られた「未来」というグループの来歴に思いを馳せたのだ。第三者の眼から見れば「未来」は、戦後短歌を牽引する役割を果たしてきた結社であるように見える。が、旗揚げ当初から「未来」という集団を牽引してきた岡井には、この集団が外部から十全に理解されてきたという実感はない。この「未来」は、常に世間から無理解の眼に晒されてきたという疎外感が岡井の胸のなかには疼いている。その思いが、近藤の死を契機として、この朝、岡井を襲ったのだ。

優秀でありながら疎外された集団。それは、優れているがゆえに嫉視され、少数である故に強制収容所に送られたユダヤの人々と同じだ……。岡井は、ここでも『夜と霧』とのアナロジーにおいて、「未来」という集団を捉える。疎外された「老い」としての自分。疎外された「未来」という集団のなかにいる自分。二重の疎外感を感じた岡井は、自分は「強制収容所」のなかに収容されていたのだ、という思いを深くする。「強制収容所」（ユダヤ）のイメージが、「老い」という疎外感と、理解されない自分の文学的活動に対する疎外感の象徴として胸のなかに刻印されてゆくのである。

このような岡井の疎外感は、この歌集の後半部の歌々において、岡井の意識の中心に居座るようになってゆく。

幼きがからだ打ち合ひて死闘せりかの教室をおもはざらめや　（6・24）
死者たちがつくり上げたる邦に棲み死者のことばを読み解かむとす
大衆といふが一人づつ顔もちて声もちてしかも均質感《ひとしく》もて迫る
嫌悪するほどの関心ももはやなくなりて茫然《ばうぜん》とへだたるわれは　（6・26）

岡井の回想は、旧制中学で味わった「いじめ」の記憶（一首め）に及ぶ。岡井は「いぢめられ殴打されつつ『立たぬか』と『立て』とくり返し声は降り来し」（七月八日）とも歌っているが、ローティーンの頃のこの「いじめ」体験は、岡井の心の深いトラウマとなっているといってよい。

また同時に、岡井は、自分が大衆というものから疎外されているという思いにも囚われてしまう（三・四首め）。大衆に対して、もはや「嫌悪」の念を送ることさえ空しい、岡井はそういう思いに襲われる。自分の文業はしょせん大衆には理解されはしない。その疎外感・孤立感のなかで、彼は、鷗外や杢太郎が書き残した作品への詳細な注釈に没頭していく（二首め）。生きている大衆に背を向け、「死者」たちが作り上げた近代日本文学の言葉のみに耳を傾けてゆこうとするのである。

このような日常を送る作者に、七月七日、ふたつめの訃報が届く。それは、片桐鎮夫の死であった。

四十二歳にて先生を離れたり先生四十九歳なりしよ
われ死にて還らば多少は言ひ開きするを得しかと思《も》へば切なし
（7・7）

敵味方さだかならざる医師団裡《いしだんり》裏切りながら裏切られゐつ
生きていらした時に言へなかつた真実は逝きたまひたる今も言へない
（7・15）

片桐は、若い岡井を北里大学へ招聘し、厚い期待をもって岡井を見守った岡井の医学上の恩師である。複雑な医局内の人間関係のなかで片桐は常に岡井の側に立ち、彼を擁護していたらしい。が、岡井は、昭和四十五年七月の「出奔」によって北里病院を去り、自分に寄せてくれた片桐の厚意を裏切ってしまうことになる。これらの歌には、片桐を裏切り、生前は「真実」を語って謝罪できなかった岡井の深い悔恨が顔をのぞかせている。

この片桐の死をきっかけに、岡井は、昭和四十五年七月の「出奔」を胸の中で何度も想起してゆく。時期はちょうど七月前半である。梅雨時の湿気と暑気が、否応なく、彼を三十六年前の夏の苦い記憶のなかに引き擦りこんでゆく。

この湿度ふかきなかなる判断のわが一生を決めしかあはれ
南国に迫る嵐の木の風を見たくてチャンネルを切りかへ切りかふ
（7・8）

なにがそこにうごめくのやらこの暑気と湿気がおれにささやく声す

片桐の訃報に接した翌日の七月八日の歌である。おりしも、台風三号が東シナ海を北上し九州に近づきつつあった。

台風が運んでくるべっとりした湿気と暑気のなかで、岡井は昭和四十五年七月を思い出す。自死さえも心のなかに閃いた、その夏の暑さをまざまざと回想するのである。風に荒れ狂うビンロウジュを映すテレビの映像は、ちょうど岡井が東京を去り、宮崎を放浪したときに遭遇した台風の記憶と重なりあう。そのなかで、岡井は、彼の人生において「死」というものに、最も近づいていった日々を想起したに違いない。「この暑気と湿気がおれにささやく声す」（三首め）に登場する「声」とは、あるいは、岡井の内面にいまもなお疼く自死への促しの声なのかもしれない。

「出奔」の記憶だけではない。七月七日の片桐鎮夫の訃報は、岡井のなかで、ちょうどその日三十二回目の命日を迎えていた母・岡井花子の記憶と結びつく。

三十六年前の七夕の昼つ方母のむくろに添ひてゐたりき
えいくそ隆《たかし》なんとかならんかと叫ぶ父の辺《へ》に冷ややかに居《ゐ》き
（7・7）

一首めの歌で、岡井は母の死を「三十六年前の七夕」といっているが、これは記憶違いだろう。岡井隆の母花子は、この時点から三十一年前の昭和五十年七月七日に死去している。昭和四十五年の「出奔」のイメージと母の死のイメージが岡井の心のなかで重複したのかもしれない。

それはさておき、二首めの歌はなんと痛切な回想だろうか。死にゆく妻を前にして「えいくそ隆なんとかならんか」という岡井の父の叫びが、読者にも鋭く突き刺さってくる感じがする。その痛切な叫びの前に、医師である自分は何もなし得ず冷ややかに座っていた。その回想が岡井を苛む。

このように六月後半から七月前半の岡井の心情を追跡してゆくと、岡井がひとつの想念にしだいに捕らわれていくさまが見えてくる。近藤芳美と片桐鎮夫の死は、岡井にとって、偶然としか言いようのなかった事件だったろう。が、岡井は、その偶然を、まるで文学的な必然であったかのように自らの歌のなかに取り込んでゆく。近藤の死に触発された疎外感。片桐鎮夫の死と梅雨時の気候に触発された「出奔」の記憶。そのなかから蘇る母の死の記憶や自死への衝動。岡井は、偶然に出会った二つの死を契機としてみずからの心の深淵をのぞきこんでゆく。そこに私は、優れたうたびとの魂が、歌うべき運命を引き寄せてきたような迫力を感じてしまうのである。

このような日々に岡井が見つめていったもの。それは、端的に言えば自らの「死」であった。

人逝けどことごとく吾《あ》を迂回せり若葉の森に枯れ葉のおちて　（7・4）
死したるをまだ生きてある者が言ふその言ふ声は死者に近づく　（7・15）
京都より帰り来たりし夜半ちかき武蔵の雨や　ゆるぎなく老ゆ　（7・18）

多くの死者が自分の眼の前を過ぎ去ってゆく。が、彼らは岡井の回りを迂回し、彼を誘ってはくれない。自分だけが生き残ってしまったという疎外感・孤独感が岡井を襲う（一首め）。岡井は塚本邦雄・山中智恵子といった「死したる」歌人たちについて述べる。が、死者の思い出を語る自分の声もまたおのずから死者に近づいてゆく（二首め）。深夜帰宅した岡井を荒々しい武蔵野の雨が濡らす。そのなかで岡井は自分の「老い」を不可避なものとして痛感する（三首め）。

ここにあるのは、自分の「老い」「死」から目を逸らさず、それを真正面から見つめ歌う壮絶な老歌人の姿であるといってよい。このような自らの老いや死への仮借ない視線は、いままでの岡井の歌集には無かったものだ。岡井隆の歌業は、いま、みずからの「死」という深い深淵に対峙しつつある、といってよい。

3

近藤と片桐の死が、岡井にとって偶然だったように『夜と霧』という書物との遭遇も、当初は、半ば偶然的なものだったに違いない。が、その書を読み進めるにしたがって、そのなかの記述は、岡井の心情を的確に表すものとして彼の胸にしみこんでいったはずだ。

この時期、岡井は深い虚無感にしばしば襲われている。それは、「白い布」のイメージをともなって、彼の歌にしばしば顔を出してくる。

白き膜いつものやうに内外《うちそと》のあはひに垂れて、行くべし朝を　（6・18）

いろどりのはつきりとせぬ絹《シルク》もておほはれてあれ今朝のすべては　（6・22）

明け放つならばおそるべき外界が　もの一つなき白が　たなびく　（7・13）

自分と外界の間に「白き膜」「絹」「もの一つなき白」がある。自分は世界とダイレクトに触れるのではなく、その薄い半透明の皮膜ごしに世界を眺めている……。これらの歌に描かれているのは、岡井の意識にしばしば訪れる離人症的な虚無感であり、疎外感だろう。それは、若い日からしばしば彼を襲う岡井特有の感覚ではある。

が、『夜と霧』を読み進めてゆくと、この感覚は、岡井のみならず強制収容所に入れられた人々に共通する感覚であったことが分ってくる。例えば、フランクルは収容された囚人たちの空間感覚を次のように分析している。

外部での出来事、収容所外の人間、外のすべての正常な生活、これらすべては収容所にいる者には何か亡霊のようなこの世ならぬものに思われてくるのである。囚人が外部の世界を一瞥できるような時には、彼はそこでの生活をまるで死者が「あの世」から世界を見下ろしているように眺めるのであった。従って囚人は正常な世界に対して次第にあたかもこの「世界」が存在しないなくなったかのような感情をもたざるを得なくなるのである。

（霜山徳爾訳・以下同）

囚人たちは、外部の世界を「あの世」を見るように眺める。外部の世界を自らに関わりのない世界としてしか感じられなくなってゆく。そうして、現世的な「目的」を失った囚人たちは人間性を崩壊させてゆく。フランクルは、強制収容所の囚人たちの心理をそう分析しているのである。

このような人間性崩壊の危機は、この時期の岡井にも何度か到来したのだろう。岡井は自分の「老い」や文学的疎外感を「強制収容所」に喩えたのだが、それは単なる言葉あそびではない。岡井はむしろ、収容所に入れられた人々のこのような離人症的な感覚のなかに、自分と同じ虚無を感じ取ったに違いない。「強制収容所」は、論理的な比喩ではなく、岡井の実感にしっかりと裏づけられた比喩だったのである。

実際、岡井は時間や世界を次のように歌ってもいる。

怖ろしいことだが歴史とは〈無〉いといふことです　過ぎたから〈無〉い　（7・5）
もしも世界がなにも知らないと気付いたらどうしてそれを救ひ出せるだらう　（7・20）

おそらくこれらの歌の背後にも、岡井が実感している虚無があろう。歴史も世界も存在しない、という虚無的な感覚がこの時期の岡井を深く包んでいたことがわかる。
岡井はこのような虚無からどのように脱出したのだろうか。フランクルによれば、フランクル自身がこのような虚無から逃れるにはひとつの「回心」が必要だった、という。それは、今自分が感じている苦悩のなかに「一回的な運命」を感じとる「コペルニクス的な回心」である。彼は次のようにいう。

> ところで具体的な運命が人間にある苦悩を課す限り、人間はこの苦悩のなかにも一つの課題、しかもやはり一回的な運命を見なければならないのである。人間は苦悩に対して、彼がこの苦痛に満ちた運命と共にこの世界でただ一人一回だけ立っているという意識にまで達せねばならないのである。何人も彼から苦悩を取り去ることはできないのである。何人も彼の代りに苦悩を苦しみ抜くことはできないのである。まさにその運命に当った彼自身がこの苦悩を担うということの中に独自な業績に対するただ一度の可能性が存在するのである。

自らの苦悩を、かけがえのない具体的な「一回性」を持ったものとして甘受する。そのことが虚無に陥らない唯一の方法なのだ。フランクルは極限的な状況のなかで「一回性」という人間の高貴さに気づく。この場面は、『夜と霧』のなかでももっとも感動的な部分といってよいだろう。当然のことながら、岡井も『夜の霧』の末尾に近いこのシーンを読み、感動を受けたはずである。では、岡井はフランクルのいうような「一回性」というものに気づき、それを梃子にして自らの虚無から抜け出し得たのであろうか。それは分らない。むしろ、『二〇〇六年水無月のころ』という歌集は、岡井が遭遇した虚無の深淵に浸りきる時点で、七月二十日突然、終焉を迎えている。

おそらく岡井は、この歌集の歌を書き終えた後も、この虚無の深淵をのぞき続けてゆくであろう。それは苦しげな試行である。が、その深さ故に、その試行は現代短歌に新たな可能性を付け加えるであろうことを、私は確信する。

再生の記録

1

平成十九年（二〇〇七年）七月、松山市で行われた「未来」全国大会の懇親会の会場で、岡井隆は次のような主旨の挨拶をした。

最近、私は次々に本を編んでいるけれど、それはもう誰かに読んでもらうためではありません。本を出すのは、自分の手で自分のお墓を建てているようなものです。ひとつひとつ、自分の本というう自分のお墓をせっせと建てているのです。

このときの岡井の声には張りがあり、悲嘆の気味は全くなかった。が、懇親会冒頭の主宰者の華やかな挨拶を期待していた会員の耳に、その言葉は淋しく響いた。私などは、ちょっと涙ぐんでしまったほどだった。

自分の「墓」として作品を書き残し、それを本に編む。八十歳になる岡井隆は、いま自分が感じていることや、考えていることのすべてを文字に書き残し、記録しようとしているのかもしれない。歌人としての人生の集大成。岡井は、今、否応なくそれを意識せざるを得ない時期を迎えている。

岡井隆は平成十八年の六月から毎日何首かの歌を作り、それを歌集としてまとめている。おそらくそのようなことを企図した背後には、自分のすべてを残しておこうとする意志が働いていよう。それらの歌は『二〇〇六年水無月のころ』と、それに続く『初期の蝶／「近藤芳美をしのぶ会」前後』となって世に送り出されることになった。

私はすでに「深淵をのぞくこと」において『二〇〇六年水無月のころ』を題材に、彼の精神の軌跡を追跡した。ここでは、その次の歌集『初期の蝶／「近藤芳美をしのぶ会」前後』を素材にして、その後の彼の心の軌跡を追っておきたいと思う。

2

『二〇〇六年水無月のころ』は、一言でいうなら、壮絶な歌集であった。岡井はこの歌集において、かならず朝起きがけに机の上で歌を書くことをみずからに強いている。したがって、それらの歌は「記憶」が素材となる。しかしながら、その「記憶」には甘やかなものは少ない。残酷なものが多い。なぜなら、六月七月の時期、岡井は数多くの人生上の苦難に遭っているからである。

その『二〇〇六年水無月のころ』の暗さに比べ、一ヶ月後の八月十六日から始まる『初期の蝶／「近藤芳美をしのぶ会」前後』の歌々には、どこかほのかに明るい光が差し込んでいる感じがある。

谿ふかき棚田のみどりとこしへにあなたはぼくのよろこびとして　（8・16）
離れ住む子よりわれあての便《ファクス》りあり働く日々をよろこびとして　（8・17）

同じ結句「よろこびとして」が用いられた冒頭部に置かれた二首である。前者においては、永遠の配偶者を得たことへの安堵が、やすらかな田園の風景と重ねあわされて歌われている。後者の歌は、前妻との間に生まれた子どもからの来信を素材とした歌だ。その来信には、前妻からも独立して生計を立てている子どもの暮らしが記されている。永遠の配偶者を得た安寧と、離れ住む子の安定。「よろこびとして」という一語は、素直な岡井の思いを表している。

家族を捨てた、という岡井の罪悪感は深い。その罪悪感は昭和四十五年七月の蒸し暑さの記憶とともに平成十八年の夏の岡井を苦しめた。が、『二〇〇〇六年水無月のころ』の一ヵ月後から書き始められたこの歌集の歌々では、その苦しみは和らぎつつあるような感じを受ける。

家族に対する思いばかりではない。立ち直りつつある岡井の心情は、近藤芳美に対する挽歌の変化のなかにも表れ出ている。

近藤芳美が逝去したのは、六月二十一日である。『二〇〇六年水無月のころ』では、その訃報を知った翌日の岡井の心情が次のように記録されている。

かなしみにあらず放心に近からず下半身重く重く　あけぼの　(6・22)
私はどこへ向つて生きるのだそれとも生きるふりをするのか

これらの歌にあるのは、岡井の深い喪失感だろう。

岡井は、昭和三十年代から近藤芳美を何度も激しい言葉で批判してきている。近藤を批判することによって岡井は歌人として自立した、といってもよいほどだ。そういう岡井にとって近藤はすでに乗り越えられた旧師である。私たちはずっとそう考えてきた。

が、事実はそう単純ではない。近藤が逝去した翌日の歌にあるのは、まるで人生の指針を失ったような岡井の深い喪失感だった。その喪失感は、私たちにとって思った以上に深く大きいものであったといってよい。

しかしながら、その深い喪失感は、この『初期の蝶／「近藤芳美をしのぶ会」前後』では、幾分和らいで来ているように見える。岡井は次のように近藤を歌う。

「黒豹」とふ似合はざる喩よしたたかにしかも逃げ惑ふさまは伝へず
それを言ふなら大いなる娑羅の木の股に巨軀を寝そべりたまひゐしかな　（8・24）

一首めの歌に出てくる「黒豹」は、いうまでもなく昭和四十三年に発行された近藤芳美の第八歌集の歌集名である。その歌集の冒頭近くに置かれた「森くらくからまる網を逃れのがれひとつまぼろしの吾の黒豹」の一首は、近藤には珍しく暗喩を用いた歌であり、当時毀誉褒貶にさらされた歌であった。そこで「黒豹」は暗喩として用いられている。「黒豹」は、知識人としての近藤の自画像であると理解されてきた。

が、ここで岡井は、近藤が自分自身を表す喩として使った「黒豹」を「似合はざる喩」と言い切っている。一般的にいえば黒豹はしなやかでスマートな動物だ。気高いイメージを帯びた動物である。そのような瀟洒な動物は、近藤の生き様には似合わない。なぜなら、近藤は、常に傍観者として「したたかに」自分を守ってきたからだ。あたふたと逃げ惑った姿は、けっして衆目に曝しはしなかったではないか。この歌で岡井はそう主張する。近藤の生き様に対する岡井の、極めて辛辣な批判がこの一首には息づいていよう。

次の歌も辛辣である。もし近藤が自らを「黒豹」であると主張するのなら、その豹は「森くらくからまる網を逃れのがれ」といったしなやかな肢体をもった豹ではない。むしろ近藤は、木の股で寝そべる、高見の見物をし、でっぷりと肥え太ってしまった豹ではなかったのか。岡井はここでそう歌う。ここには、近藤の自己劇化・自己美化を指弾する岡井の批判があると見てよいだろう。が、岡井の冷徹な目は、なにも近藤一人に注がれるわけではない。岡井は彼の弟子であった自分のことも次のように歌っている。

だれひとり知るもののなきあひだがら反抗をする弟子とふ虚像　（8・24）

弟子である自分は近藤に対して常に反抗してきた。が、それは「虚像」であり、ポーズではなかったか。岡井はここでそう自問するのである。近藤に反抗しているかのようなポーズをとったのは、父親を尊敬しながら反抗する息子がそうであるように、自分のなかに近藤に対する「甘え」があったからではなかったか。余人には分からない深い「あひだがら」に対する信頼があったからこそ、近藤に対する批判は許される。そんな思いが自分にはあったのではなかろうか。この歌において岡井は、近藤に対して、どこかで甘えていた自分の未熟さを見つめている。そこに対して、冷徹な目を注いでいるのである。

また、次のような歌もある。

虚無ふかく居たまひしとは（若き日に示標と仰ぎゐたれば）分かる　（8・24）

ここには、岡井隆でしか捉えることのできなかった近藤芳美の真の姿があるだろう。傍観者として自分の手を汚さなかった近藤。が、その内面には深い「虚無」があった。若い日からずっと近藤を「示標」と仰いでいた自分だけに分かる近藤の真の姿だったはずだ。それは、岡井はここで痛切な思いのなかで、自負をこめてそう言おうとしている。この近藤理解はきわめて深い。

「近藤芳美をしのぶ会」の開催は九月二日に予定されていた。その日が近づくにつれて岡井は、近藤芳美は自分にとって如何なる存在であったか、ということを冷静に考え直そうとしたに違いない。その結果、『二〇〇六年水無月のころ』において深い喪失感のなかで歌われた近藤への思いは、『初期の蝶／「近藤芳美をしのぶ会」前後』において、その総体を問われうるまでに客体化されているのである。このような近藤観の変化のなかにも、この時期の岡井の立ち直りを見てとることができよう。

九月に入り「近藤芳美をしのぶ会」が無事終ると、岡井の精神には、安定した積極性のようなものが感じられるようになってくる。それは、次のような歌からも窺える。

前生の縁によりて相逢ひしにあらずやと問ふ否と応ふ　（9・7）

おそらく妻が「私たちが結ばれたのは前生の因縁があったのかしら」と、岡井に尋ねたのだろう。岡井はその質問に対して「否」と答える。私は「前生の因縁」によって受動的に妻と結ばれた訳ではない。自分は、この妻と結婚をするという運命を、いかな苦いものであれ、自分自身の手で選びとったのだ。岡井が「否」と答えた背景には、そのような思いがあったに違いない。

また同時期には、次のような歌もある。

行為即祈りであると啓示して夢の中なる神は去りたる　（9・9）

岡井の内面には、常に宗教的な罪悪感がある。自分は様々な形で信仰を裏切ってきた、そんな思いが疼いている。その岡井が見る夢のなかに神が現れる。神は岡井に「行為はそのまま即祈りである」と告げて去るのである。

日常生活なかで悪戦苦闘する。そういう生ぐさい「行為」そのものが、実は、そのまま即、神への祈りにつながっている。夢から醒めた後、岡井は一見徒労に満ちているように感じられる日常が、すぐさま信仰に繋がるのだ、という確信を得たのかもしれない。この歌にも、自分がいま置かれている現実をあるがままに受け入れようとする岡井の運命愛のようなものが滲み出ているように思う。

このような岡井の運命に対する思いの背後には、あるいは、この時期岡井が読んでいたフランクルの『夜と霧』の影響があるのかもしれない。

ユダヤ人強制収容所に収容されたユダヤ人たちは、過酷な運命を前にして、次第次第に虚無のなかに陥ってゆく。作者フランクルは、彼自身がそのような虚無から逃れるにはひとつの「回心」が必要だった、と述べている。それは、今自分が感じている苦悩のなかに「一回的な運命」を感じとる「コペルニクス的な回心」である。彼は次のようにいう。

ところで具体的な運命が人間にある苦悩を課す限り、人間はこの苦悩のなかにも一つの課題、しかもやはり一回的な運命を見なければならないのである。人間は苦悩に対して、彼がこの苦痛に満ちた運命と共にこの世界でただ一人一回だけ立っているという意識にまで達せねばならないのである。何人も彼から苦悩を取り去ることはできないのである。何人も彼の代りに苦悩を苦しみ抜くことはできないのである。まさにその運命に当った彼自身がこの苦悩を担うということの中に独自な業績に対するただ一度の可能性が存在するのである。

（霜山徳爾訳）

自らの苦悩を、かけがえのない具体的な「一回性」を持ったものとして感受する。その運命を自らが選びとったものとして引き受ける。そのことが虚無に陥らない唯一の方法なのだ。フランクルは極限的な状況のなかで、「一回性」という人間の高貴さに気づく。それによって彼はかろうじて虚無から生還するのである。

一見、偶然に自分に襲いかかってきたかのようにみえる過酷な「運命」を、自分が主体的に選択したものとして、もう一度選び直してみる。日常茶飯みずからが行っている「行為」を、神への「祈り」に直結するものとして見つめ直してみる。そうすることで、岡井は徐々に立ち直っていった。『二〇〇六年水無月のころ』の時期の暗澹とした精神状況から岡井を救い出したのは、フランクルの言葉でいえば「一回性」の自覚であり、「回心」だった、といえるのかも知れない。

『初期の蝶／「近藤芳美をしのぶ会」前後』という歌集は、平成十八年の八月九月の二十七日間に作られた二百六首を収めた小歌集に過ぎない。が、この小歌集のなかには、暗澹から明るさに向う岡井隆の精神の軌跡がくっきりと刻印されている。「行為はそのまま祈りである」いう諦念のなかで、岡井は自分の行為と心の軌跡のすべてを、みずからが自らのために建てる「墓」として、粛々と記録していったのである。

文学の上で戦うこと

1

私の手元に角川「短歌」昭和四十四年十月号がある。「青春の志向するもの」という特集タイトルがつけられた一冊で、塚本邦雄・岩田正・菱川善夫らが、特集論文の筆を執っている。

そのなかに座談会の記録が一つ掲載されている。それは「若い世代の座談会・われらの状況とわれらの短歌」と題された座談会である。

参加者は、村木道彦・下村光男・福島泰樹・河野裕子・大島史洋。昭和十七年生まれの村木から、昭和二十一年生まれの下村・河野まで、当時二十代だった歌人がそこに集っている。司会は、佐佐木幸綱が務めている。

この座談会が非常におもしろい。特に、当時の大島史洋の作歌姿勢とジレンマが非常によく分かる座談会だということができる。

この座談会の記事のなかには、当日撮られた写真が載せられている。白皙のおもちでタバコを指に挟んだ村木道彦。黒縁の眼鏡を手元に伏せている下村光男。頭をスポーツ刈りにした福島泰樹はいかにも意気揚々としている。写真の左はしには、まだふっくらとした面影を残した河野裕子が坐っている。大島は、その河野の右側に坐っている。

彼は、きっ、と眼を見開いて眼の前におかれたコップをにらみつけている。眼鏡はかけていない。痩身の横顔がいかにもとげとげしい感じだ。当時、大島は二十五歳。「未来」に入会してからすでに九年が過ぎ去っていた。

このスナップ写真の表情からも分かるように、若手歌人を集めたこの座談会は、大島にとってきわめて厳しいものであった。座談会の記事を読むかぎり、彼は若手歌人のなかであきらかに孤立しているように感じられる。

内容を見ていこう。まず座談会の冒頭、司会の佐佐木幸綱は、参加者に「今注目している歌人」の名前を挙げさせることから会を始めている。その問いかけに対して、村木・下村・福島・河野の四人は、次のように、すべて「塚本邦雄」の名を挙げている。


ひとりだけといえば、塚本さんですね。（村木）

まさにうちそびえるアバンギャルドといった感じで。（下村）

塚本ひとりが絶えずアンチテーゼを時代に対して出している。（福島）
わたしは宮先生から目に見えない世界を詠うことを知ったんですが塚本はそれがものすごく強烈です。（河野）

このような、やや興奮した若手歌人の口吻からは、これらの歌人が塚本の作品に心酔している様がうかがえる。塚本の第六歌集『感幻樂』はその年に発行されたばかり。彼の最高傑作ともいえるこの歌集は若手歌人に圧倒的な好評をもって迎えられていたらしい。
このような塚本邦雄賛美の声が会場を支配するなかで、たったひとり、大島史洋だけが「注目する歌人」として「岡井隆」の名を挙げる。そして、自分が岡井に惹かれている理由を次のように述べている。

福島　それで岡井隆のどういう考え方を。
大島　岡井隆のああいった形で、作品で戦っていくところにひかれるね。
福島　ああいった形とは。
大島　はっきり言うと、状況から出ちゃうということじゃないかな。
福島　というのは……。
大島　つまり文学の上で戦うこと。そこに使命があるということですね。短歌を作ることがすなわち戦い、信条であるところまで突っ込んでいく立場へ、自分を追い込んでいく……。

ここで大島は、岡井隆のなかの「文学の上で戦う」「短歌を作ることがすなわち戦い」である点に自分が惹かれていることを吐露している。

座談会が行われたのは、昭和四十四年夏、岡井隆の九州逃亡の約一年前である。この時期の岡井は、華々しい活躍を続ける塚本とは対照的に、のちに『天河庭園集』に纏められることになる苦しく苦い歌を歌い継いでいた。岡井の苦しい作歌活動を近くで見てきた大島は、その岡井の営為に深く影響されるところがあったのだ。

この大島の発言は、すぐさま福島泰樹の反発を招いてしまう。福島は、当時の岡井隆を「戦う姿勢が非常に薄い」という言葉でもって批判する。学生紛争の闘いのさなかにあった福島の眼には、当時の岡井の歌は『土地よ、痛みを負え』などの歌集の歌からの後退であり、退嬰であると見えていたのだろう。

その福島の言葉にうながされるように、下村光男も、最近の岡井には緊迫感が欠けている、と指摘する。総じてこの座談会において、各若手歌人の岡井に対する評価は実に厳しい。岡井隆は、昭和四十年代の孤立をしばしば口にするが、この座談会の若手歌人たちの辛辣な岡井評を読むと、さもありなんと納得できるのである。

この座談会において、終始、活発に発言しているのは福島泰樹である。福島は、岡井批判に続いて自分の作歌理念を次のように説いてゆく。

ぼくにとっていえば、外的な一つの状況に向かっていくということは、みずからの行為をしてゆくことにほかならない。さらに向かってゆく核というものはどこにあるかというと、自分自身の内部を、より尖鋭化し、強化していくことです。

ここにおいて、福島は「行為」の重要性を説いている。自分自身が行動を起こすことで、自分の内面を変革してゆく。このような発言の背後には、学生運動に没頭していた当時の彼の思いがあるのだろう。

大島史洋は、このような福島の「行為」優先の考え方を厳しく批判する。彼は、福島に対して「(君は)短歌それ自体に賭けていないの」と問いかけ、次のように言う。

だけどさ、そういう闘志をね、歌人の場合、作品として出てきたものだけで評価するわけでしょう。じゃ、なぜ君の内面の尖鋭化するものを短歌に結びつけないのか。(略)君の言ったことは、それを基盤にした上で、抒情化とか技術が問題になる、それじゃない。

大島は、福島の「行為によって内面を尖鋭化する」という主張に、文学や短歌の問題が含まれていないことを鋭く見抜き、「なぜ君の内面の尖鋭化するものを短歌に結びつけないのか」と反論する。そして、歌人である自分たちにとっては、「内面」を歌にする際の「抒情化」の方法とか「技術」といったものこそが最も重要な問題なのではないのか、と主張する。ここで大島は、福島のいう「行為」の問題を、短歌表現の問題として捉えなおそうとしている、といってもよい。福島のいう「行為」への意志が短歌表現として結実しなければ、歌としては何の意味もない。その大島の主張は、彼が岡井の中に見た「文学の上で戦う」といった作歌理念に則ったものだった。

が、問題は、このような理念を裏づける大島自身の作品の力である。この座談会前半、大島はこのように福島泰樹と激しく対決しているのだが、そのような意気揚々とした論理展開とはうらはらに、自分の短歌作品に対しては、この時期の大島はひどく弱気になっている。

たとえば、座談会の後半、歌作における「自己愛」や「ナルシズム」の必要性を説く村木道彦に対して、大島は「ぼくは現実の劣等感の上でしか、つくれないんだよ」と弱音を吐く。そして、それに続けて次のように正直に、自分の真情を吐露する。

だいたい、ぼくは、いま頭でっかちになっているわけです、頭の中で非常に大きいことを考える。悪魔になったり、いろいろするわけでしょう。現実には、矛盾は矛盾で包丁でバッサリ斬り捨てたいけれど、その斬れない部分を短歌の中で肩代わりしようとしているんじゃないかと思う。ぼくはそういう負い目を持っているわけで、短歌を作るとき、べつに恍惚も快感もないし、それをやってるうちにどうかなるだろうと思ってやってる。

一方で「抒情化や技術」によって、尖鋭化した内面を短歌表現にまで高めることを理想に掲げながら、現実には、自分のなかの「矛盾」を短歌のなかで「肩代わり」するしかない自分。矛盾に苦しむ自分の心情を、いわば「悲しき玩具」である短歌によって吐露することによって、なだめ、癒そうとする自分。ここで、大島が正直に語ってしまっているのは、短歌によって自己慰撫をしている自分の弱さであろう。「短歌を作ることがすなわち戦い」という高邁な理想を希求しながら、実際はそのような作品を作り得ない「負い目」に、若い大島は苦悩していたのである。

しかし、自分の目の前には、当時、新鮮な口語表現で若者たちのヒーローとなっていた村木道彦が坐っている。また、怖いものを知らない少女の感覚で頭角を表してきた年下の河野裕子が坐っている。大島は、同席した同世代の輝かしい才能の前で「現実の劣等感」を自分のモチーフとせざるを得ない自分の惨めさを痛感する。彼は自分の鬱屈した心情のなかに、しだいしだいに沈んでゆく。座談会の後半、大島はほとんど発言していない。そこには、このような気分の落ち込みがあったのかもしれない。

このように考えてくると、残された写真のなかの大島が暗く思いつめた表情をしている理由も、なんとなく、分かるような気がしてくるのである。

2

大島史洋の第一歌集『藍を走るべし』は、この座談会の翌年、昭和四十五年発行された。端的にいえば、この第一歌集のなかには、座談会同様、大島のなかにある「文学の上で戦う」という理想と「劣等感」という現実の葛藤が顔を出してしまっている。現在の視点からこの歌集を一読するとき、まず読者が強烈に感じるのは、大島のなかにある深い「劣等感」だろう。たとえば、次の歌がそうだ。

歩道橋の上の二人に見られいて眼鏡のひかる顔をにくめり

この歌において「歩道橋の上の二人」とはカップルだろうか。幸福なカップルが自分を見下ろしているという屈折感のなかで、大島は自分の「眼鏡」を意識せざるをえない。そしてうだつの上がらない自分の容貌を憎むしかない。幸福な恋人たちの姿と、孤独でみじめな自分を、自虐的に描きだした痛々しい一首である。

同様のことは次のような歌々についてもいえよう。

ひとよりも性悪くして華やかなレインコートのなかをわけゆく

おりづめの魚フライを食いながらなんであいつにしばられているか
どこまでも走りぬくから死ぬときは人をみおろす眼をくれたまえ

都会の女性たちの華やかなレインコートの群のなかを歩きながら、醜い「性」を意識せざるをえない大島。その大島の「劣等感」が尖鋭化するとき、その思いは「なんであいつにしばられているか」という他者への呪詛や、自分を蔑み見下ろす他者の眼への希求に繋がってゆく。これらの歌には、自意識に苦しむ自虐的な若者の精神世界がくっきりと刻印されているように思う。

このような鬱屈した青年が神聖視するのは「汗」であり、それに象徴される「労働」である。

アフリカは黄の汗ながすいちにちのめくらむ如き労働のはて
町の上を吹きわたり来しこの風は労働の汗をなめてきたるか

一日の労働の果てに見たアフリカ大陸が「黄の汗」の流している。町を吹く風には「労働の汗」の匂いが混じっている……。これらの歌では、「汗」や「労働」というものに対するあこがれが歌われている、といってよい。

その心情は、おそらく石川啄木が「こころよく我にはたらく仕事あれ」と歌ったものと同じものだろう。労働の齎す「汗」によって、自分の鬱屈を公共のものに変化させることができる。労働という行為によって、自分の個は集団と切り結ばれる。そのような「労働」がもたらす自己実現を希求する若者の姿がこれらの歌には現れ出ているのである。

このような屈折感のなかでは、当然、社会や状況に対する態度も屈折せざるを得ないだろう。『藍を走るべし』の歌のなかでも比較的初期に作られた次の歌には、社会と自己に対する屈折した大島の視線が、すでに明白に現れている。

いま僕におしえてほしいいちにんの力のおよぶ国のはんいを

自分という「いちにん」の力で、「国」を変えたい。よりよいものにしたい。六十年安保後の政治状況のなかで、若い大島はそう夢想したことがあったのだろう。この歌の下句には、そういった社会状況のなかで自分の力を見定めたいという大島の意志がしっかりと刻印されている。が、この歌の全体的な印象は弱々しい。それは、上の句の「いま僕におしえてほしい」という他者に対する問いかけがあるからなのだろう。

「国」というものになんらかの影響を与えたいと考えながら、確信が持てない。大島は、自分の夢想は非現実的なものに過ぎないのではないか、という不安を感じざるを得ない。その不安のなかで、大島は他者からの解答を早急に求めてしまう。そんな弱々しい作者像がこの歌の上句からは浮かび上がってくる。

同様のことは、次のような歌々についてもいえるだろう。

わが才をなげかいくれば蓮華田に一国をになう青き牛みゆ
己れひとりに生きゆくことを学びきてわれらの時代の耐えがたきかな
ひるがえりていいたる小旗の恋しきになお立つところ我にあるべき

生産を担う「青き牛」が田を起こしている風景の前で、大島は「わが才」を嘆くしかない（一首め）。「われらの時代」を希求しながら、大島は「己れひとり」を意識せざるを得ない（二首め）。集団の象徴である「ひるがえりていいたる小旗」を恋しく思いながら、大島は自らの「立つところ」を模索せざるを得ない（三首め）。このような歌には、「いま僕におしえてほしい」の歌と同様の集団と個をめぐる葛藤があらわれていよう。

しかしながら、これらの歌々は非常に魅力的だ。そして、何よりも若々しいと思う。これらの歌には、理想と現実の間で揺れやまぬ若者の普遍的な姿が、確かに刻印されている。それは現在の大島の苦味に満ちた渋い歌を知るものにとっては、よりいっそう印象的であろう。短歌という詩型は、このような青春の葛藤や自虐を歌うとき、もっとも有効な力を持つ詩型であるような気もするのである。

文学の上で戦いたい、という当時の大島の理想とはうらはらに、『藍を走るべし』のなかでもっとも人々に愛されたのは、おそらく次のような歌々だったのだろうと思う。

そびえたつ一本の木よ高ければそれだけ僕の悲しみのます
丘の上に陽はかげりつつブランコの幼き嬖のゆれやまぬかな
みどり色に顔そめている君の前すりぬけるように風ふいている
よろこびをわかたんとして水色の玻璃の扉に手をかけしかな
青色の国をおもえばふるさとの湖にただよう黒き雨傘
雪はわが心の祭り山峡にこだま呼びあう緋のふれだいこ

一本の木を見上げたときの感傷。幼い日々への回想。のびやかな異性への憧れ。得恋の喜び。望郷の思い。どの歌も抒情歌としての特質をそなえた愛唱に足る秀歌だと思う。この時期の大島は、第一義的には、なによりも青春歌人であり、叙情歌人だったのだ。

が、大島史洋の第一歌集以後の歌の歴史はこのような歌の甘やかな叙情をみずからの歌から削ぎ落としてきた歴史であった。また、それと同時に、大島は「アフリカは黄の汗ながす」「ひるがえりていいたる小旗」「幼き嬖」「水色の玻璃の扉」といった岡井隆由来の前衛短歌的な喩的表現を、みずからの歌の文体からそぎ落としていった。またその歴史は、大島がその初期に夢見た「短歌を作ることがすなわち戦い」であるような、現実と短歌が拮抗する境地にいたりつくまでの自己研鑽の歴史でもあったはずだ。

それが果たして大島史洋という歌人にとって幸福だったのかどうか。私はそれについてはにわかに答えを出すことはできない。それは、第三者の容喙を許さない作者の主体性に関わる問題であるのかも知れない。

最後の戦後派歌人

1

加藤治郎は、近藤芳美や岡井隆の作品世界をどのように受け継いでいるのか。その問いに答えるのはなかなか難しい。

加藤には、近藤・岡井からの語彙や語法の模倣の跡はほとんどない。「未来」に集う近藤・岡井エピゴーネンが、近藤や岡井の歌の語彙・語法から圧倒的な影響を受け、その影響圏から抜け出すことをみずからの課題にしているのに対して、加藤はその当初から独自の語彙と語法をもっていたという印象が強い。

加藤が近藤や岡井の作品から受けついでいるのは、語彙・語法といった表層的なものではなく、もっと本質的なものなのではないか。近藤や岡井に対する加藤の発言を追うことによって考えてみたい。

加藤には卓越した近藤芳美論「思惟の連鎖」（『ＴＫＯ』所収）がある。この論の魅力は、なによりも加藤がいままで見逃されがちであった近藤の歌を批評の俎上に乗せているところにある。たとえば次のような歌がそうだ。

消ゆる前赤くなりたる蝋燭に吾が組む足のうつる天井　『静かなる意志』

それまでほとんど採りあげられることのなかったこの近藤の一首について、加藤は次のように論評を加えている。

イメージ造形力という点では、近藤の技術は群を抜いている。（略）三首め（大辻注・掲出歌）もイメージの造形が豊かな作品である。蝋燭の灯りへの凝縮された視線は、天井にうつる像へとすばやく転換する。ダイナミックで暴力的でさえある。それは、孤独感の増幅ということを語っているに違いない。（思惟の連鎖）

ここで加藤は「歴史に真正面から立ち向かった歌人」という一般的な近藤評価にとらわれず、彼自身の興味関心のみにしたがって近藤作品を享受し、鑑賞している。この部分にあるのは、そのような独善的ともいえるような自由な加藤の視線なのだ。

蝋燭が尽きる直前かすかに赤みを帯びる焔。その炎のゆらめきを見つめる作者の視線。この近藤の歌の上句からは、そんな静謐で具体的な映像がみごとに立ち上がってくる。灯の色の微細な変化をとらえる近藤の視線は、実に具体的で精緻である。

が、その精緻な印象は、下句において大胆に転換させられる。瞬間的に光度を増した灯し火に照らされて、自分の足が歪んで天井のはめ板に映る。彼は、不気味なかたちでデフォルメされた自分の肉体の映像を見る。

蝋燭のともしびという静謐な物象から、ぶよぶよとした肉体の映像へと急激に切り換えられる作者の視線。ここで近藤は、自分の心情を排してまるで自分の視線そのものと同一化したように物象に迫っていっている。この一首が現実的な情景を歌いながら、なにか現実を超えたシュールな手ざわりを感じさせるのは、このような近藤の現実への迫り方による、といってよい。

思うに、加藤治郎が近藤芳美から学んだのは、実はこのような現実への迫り方だったのではないか。いや、学んだ、というのは正確ではない。加藤は、近藤の戦後作品に触れることによって、自らの内に眠っていた特異な現実への接近法をしだいしだいに自覚化し、それを歌作の中心に据えていったに違いない。

実際、加藤の歌集には、この近藤の一首とおなじような手ざわりを感じさせる歌が数多く登場してくる。

ゆびさきがしろくなるまできみの腕つかむ黄いろいテレフォンの上
『サニー・サイド・アップ』

よこたわればひらたくなっている乳房　なにもうまれてくるきがしない

これらの歌は、発表当時、口語の大胆な使用や即物的な性愛の描写によって私たちを驚かした。しかしながら、あらためてこれらの歌を読むとき、私たちは、これらの歌の魅力が、そのような表層的な部分にあるのではないことに気づかされる。

「ゆびさきがしろくなるまで」とか「ひらたくなっている乳房」。これらの歌の魅力を最も根底で支えているのは、実は傍線をつけた部分にあるリアルな手ざわりにあるのではないか。近藤の先の歌が、対象を即物的に描くことによって、現実を超えた非現実感をかもしだしていたように、これらの歌の「ゆびさき」「乳房」の描写は、作者の目に映るデフォルメされた現実を暴力的なかたちで私たちの眼前につきつけてくる。

現実を即物的に描くことによって、そこに現実を超えた世界を現出させる。第二歌集『マイ・ロマンサー』以降、加藤はそのような方法を「イメージング」「マジカルリアリズム」などという言葉で呼びながら、自分の歌作の戦略としてより自覚的に利用してゆく。

雨脚をわけて車輪があらわれるそれとなく本に指をはさんだ
『マイ・ロマンサー』

グラスごしに指がふくらむ今朝ぼくのかじったものがレタスだったこと

光はどこにいってしまったのか　うつむけば水におくれて流れる煙

限りなくつらなる吊輪ぴちぴちと鳴りだすだれもだれもぎんいろ

分節はいたく苦《くる》しもゆるやかにキリンの舌が枝にからまる

雨粒があまつぶに寄るさみしさの車窓にうつる人間の頬

『ハレアカラ』

これらの歌の魅力も、傍線部のリアルな手ざわりにあるのは確かだ。そのリアルさに比例して、これらの歌のなかでは視覚像だけがデフォルメされた形で突出している。そのアンバランスさが、私たちの肉体的な感性を刺激してくる。

近藤芳美はかつて現実と歌の関係を次のように規定した。

ぼくらはもっと生《なま》のまま、ありのままの現実を見、感動をもろともにこの現実を切りとり、つかみとろうとする。汚いものは汚いままに、あるままでそのぎりぎりの果てにある微光を見て追究してゆこうと考える。

（虚構の美　昭22）

戦後期の近藤が切り開こうとしたこのようなリアリズムの可能性を、加藤はみずからの資質のなかで継承しようとした。加藤と近藤は、現実に対する感受性において、兄弟のような近親性をもっているように思われる。

2

近藤作品に対する選出がユニークなように、加藤は岡井作品に対しても、きわめて独自な視点で歌の選出をする。加藤が、その初期からこだわっている岡井の歌に次の一首がある。

楕円しずかに崩れつつあり焦点のひとつが雪のなかに没して　『朝狩』

先の近藤の一首と同様に、この歌も論じられる機会が少ない歌だ。一般的にいえば、この歌は雪原にゆがみながら沈んでゆく夕日を歌った歌だ、と解釈するのが妥当だろう。が、加藤はもっと別な視点からこの歌に注目し、この歌の類歌である岡井の「焦点に奉仕してゐる面積の楕円のうへを花覆ひたる」（『五重奏のヴィオラ』）とともに、次のような論評を加えている。

非常に不安定な意識が手にとるように、わかる。また、幾何学的な視覚イメージが、突如「雪」という感覚的な（冷覚の）イメージを喚起する言葉に接触する辺りのおもしろさも見逃せない。一首めの「花覆ひたる」も同様だが、その接触したところにちょっとした落差というか、水準の違う言葉がかるく反発しあうような面白さがあって、詩の味わいがあるように感じられる。

（抽象という技術「未来」平元・7）

ここで私たちが注目すべきなのは、すでに平成元年という時点において、加藤が「水準の違う言葉」同士の「落差」に言及している、という点である。加藤はこの論文のなかで、口ごもりながらではあるが、岡井作品の特徴を「抽象度の異なる、つまりイメージの生成の度合いの違う言語がうまく組み合わせられている」ところに見て取っている。

たしかに、この岡井の一首のなかでは、「楕円」「焦点」といった抽象的なレベルにある第四句までの表現と「雪」という具体的な物象を表す結句とが強引に結び付けられている。その抽象の度合いの急激な変化が、私たち読者の心のなかにあるイメージを多義的で豊かなものに変化させている。その意味で、言語の抽象度に注目した加藤のこの読みは鋭いものだ、といえよう。

思うに、加藤が岡井から学んだものは、このような言葉の手ざわりや質感の差異に対する微妙な感覚だったのではないか。一首のうちに意味論的なレベル差をもった言語や抽象度の異なる言語を併置することによって、読者のイメージを飛翔させる。加藤は岡井のこの歌に触れることによって、一首の歌におけるそのような言語組織の方法を会得したに違いない。

このように考えると、『マイ・ロマンサー』以後の加藤の過激な歩みは、一首のなかに質感の違う言語をどのように導入すればいいのか、という彼の当初からの方法意識に貫かれていたことがわかってくる。

言葉ではない！！！！！！！！！！！！！！！！ラン！　『マイ・ロマンサー』
ひとしきり母の叫びが風に添う　雲のぷあぷあ草のれれっぽ
にぎやかに釜飯の鶏ゑゑゑゑゑゑゑゑゑゑひどい戦争だった　『ハレアカラ』

これらの歌に頻出する記号や音喩。それは、一般の言葉とは決定的な質感の差異をもつ言語群だろう。ここで、加藤は記号や音喩を導入することによって、言語の質感の差異を一首のなかに導入しようとしている。その背後には「読者にとって、言葉の質感を体験することが現実なのだ」（『現代短歌の修辞学』）という、現代の言語表現の現状に対する、加藤のきわめて冷めた認識がある、と見てよい。

加藤の歩みをこのように確認すると、私たちはそこに岡井の歌をはじめとする前衛短歌が加藤に与えた決定的な影響を感じずにはいられないだろう。前衛短歌は、技法的には、上句と下句にまったく断絶した情景描写や心情表現を配置することによって、上下句のあいだに表現的な落差を生じさせた。「短歌的喩」とか「辞の断絶」という用語で呼ばれたその技法は、周知のとおり、一首内のイメージをより豊かにするために選択されたものであった。言語の質感の差異によって、一首のなかに落差や断絶を生み出そうとする加藤の方法は、実は、前衛短歌が生み出した技法の延長線上にあるといえる。その初学期に『朝狩』を読み「楕円しずかに」の一首に衝撃を受けた加藤は、その模索のなかで、前衛短歌の技法を自らのものとして発展的に継承し、短歌表現の新たな領域にまで踏みこんでしまったのだ。

第一次戦後派歌人ともいえる近藤芳美から継承した現実把握の感覚。第二次戦後派ともいえる前衛歌人・岡井隆から継承した言語組織の方法。一見、その目新しさのみが注目されがちな加藤治郎のニューウェーブ短歌の背後には、実は、戦後短歌の問題意識と方法意識が確かなかたちで息づいている。戦後短歌を発展的に継承し、それを自己解体にまで導いた加藤治郎は、その意味で、最後の戦後派歌人であるといえるのかもしれない。

Ⅳ

未完の前衛歌人

1

私がはじめて稲森宗太郎の写真を見たのは、平成七年（一九九五年）六月発行の「現代短歌雁33」の「昭和の夭折歌人たち」という特集を見たときだった。そのときの奇妙な印象を、私は忘れることができない。

その写真には、絣の着物を着た晩年の宗太郎が映っている。「蟷螂」というあだ名を彷彿させる細い顔。肉の落ちた頬。きりりと結ばれた薄い唇。鋭い鼻梁にかけられた細縁の眼鏡の奥のひとみ。そのまなざしは、澄み切った静謐さを湛えながら、ややもの憂げに前方に投げ出されている。

写真のなかにいるその白皙の青年は、結核を病み、繊細な神経で自分の生と死を見つめた夭折歌人・稲森宗太郎という既成のイメージにあまりにもぴったりであった。彼の遺影は「夭折という物語」のなかに、彼の人生と作品を押し込んでしまうような強い磁力を持っていた。
　遺影だけではない。たとえば、彼が死の直前に作ったといわれる遺詠「水枕」九首も、私たちを「夭折という物語」に誘いこむ磁力をもっている。

水まくらうれしくもあるか耳の下に氷のかけら音たてて游《およ》ぐ
ゆたかなる水枕にし埋めをればわれの頭《あたま》は冷たくすみぬ
水枕に頭《かしら》うづめつつアルプスの雪渓の中にひとりわがゐる
しんしんとしむ冷たさよ目に耳にこごりて白き花さき玉へ
水枕に目を閉ぢをれば谷川の底ゆく石の音のきこゆる
水まくらつめたきなかに目をあけば寒鮒と我は生れ変りぬる
水枕に眠りしわれは谷川のふときすかんぽむさぼり食ひぬ
水枕にしみこごえたる目をあげて若葉やはらかき藤の花を見ぬ
枕べに白き小虫のまひ入りぬ外《と》の面《も》は春の夕べなるべし

　これらの歌が死の四日前に歌われたということ。また、水枕のなかに彼が愛した清流を想起するという、澄み切った歌境をもっているということ。これらの歌を読むとき、私たちは、結核を病んだ若い歌人が静謐な諦念のなかで人生の終局に清らかな心境に至りつく、という「夭折という物語」を感じとってしまうに違いない。

彼の歌友たちもこの「物語」を語り継ごうとしている。都筑省吾は稲森宗太郎の死後発行された唯一の遺歌集『水枕』の巻末に「稲森宗太郎伝」という文章を寄せている。そのなかに、晩年の宗太郎の歌境に触れた次のような言葉がある。

十一月（大辻注・昭4）、医師から、病勢の旧に復したことを告げられた。宗太郎には、信じられないやうであつた。だが、宗太郎の心は、この頃にはもう定まつてゐた。死が迫つてゐるのかも知れない、自分は、治らなければならないと同時に、よい生活をしなければならない、といふのであつた。作品が冷たく冴え強い力を持ち出した。

さらに、稲森の死が迫った昭和五年四月の記述には次のような言葉がある。

四月十一日、高い熱に悩まされてゐる宗太郎は、その苦しみを言はないで、水枕を喜ぶ連作九首を作った。作品は床の中に腹這ひになつて、唐紙に毛筆でしたためた。冷く冴えた境の上で、自由を極めたものである。鋭く、同時に柔かみのあるのが、晩年の作品のおもむきであるが、それなど遺憾なく現れてゐる。宗太郎は、道の上に最後の一歩を進み、そして最後の処に到達したかの如く思はれる。

都筑省吾は、稲森宗太郎を近くで見てきた友である。彼のこの評伝は『水枕』によって宗太郎の歌をはじめて読む読者に、宗太郎のイメージというものを潜在的に植えつける働きをもっていたといってよい。肺結核の病状の重篤を告げられ、みずからの余命を意識し「作品が冷たく冴え」「最後の処に到達した」というこの評言は、夭折歌人の最期として非常に劇的である。これを読んだ読者は、死を覚悟した宗太郎が澄み渡った諦念のなかで「水枕」九首を詠んだという「物語」を感じとってしまうことになるだろう。

白皙の遺影、死を前にした「水枕」九首、そして都筑の「稲森宗太郎伝」。これらのものは、直接に宗太郎を知らない私たちを「夭折という物語」のなかにいざなう。が、稲森宗太郎は本当に、自らの死というものを前提に歌を専一に磨いていった歌人だったのか。

私にはそうは思えない。むしろ、宗太郎は「夭折という物語」を絶えず裏切り、そこから逸脱しようとする歌人であるかのように思われるのである。

2

彼の唯一の歌集『水枕』は、大正十三年二十三歳の時からその死までの六年間の歌を集めた歌集である。宗太郎は十五歳の時から作歌に興味を抱いていたという。とすれば、彼には歌人としての自己確立を果たすに十分な長い習作期があったことになる。『水枕』の初期の作品のなかに、宗太郎の個性が既にまぎれもない形ではっきりと現れ出ているのはそのせいなのだ。

けふの日の思はぬ入日わが部屋の電球の面《めん》にひそかにうつれる
口あきてわらはまほしと思ひしを欠伸となしぬ人のかたへに
わがまなこひとの見つめつその瞳我の見入りつただにありけり
（大14）

彼の抒情の原型質のようなものを感じる作品である。迫ってくる夕闇のなかで電灯のスイッチをひねろうとする。つややかな電球の灰色の表面に、東京の街に沈む夕日が写る。その小さな夕日だけが、宗太郎にとって唯一自分の手で触れることのできる現実の世界であったに違いない。研ぎ澄まされた外界に対する感受性は、二首めや三首めの歌にもはっきりと現れている。笑おうとした一瞬、他人の視線を感じて「欠伸」めかそうとする二首めの歌。他人との視線の交差のなかに自らの姿を認めてしまう三首めの歌。これらの歌には、他者に対する傷つきやすい繊細な感性が現れている。宗太郎の作品は、死の直前に澄み切った境地を獲得したわけではなく、彼の感性の清明さは、むしろ当初から彼の作品に備わっていたものなのである。

しかしながら、彼はその抒情の原型質に浸りきっていた訳ではない。このころ、彼はさまざまな定型に対するアプローチを行っている。

たとえばそのひとつに長歌の制作がある。

この四年なまけ通しし、体操もこをば最後と、木曜の三時間目、雪解けの運動場の、片すみに号令のままに、さしのばす左の袂に、ころころと煙草ころがり、万年筆落ちもやせむと、右の袖心にかかる。家にをらばよき父ならむ、色黒くしよぼ髭生やし、小柄なる根本《ねもと》教師、股を高う振れと叫ぶに、下駄の泥前に飛び散り、後ろより飛び来てかかるわれの羽織に。（大14）

教師に対する非常にシニカルな目と、体育時に自分の袖のなかにある煙草と万年筆を気にかける宗太郎の繊細な感覚が長歌のなかでうまく表現されている。彼の師であった窪田空穂ばりの、機知に富んだ現代的長歌であるといえよう。

またこの時期、宗太郎はこのような歌々も試作している。

静かなる心となりぬ師のまへにわれ、がらす戸の外にくれゆくけふの空みゆ（大14）
落葉をいっぱい詰めし炭俵を人かつぎゆく落葉こぼしつつ（大15）
太陽よ、人我に倦むことのあり、倦むことを知ると知らぬと、いづれかさみしき（昭2）

旋頭歌の形式を用いた一首めの歌。「いっぱい」という口語表現が大胆に歌のなかに導入されている二首め。三首めの歌では、あえて散文的な表現を用いることによって、内省的な思索を語りだそうとしている。

長歌・旋頭歌・口語短歌・思想詠……。二十代前半の宗太郎のこのような歌には、当時兆しつつあった新しい短歌の影響がはっきりとした形で現れている。従来の短歌の形に飽きたらず、宗太郎は様々な定型に対する批判・検証を行おうとしているといってよい。彼は従来の短歌というものだけに易々と安住していた訳ではないのである。

このような傾向は、意外なことに、彼の死の前年である昭和四年以降、いっそう顕著なものとなってゆく。「作品が冷たく冴え強い力を持ち出した」と都筑は言うが、事実はむしろ逆で、この時期彼の作品は、より多様性を増してゆくのである。時あたかも短歌界では、プロレタリア短歌・モダニズム・口語自由律といった様々な新傾向の短歌が花開こうとしていた時期である。

若くして立派なる顔なり信念に殉じし人の写真を見れば
斃れたる同志の枕頭に洋服の膝折つて坐る大山郁夫
赤旗に巻かれし死骸街をゆき逢ふ学生に帽子を取らしむ
（昭4）

『水枕』後半に置かれた一連のなかの歌である。この一連には詞書として「旧労農党の代議士山本宣治刺されて死す。無為にして病床にある我、新聞を読みつつ感なきを得ず」という説明が付されている。昭和四年三月、「山宣」という愛称で知られた山本宣治が右翼青年によって刺殺される。三十九歳だった。同志大山郁夫はその追悼集会で熱烈な追悼演説を行う。二十八歳の宗太郎は、その死に率直な共感を覚えているといってよい。

また彼の没年である昭和五年一月には次のような歌もある。

病者われ走らむとせぬにそこに立ちて拝観せよと警官のいふ
むかう側に並ぶ警官は向うむけり石がけをただ見てゐるならむ
寒き風の中に向ひ立ち互の顔ながめあひゐる警官と我と
うすれ日の寒き中ゆく大君の赤き自動車をさみしとわが見ぬ
（昭5）

宗太郎は偶然、宮城外で行幸から帰って来た昭和天皇の行列と出会う。そこで起きた警官とのいざこざをモチーフにした連作のなかの四首である。

この連作のなかで彼は、治安維持法によって強化された国家権力と、無為の病者として国家からはじき出されようとしている自分のあいだに生まれた微妙な齟齬感を表現している。その齟齬感のなかで、彼は宮城の門のなかに入ってゆく「大君の赤き自動車」を寂しいものと感じる。それは国家と自分との、あるいは天皇と自分との関係性に対する意識だったといってよい。ここには国家と個人との相剋という問題意識が顔を覗かせている。

これらの作品の背景には、当時隆盛をきわめつつあったプロレタリア短歌の影響があろう。もちろん宗太郎の歌はあくまでも個人的な場面に即して作られており、明確なイデオロギーをそこに見出すことはできない。が、病床にある彼が、詩人的な直観で鋭く社会と個人の関係を見つめていたことは確かなのだ。

3

プロレタリア短歌の影響ばかりではない。『水枕』の末尾付近には次のような多様な歌々が並んでいる。

ツエツペリン我が前を過ぐいささかの衒気を持たず陰鬱を帯びず
モダーンにはモダーンのよきところあり単純にして力を持てる海芋といふ花
尿《いばり》せるわが鼻の先ぺつとりと碧《あを》とけむとして雨蛙ひとつ　（昭4）

当時勃興しつつあったモダニズムの影響を感じさせる機知に富んだ一・二首めの歌。さらに、日本に飛来したドイツ飛行船を素材にし、斎藤茂吉の「虚空小吟」（昭4）を思わせるような散文的な韻律でそれを描き出した三首めの歌。これらの歌には、当時「新興短歌」と呼ばれた昭和初年のアバンギャルドな手法が、宗太郎なりに消化された形で導入されている、といってよい。その背後には、梶井基次郎らの同人誌『青空』に参加した、という宗太郎自身のモダニズム体験があろう。

大いなる殻にこもれる蝸牛食ひたくなりぬ我と弟
青くして角《つの》の尖れる我の鬼檻にし入れて久しくも見ぬ　（昭4）

かたつむりへの食欲という自分の内面にひそむ狂気を描いた一首目。その狂気を冷静に見つめている二首目。おのれの感覚の揺らぎをしずかに見つめた初期の歌とは対照的に、これらの歌で彼は自分の内面にひそむ狂気を「鬼」として形象化している。

これらの歌には、前川佐美雄の『植物祭』（昭5）に収録された「丸き家三角の家などの入りまじるむちやくちやの世がいまに来るべし」といった歌同様、昭和初年という混迷の時代を生きた若者の叫びのようなものが表現されていよう。横光利一（明31生）・萩原恭二郎（明32生）・北川冬彦（明33生）・高橋新吉（明34生）・富永太郎（同）・北園克衛（明35生）・前川佐美雄（明36生）といった同世代の文学者たちのシュールリアリズムやダダイズムへの傾斜のなかに、宗太郎（明34生）もどっぷりと身を浸していたに違いない。

「夭折」は美しい。が、それがいったん「物語」となったとき、私たちはその背後にあった若者の快活な姿を忘れがちである。稲森宗太郎は、みずからの死を見つめ静謐な諦念を抱いていた訳ではない。白皙の遺影の背後にあるもの。それは、昭和初年という混迷の時代と、その時代の文学表現に死の直前まで敏感に反応しようとした表現者の貪欲さではなかったか。稲森宗太郎は新たな短歌の可能性を追求しながら、昭和初年を疾駆した未完の前衛歌人でもあった。

ありうべき私にむけて

1

葛原妙子にはふたつの「橙黄」がある。

ひとつは昭和二十五年、彼女が四十三歳のときに出版した第一歌集『橙黄』である。この歌集には、彼女の戦後五年間の歌五百五首が収められている。

もうひとつは、昭和四十九年、三一書房から発行された『葛原妙子歌集』のなかに収められた改編「橙黄」である。ここでは、『橙黄』から約百五十首の歌が削られ、約百首の歌が新しく付け加えられている。実に大きな改編である。したがって、砂子屋書房版『葛原妙子全歌集』(平14)では、この「橙黄」は、「異本橙黄」と名づけられ『橙黄』とは別の歌集として収録されている。

この昭和四十九年版の「異本橙黄」で新しく追加された歌には、斎藤茂吉の歌を連想させるものが多い。例えば、次のような歌もそうである。

おそろしき外科醫のかほをしませりとおもへる人は自動車《くるま》を下りぬ　「異本橙黄」

この歌の下句「おもへる人は自動車を下りぬ」を読むと、私などはすぐさま斎藤茂吉の次の歌を思い出す。

一切《いっさい》の女人《にょにん》はわれの母《はは》なりとおもへる人は清《きよ》く経《へ》にけめ　『寒雲』

別に内容が類似している訳ではない。葛原の歌はおそらく外科医であった夫を描いた歌であり、茂吉の歌は彼が出会った誰かのことを歌った歌だろう。が、下句の言い回しというか、調べの類似はまぎれもない。「おもえるひとはくるまをおりぬ」「おもえるひとはきよくへにけめ」。葛原の歌は内容以上に、声調の上で茂吉の歌に酷似している。

このような例は枚挙に暇がない（傍線大辻、以下同）。

あふ伏しに遺書をしたためいます父あな暗しとぞいひたまひたり　「異本橙黄」

しんしんと雪ふりし夜にその指《ゆび》のあな冷たよと言ひて寄りしか　『赤光』

牧草とけものの匂ひただよへる暗き家内《やぬち》に赤兒ひた泣く　「異本橙黄」
桑の香の青くただよふ朝明に堪《た》へがたければ母呼びにけり　『赤光』

みるみるに硝子は吹雪を呼ばむとす爐火緋の色にうづ巻きにけり　「異本橙黄」
しんしんと雪《ゆき》ふるなかにたたずめる馬《うま》の眼《まなこ》はまたたきにけり　『あらたま』

わが庭に枇杷の実さわ立ち揺るる日に徘徊者よふたたびは来よ　「異本橙黄」
よひよひの露ひえまさるこの原に病雁《やむかり》おちてしばしだに居よ　『たかはら』

菊枯るるまぎはを支那の書籍云ふ、死臭すははち四方に薫ず、と　「異本橙黄」
わが体《からだ》に触れむばかりの支那少女《せうぢょ》巧笑倩兮といへど解せず　『連山』

しづかなるまひるなりせば父ひとり火の轟音に入りたまひけり　「異本橙黄」
しづかなる秋日となりて百日紅《さるすべり》いまだも庭《には》に散りしきにけり　『暁紅』

これらの歌において、葛原は実にやすらかに斎藤茂吉ののびやかな声調に、おのが声を重ねて歌っている。その声調に引きずられて、歌の感触もどこか茂吉に通ずるところがあるといってよい。

一般に歌人というものは、初心の頃、まずもって先人の歌の文体や声調をまねぶ。思想や意味ではない。もっと身体に即した体感的なところから先輩歌人の体臭を感じとる。おそらくこれらの歌には、葛原妙子がその初学期に習得したであろう昭和十年代中盤までの茂吉の歌の声調が息づいているのである。

「異本橙黄」が編集されたのは昭和四十九年である。その異本の追加歌がこれほどのびやかな声調を持っているのに対し、異本に再録された原版『橙黄』（昭和25）のオリジナルな歌は、どこか性急で落ち着きのない調べを持っている。

アンデルセンのその薄ら氷《ひ》に似し童話抱きつつひと夜ねむりに落ちむとす　『橙黄』

千ヶ瀧丘陵地帯にかかかりたる半弧の虹のあはれむらさき

浅間上空旋回を告ぐるアナウンス纖《ほそ》まりしのちの霏々たる雪よ

室《むろ》の戸をわずかにずらし温《うん》気あがる馬鈴薯《いも》よたしかに生きてあるなり

昭和二十年の歌である。彼女の年譜の昭和十九年の頃には、「八月、單身幼い三児を連れて長野縣浅間山山麓星野に疎開、寒冷不毛の孤つ家で越冬した」と記されている。当時としてはありふれた体験とはいえ、都会育ちの葛原にとっては辛い体験だったに違いない。これらの歌には、三人の子どもを抱えながら、知らない土地で暮らす中年の主婦の余裕のない慌しさが滲み出ている。これらの歌の性急な調べは、その時代の疎開者の生活をリアルに映し出しているといってよい。
リアルタイムで作られた『橙黄』のオリジナルな歌の性急な調べと、「異本橙黄」で追加された歌ののびやかな調べ。葛原がいかに取り繕おうとも二種の歌の間には明らかな断絶があろう。それはこの異本を注意ぶかく読めば、誰の目にも明らかなことだ。

そう考えてくると、私には、なぜ葛原が『橙黄』を改編したのかが分らなくなってくる。一般に、歌人が過去の自分の歌に手を入れるのは、その当時の歌に満足しないからである。いや、歌ばかりではない。歌人はむしろ未熟な歌から感じられる未熟な自己像に憎悪を感じるのだ。そういう意味では、葛原が『橙黄』に手を入れたかった気持ちは私にも分らなくはない。が、それにしても、彼女の場合、いささか常軌を逸しているのではなかろうか。誰の目にも明らかな原本『橙黄』の歌の調べを清算してまで、なぜ葛原は『橙黄』を改編しようとしたのだろうか。

もう一度、葛原が「異本」で新たに追加した歌を見てみよう。

「異本橙黄」

活火山の火口吸ひゆく雪片のあなさびしあなすさまじくもあるか
柱時計のゼンマイがおほき音立つる元旦のうつろ眞晝なりけり
ひとつ過ぎひとつ見えくるまろき岡ゆるやかにしてなみだぐましも
さびしもよわれはもみゆる山川に眩しき金《きん》を埋めざりしや
ゆふぐれよわがたどたどとおもふべく木枯きこゆ街の音きこゆ

砕けたる硝子のしじに光る日にしろきさくらのほころびにけり
にはとりを下げゆくわれの鼻歌をときへし悲しみのきははおもはめ

歌われているものは、作者の眼の前にある自然の姿であり、ささやかな日常茶飯の生活である。が、これらの歌から感じられるのは、眼に触れたものすべてに全身で感傷し、寂しさを感受する作者の心のエネルギーなのではなかろうか。

これらの歌の調べにも、もちろん茂吉の影がある。文体的に言うなら、それは、助詞・助動詞・感動詞の多用として特徴づけられるだろう。「あな」「さびしくもあるか」「真昼なりけり」「なみだぐましも」「さびしもよ」「われはも」「埋めざりしや」「ゆふぐれよ」「おもはめ」。これらの表現において、過剰なまでに頻発される詠嘆をあらわす助辞たち。それはおそらく、伊藤左千夫や斎藤茂吉が『万葉集』という鉱脈から掘り出したものである。そして、茂吉は、これら助辞が内包する古代人の心的エネルギーと自分とを一体化させた唯一の近代歌人だった。

茂吉的調べをもった葛原の歌の背後には、茂吉の心的エネルギーに対する彼女の憧憬がある。眼の前にある自然をも自らのなかに包括してしまう茂吉的な「私」。葛原がありうべき「私」として戦後期の自分のなかに投影したかったのは、自然をも包括するような巨大な「私」だったのではなかったか。

原版『橙黄』のなかに描かれているのは、戦後期、疎開地のなかで髪を振り乱して生きた中年の主婦としての自分である。その自分は歌人としても未熟だ。「わがうたにわれの紋章いまだあらずたそがれのごとくかなしみきたる」(『橙黄』)と歌うように、当時の彼女はまだ自分の文体を確立できずにいた。六十七歳の葛原は、そのような過去の自己像に満足できない。だからこそ、彼女は過去の自己像のなかにありうべき巨大な「私」を投影してみたかった。『橙黄』の改編の意味をそう解釈しても間違いではなかろう。

過去の自己像を変革しありうべき「私」を現出させる。葛原が「異本橙黄」のなかで行おうとしたのは、そのような企てである。その企てのために、梃子として利用したのが、茂吉の歌の声調であった。彼女は、自分のなかに既に血肉化されていた茂吉の歌の調べを、ふたたび自覚し、明るみに引き出すことによって、ありうべき「私」を顕在化させようとしたのである。

2

しかしながら、茂吉を梃子にして彼女が乗り越えようとしたのは、戦後期の自分だけではなかった。彼女はまた茂吉を梃子にして自らの歌の中にある主知的な「私」をも変革しようとしていたのである。

「異本橙黄」を発表する四年前の昭和四十五年、葛原は第七歌集『朱霊』(昭45)を発表する。そこにはすでに茂吉に改めて真向かおうとしていた葛原の姿が現れ出ている。

とりいでし牧羊の鈴を床《ゆか》に落す鈴の音すなはち遠街《をんがい》をさまよふ　『朱霊』

たとえば、このような歌を読むとき、私たちはすぐさま茂吉の次のような歌を想起するだろう。

長鳴くはかの犬族《けんぞく》のなが鳴くは遠街《をんがい》にして火は燃えにけり　『赤光』

「遠街《をんがい》」という語は森鷗外が「ファウスト」の訳本の中で用いた語である。茂吉はそこからこの語を自分の歌に採用したのだろう。葛原は、間違いなく意図的に、「遠街《をんがい》」という茂吉愛用の極めて特殊な語を自分の歌のなかに取り入れているのである。

が、葛原が茂吉から継承したものは単語レベルにとどまらない。明治四十五年に作られたこの歌で茂吉は、犬の遠吠えを聴きながら遠い街の火事を今、眼の前で起こっているかのようにありありと想像している。「火は燃えにけり」という表現が、まさに今、茂吉自身が眼のまえで火事を見ているかのような実感をかもし出していよう。

それと同様に、葛原の「遠街」もまた幻想上の街である。今実際眼には見えないが、彼女の意識のなかでは、ありありと想像されている街角である。茂吉の歌が犬の遠吠えという「遠街」に響かう音をとらえているのと同じように、葛原はそこに響かう「鈴の音」をありありと想像しているのだ。その点において、この二首のイメージは類似しているといってよい。葛原は「遠街」という語だけでなく、茂吉の歌のイメージそのものも継承しているのである。

が、葛原が茂吉から継承したものは単語ではなくむしろ文体である。『朱霊』を見ると、茂吉の歌の語法を葛原が自家薬籠中のものとしていることがはっきりと見てとれる。

①雁を食せばかりかりと雁のこゑ毀れる雁はきこえるものを　『朱霊』
わが目より涙ながれて居たりけり鶴《つる》のあたまは悲しきものを　『赤光』

②わがかたへか纖きこどものきてすわり日の照る庭に見入りけるかも　『朱霊』
罌粟《けし》はたの向《むか》うに湖《うみ》の光りたる信濃《しなの》のくにに目ざめけるかも　『赤光』

③ゆふぐれにおもへる鶴のくちばしはあなかすかなる芹のにほひす　『朱霊』
母が目をしまし離《か》れ来て目守《まも》りたりあな悲しもよ蚕《かふこ》のねむり　『赤光』

④猫などが立ちあがるときみるみるに人間よりも巨きかりけり　『朱霊』
有島武郎《ありしまたけを》氏《し》なども美女《びぢよ》と心中して二つの死体《したい》が腐敗《ふはい》してぶらさがりけり　『石泉』

⑤おろかなる犬といへどもわが投げし青草を咥へ走ることあり　『朱霊』

あはれあはれ電《でん》のごとくにひらめきてわが子等《こら》すらをにくむことあり　『白桃』

⑥黄白《わうはく》の葉をひろげたるセルリーに薬草の香のありてちかづく　『朱霊』
秋の陽は雲のしたびに熟《じゆく》したる苺《いちご》のごとくなりて入りゆく　『寒雲』

⑦直ちに除《の》けざるべからず鳥一羽墜ちたる場所はちひさけれども　『朱霊』
灰燼の中《なか》より吾もフエニキスとなりてし飛ばむ小さけれども　『小園』

枚挙に暇がない、といってよい。葛原はここでもあきらかに茂吉の初期・中期の歌を徹底的に吸収しているといえる。

しかも、その文体に引きずられて、一首の作品世界もどことなく似通ってきてもいる。たとえば、①の例においては、「雁」と「鶴」といった鳥類。②の例なら「日」の輝きと「湖の光」という光線。⑥の例においては「セルリー」と「苺」という食材になる植物。⑦の例においては「鳥」と「フェニキス」。これらの歌には、茂吉の語法を用いることによって、自分の歌のイメージを茂吉の作品世界とオーバーラップさせる葛原の姿があるといってよい。

このような現象は、「異本橙黄」の歌を制作していた時期の歌を集めた第八歌集『鷹の井戸』（昭52）でも、確認することができる。

ほのぼのとましろきかなやよこたはるロトの娘は父を誘《いざな》ふ　『鷹の井戸』
ほのぼのと目を細くして抱《いだ》かれし子は去りしより幾夜《いくよ》か経たる　『赤光』

しみじみと聞きてしあればあなさびし暗しもよあな万歳の声　『鷹の井戸』
母が目をしまし離《か》れ来て目守《まも》りたりあな悲しもよ蚕《かふこ》のねむり　『赤光』

死にたればわづかにひらく口中微かなるかな點星のみゆ　『鷹の井戸』
死にせれば人は居《ゐ》ぬかなと歎《なげ》かひて眠り薬をのみて寝んとす　『赤光』

紙屑をひろへるわれはしろたへの紙屑とともにかろくなりたり　『鷹の井戸』
街上に轢《ひ》かれし猫はぼろ切か何かのごとく平たくなりぬ　『白桃』

ガソリンの幻臭を纏へる者は革手袋を脱ぎはじめたり　『鷹の井戸』
自転車のうへの氷を忽ちに鋸《のこぎり》をもて挽きはじめたり　『寒雲』

このように並べてみると『鷹の井戸』の歌が、茂吉の声調を基礎にして作り上げられていることは明白である。

葛原妙子の昭和四十年代後半以後の歌集である『朱霊』や『鷹の井戸』の歌には茂吉由来ののびやかな調べが流れている。その歌の調べは、昭和三十年代の前衛短歌期の歌集『原牛』（昭34）や『葡萄木立』（昭38）の屈折した窮屈な調べとは明らかに違っている。このようなのびやかな調べは、『朱霊』の時期から、しだいしだいに葛原の歌に胚胎しはじめ、「異本橙黄」や『鷹の井戸』で開花する彼女の歌の新たな調べであった。葛原は、茂吉的な声調を梃子として、前衛短歌期の主知的な歌の調べをも改革していったのである。

葛原妙子は、「幻視の女王」「反写実」というキーワードで理解され、前衛短歌の始祖的な扱いを受けてきた。そこには前衛短歌以後の短歌を「現代短歌」と考える前衛短歌中心史観が働いていたように思われる。しかしながら、そのような理念優先の歴史観では、脈脈と続く短歌という詩型の本質は見えてこない。茂吉の歌と葛原妙子の歌を同じ地平で見つめなおす、というような長い射程をもった歴史観が今こそ必要になってくると思われる。

茂吉の声調を梃子にして葛原が自らの歌にもたらしたもの。それは、戦後期の生活の繁忙に埋もれた「私」とは違う、もうひとつのありうべき「私」の姿であった。またそれは、前衛短歌の文体によって造型されていた主知的な「私」とは違う、いきいきとしたありうべき「私」の姿でもあった。

戦犯の汚名

1

昨年（平14）、私はある場所で、私が尊敬してやまない或るベテラン歌人に、斎藤史についての質問をしたことがある。

それはたしか、会合が始まる前の仲間うちの食事時のよもやま話の中でのことだった。話題の中心は女性歌人についてだったような気がする。私は不意に、前衛短歌サイドから見た斎藤史の印象を当事者の口から聞いてみたくなった。そこで、私は、前衛短歌運動の中心にいたその歌人に、当時、彼が斎藤史をどう見ていたかを尋ねたのであった。

そのときの彼の返答を私は忘れることができない。彼は私の質問を聞くなり、すぐさま一言、吐き棄てるように、こういった。

――戦犯。

強烈な一言だった。傍で話を聞いていた私たちは、その決然とした言いぶりに一瞬凍りついたように沈黙した。

斎藤史は戦犯であり、前衛短歌とは無関係だ。その歌人の短歌史的な認識は私には意外だった。なぜなら私のような後代のものにとって、斎藤史は前衛短歌に比較的近い存在という印象があったからである。

塚本邦雄の評論を読みなれてきた私は、塚本が『魚歌』（昭15）の歌を高く評価していることを知っていた。私の印象のなかでは、斎藤史の反写実的な歌は、葛原妙子の歌とならんで、前衛短歌の先駆的な作品として位置づけられていた。が、当事者にとっての史の印象は、そうではない。前衛短歌運動を牽引していた昭和三十年当時の若手歌人にとって斎藤史は前世代の戦争協力者・戦争犯罪人として敵視され、蔑視されていた、というのだ。

斎藤史の戦後の歌集『密閉部落』（昭34）や『風に燃す』（昭42）には、塚本の歌のあきらかな影響がある。それは、模倣や剽窃といってよいくらいだ。残された文献で見るかぎり、史は、次々に新たな表現を切り開いていく「日本歌人」門下の後輩・塚本邦雄に対して明らかに畏敬の念を抱いていたように見える。塚本たちの前衛短歌運動に心を寄せていた史にとって、当事者たちから向けられていた「戦犯」という蔑みの目は、さぞかし耐え難いものだったに違いない。

戦後の斎藤史に被《かず》けられた「戦犯」の汚名。それが彼女にとっていかに過酷であったか。そして、彼女がどれほどそれに苦しんだか。そのことは、昭和五十二年刊行の『斎藤史全歌集』の編集過程を一瞥するだけでも、充分にうかがい知ることができる。

2

敗戦後三十年以上が経過した時点で発行された『斎藤史全歌集』には、彼女の第一歌集『魚歌』から、第八歌集『ひたくれなゐ』までの歌集が収められている。そのなかには、昭和十八年に刊行された史の戦時歌集『朱天』も収められている。が、実は、この全歌集版の「朱天」は、オリジナル版『朱天』（昭18）とさまざまな点で異なっている。

彼女は『朱天』をこの全歌集に収めるにあたって、その冒頭に次のような序歌を書き加えている。

はづかしきわが歌なれど隠さはずおのれが過ぎし生き態なれば　（昭52記）

この序歌にこめられたメッセージは明白だろう。ここに収めた「朱天」の歌々は自分にとっては「はづかしき」歌である。が、それは自分・斎藤史が生きた証であるから、包み隠さず、すべてありのままに読者のみなさんの前に提示する。だから、読者のみなさんも昭和十八年当時の自分の姿をありのままに見てほしい……。歌集の扉におかれたこの序歌は、「昭52記」という付記とあいまって、この全集版「朱天」はオリジナルの『朱天』そのものなのだ、ということを暗に主張している、といってよい。この歌を信じた読者は、この全歌集に再録された全集版「朱天」をオリジナル版『朱天』そのものと信じて読むに違いない。

が、事実はそうではない。この序歌とはうらはらに全歌集に再録するにあたって、斎藤史はいくつかの歌をオリジナル版『朱天』から削除しているのである。それはたとえば、次のような歌である。

かすかなるみ民の末の女ながらあかき心におとりあらめやも　『朱天』（昭16）
現《あき》つ神在《ゐ》ます皇国《みくに》を醜《しこ》の翼つらね来るとも何かはせむや　（昭17）
襲ふものまだ遂《つひ》に無き神国の春のさかりや咲き充ちにけり

「み民」「あかき心」「現つ神」「神国」といった皇国史観の色濃いエキセントリックな名辞が並ぶ。昭和五十二年当時の斎藤は、これらの歌を自分が戦争に加担した証として取り上げられるのを恐れたに違いない。

が、全歌集版「朱天」とオリジナル版『朱天』の異同はこれにとどまらない。史は、『朱天』からいくつかの歌を削除した上で、さらにいくつかの歌を改竄してこの全歌集に掲載しているのである。主なものを挙げてみる。

言ひ得ざりし歌ひえざりし言葉いま高く叫ばむ撃ちてしやまむ　『朱天』（昭16）
言ひ得ざりし歌ひえざりし言葉いま高く叫ばむ清明く叫ばむ　全歌集版「朱天」（昭52）

すぐる二・二六事件の友に
亡き友よ今ぞ見ませと申すらく君が死も又今日の日のため　『朱天』（昭17）
亡き友よ今ぞ見ませと申すらく君が憂ひしとき至りたり　全歌集版「朱天」（昭52）

史が改竄した部分に傍線をつけてみた。このように示してみると、昭和五十二年当時の史が、自作を改竄することによって何を隠蔽したかったのか、はっきりと分ってくる。

前二首は、太平洋戦争開戦時に歌われた連作「四方清明」のなかの歌である。原作では四句めまでの表現と、結句の「撃ちてしやまむ」が倒置されていると考えてよいのだろう。これまでは口に出して表明することのできなかった「撃ちてしやまむ」という言葉。その言葉を、大東亜戦争（太平洋戦争）の戦端が開かれた今こそ、高らかに大声で叫ぼう……。歌の意味をあえて散文的に書けば、このような意味になろうか。

しかしながら、史は全歌集版「朱天」のなかでこの歌の結句をそっくり「清明《さやけ》く叫ばむ」に換えてしまう。それによって歌意は、非常に分りにくいものになっている。原作では倒置法によってはっきり示されていた目的語「撃ちてしやまむ」が、この改作ではすっかり消されてしまっているからだ。その結果、目的語がないまま「叫ぶ」という動作だけが強調されてしまい、歌意が不明になってしまっている。作者がどういう言葉を叫びたいのか、改作からは全く読みとれなくなってしまっているのだ。言語表現の面から言えば、この改作はあきらかに改悪だと言わざるを得ない。

二・二六事件で刑死した親友の青年将校・栗原安秀に捧げた三首め「すぐる二・二六事件の友に」の歌の改竄はさらに露骨だ。

この歌の原作は昭和十七年初頭に作られた連作「天つ御業」のなかに収められている。したがって歌のなかの「今日の日」とは、大東亜戦争の開戦日を指しているといってよい。「君が死も又今日の日のため」。この原作の歌の下句において、史は、純粋に憂国の志を持ちながら刑死した青年将校の恥辱にまみれた死も、晴れがましい今日の日のためにあったのだ、と主張している。東亜を西欧列強から解放するためのこの聖戦は、二・二六事件で決起した青年将校の意図に叶うものである。理不尽に刑死した青年将校の志は、いま晴れやかに報われたのだ……。昭和十六年という時点において史はそう認識し、それを歌にしているといってよい。

しかしながら史は、全集版でこの歌の下句を「君が憂ひしとき至りたり」に改竄する。これでは原作とは正反対の意味になってしまうだろう。この改作後の下句では、青年将校らは米英との戦争を憂慮し、日本が無謀な戦争に突入してゆくことを回避しようとしていた、ということになる。全歌集にこの歌を収めるに際して、史は青年将校の戦争観に対する解釈を、読者に無断で、百八十度転換させているといってよい。

このような極端な作品の改竄は、すでに発行されている原典の『朱天』と全歌集を読者が比較対照しさえすれば、すぐに露呈してしまうことだったはずだ。それにもかかわらず、史はあたふたと自作を改竄し、さらにご丁寧にそこに弁疎の序歌を加え、改竄したことを隠蔽して全歌集に収めてゆく。なぜ史ほどの大歌人がそこまで見苦しいドタバタ劇を演じなければならなかったのか。

3

これらの削除や改竄によって、史が隠蔽しようとしたもの。それは日米開戦時に自分が感じた晴れやかな壮快感である。

その壮快感は、正式な宣戦布告もないままに長引いてしまった日中戦争中には感じ得なかったものだった。なぜなら、同じアジア人同士相打つ泥沼のような戦いには、どのように言い繕おうとも「大義」など存在し得ないからだ。そのうえ、昭和十六年以降強力に強化されていくABCD包囲網、最後通牒であるハル・ノートの提示、日米交渉の決裂というように日本には濃厚な閉塞感が立ちこめてくる。長びく中国大陸での戦いと欧米諸国の経済的圧力のなかで鬱屈していた日本国民にとって、東亜を開放するという「大義」のもと開始された大東亜戦争は、積年の鬱屈を晴らす壮挙であったはずだ。その壮快感は、当時の有名歌人たちの開戦歌のなかにも強烈な形で表明されている。

しかしながら、このような日本人一般の心情に加えて、史にはさらに鬱屈せざるをえない個人的な事情があった。

ああと云ふまにわれをよぎりてなだれゆくものの速度を見つつすべなし　『魚歌』（昭14）
空高くはばたきしもの恥にまみれ野を剥り居るは我か烏か
ここに死にたる我の姿のしづけさをたのむこころは侘しきに似る　『歴年』（昭15）
街の遠くに陽のあたりゐる景色なりたやすげに物をいふことなかれ

昭和十四年から十五年にかけての史の歌である。どこかなげやりな空漠感がただよっている。かつて華やかなモダニズムの詠風で颯爽と歌を作っていた史の若々しい精神が瓦解しているかのような印象を受ける歌々である。

この時期、史は国家に対する非常に鬱屈した思いを抱いていた。「昭和維新」の理想を抱いた純粋な青年将校たちを逆賊として処刑した昭和天皇に対する複雑な恨み。父・斎藤瀏の官位剥奪による屈辱・経済的な苦境。さらには夫・堯夫の召集……。これらの歌には、戦争に傾斜してゆくなかで、天皇や国家を恨む心情を自らのうちに内向させてゆく史の姿が刻印されている。二・二六事件以後、大東亜戦争開戦までの五年間の史の歌々に流れるのは、このような鬱屈感や投げやりな倦怠感なのだ。

ところが、この個人的な鬱屈感は開戦と同時にすべて雲散霧消してしまうのだ。オリジナル版の『朱天』には次のような歌が収められている。

苦《くる》しかりし日の長かりきおほいなる行手展《ひら》けて今朝のすがしさ　（昭16）

現《あき》つ神わが大君があきらかに撃てとのらせる大みことのり

かそかなるわが魂《たま》さへや滾《たぎ》りいで天つ御業《みわざ》に添ひまつりなむ　（昭17）

一首めの「苦しかりし日の長かりき」という表現には、史の個人的履歴の裏づけがあろう。二・二六事件以降長く感じ続けてきた天皇・国家への鬱屈した思いは、開戦の興奮とともに洗い流されてしまう。民族的壮挙のなかの一体感が、彼女を包んでいるといってよい。このような興奮のなかで、彼女は中国大陸の人々に対しては発することのできなかった「撃ちてし止まむ」という叫びを、西洋人に向けて声高に叫ぶ。また、青年将校の死はこの「今日の日のため」にあったものだったのだ、と自分に言い聞かせる。

が、『朱天』に刻印されているのはこのような興奮だけではない。いわば「民族の悲歌」ともいえる聖戦歌もまた、この歌集には数多く収録されているのである。

濃みどりに透《とほ》る南の海ふかくしづかに潜《かづ》き帰りたまはず
南《みんなみ》の海濤《うみなみ》の色恋ひ思へばいのちの底にかよふ蒼さか　（昭17）
シユエ・ダゴン・パゴダと呼べる塔を思ふ月夜は月に照らふそのさま
珊瑚海に索《もと》むる敵と逢ひし時「よし」と云ひけむわが将兵は
ますら夫は征きとどまらず勝ちさびて更に澄みゆくいのちと思ふ
熱田島につめたき雨のすでに降りて守備する兵がぬれたまふなる
戦意全く失せて坐りし敵兵に乏しき煙草を分くる兵あり

真珠湾に沈んだ特殊潜航艇の九軍神への厳粛な悼みを歌った一首めの歌。海の藻屑と消えた兵の命を詩的想像力で描き出した二首めの歌。月夜に照らされるビルマの仏塔の下をゆく日本兵を思い描いた三首めの歌。将兵の戦う決意を簡潔に描き出した四首め。熱田島（アッツ島）の日本守備兵を歌った六首めの歌。これらの歌にはまぎれもない史の嘆息が刻まれている。

たしかにこれらの歌は、情報操作されたニュース映画の映像などをもとに作られたのかもしれない。その意味で、これらの歌は戦争の現実に触れているとはいえないのかも知れない。が、それにもかかわらずここに描かれた厳粛な民族的心情は、ニュースソースが事実であるか否かを超えて、歴史的な真実といわねばならないだろう。『朱天』におさめられた史の開戦歌には「戦争協力」「無思想」などといった戦後的な価値基準では裁断しきれない、森然とした厳粛な民族的感情が流露しているのである。

斎藤史が隠蔽しようとしたのは、実はこのような厳粛な民族的感情であった。史は、戦後三十年を経た昭和五十二年の時点においてさえ、このような民族的感情を公にするのを怖れていた。逆にいえば、戦後的な史観の圧力は史に戦時詠の改竄を迫るほど、そのときもなお強力だったということだ。そう考えてくると、『斎藤史全歌集』における「朱天」の歌々の改竄行為は、二重の点において犯罪的であったということになる。ひとつは、読者を欺いたという点で。もうひとつは、「戦犯」という汚名を被《かず》く戦後の史観の圧迫に屈して、自分の心に流露した民族的感情の真実を秘匿したという点で。

『魚歌』から『朱天』までの斎藤史の歌の歩みを見つめなおすとき、彼女の生がなかば運命的にこの国の歩みに翻弄されていたことが分ってくる。翻弄されながらも、彼女は、そのつどそのつど、自分の真情を歌に託してきた。その姿は切なくさえある。が、戦前・戦中時以上に過酷だったのは、彼女に「戦犯」の汚名を与え、自分に流露した真情さえ秘匿せしめた「戦後」という時代の圧力だったのかもしれない。

戦前・戦中・戦後、昭和という時代全般を通じて受難者でありつづけた斎藤史は、時代というものの傷だらけの伴走者に他ならなかった。

山中智恵子の第三句

1

馬場あき子は、『山中智恵子全歌集上巻』の「解説」のなかで、山中短歌の特徴を「ある迷いを感じさせる言葉」が強引に挿入される点に見いだしている。

彼女がその例として挙げるのは、「運河ゆき」という第三句が入った次の歌である。

いづくより生れ降る雪運河ゆきわれらに薄きたましひの鞘　『紡錘』

たしかに馬場のいうとおり、この歌の第三句「運河ゆき」は一読、「迷いを感じさせる」一句だろう。この歌の場合、この「運河ゆき」を無視してしまえば意味は取りやすい。「いづくより生れ降る雪、われらに薄きたましひの鞘」。この歌の主だった意味内容をこのような形にまとめてしまえば、この歌は非常に分りやすくなる。

天のどこか遠いところで生まれ、ここに舞い降りてくる雪。その雪は、我ら人類のささくれ立った魂を包んでくれる。それはまるで、尖った刀を包む「鞘」のようなものだ……。もちろん、読者にとっては「たましひの鞘」という喩的な表現をどう解釈したらよいか、という問題は残るだろう。が、もし「運河ゆき」を無視しさえすれば、この歌は一貫した意味的文脈を持つ歌としてある程度理解することができるのだ。

が、山中はこの歌の第三句に「運河ゆき」を入れる。この一句は、山中自身が運河の沿道を歩いている、ということを想像させる現実的な一句である。馬場は、一見強引とも見えるこの現実的な句の挿入を評して次のように言う。

一首の中に自らの存在の痕跡を残すことを常とする山中は「運河ゆき」という、歌の内容とはかけはなれた現実を証人のように平気で入れてくる。無い方がいいという論理は通用しない。山中は「茜さす紫野ゆき標野ゆき」の律の抒情に重ねるように身を委ねつつ、「たましひの鞘」を思っている。しかも、そこには「われら」という証言もそっと息づいている。

ここにおいて馬場は、この歌の「たましひの鞘」を「言語」の比喩だと解釈している。この歌に生身の山中の姿を彷彿させる「運河ゆき」が挿入されることによって、この歌は、「言語」という「鞘」に包まれざるを得ない「うたびと」としての山中の孤独を歌っているのだ。馬場はこの歌をそう理解しているのである。

たしかに、そのように読むと「運河ゆき」という強引な一句が入ることでこの歌からは「幾重の日暈をめぐらしたかのような妖しさ」(馬場)が漂い出してくる。降り始めた雪を歌った歌が、言葉の荒野をしんしんと歩いてゆく歌人の運命的な孤独を感じさせる象徴性を帯びてくる。この文章において馬場は、唐突な一句が強引に挿入されることにより、妖しい魅力を放ち始める山中の歌のメカニズムを明快に説き明かしているのである。

馬場の指摘を待つまでもなく、山中智恵子の歌にはこのような例が実に多い。彼女の歌のいくつかは、唐突な一句が挿入されることで言葉がどこにどうつながるかが分りにくくなっている。山中の歌は多くシンタクス(統辞)の晦渋さを私たちに突きつけてくるのだ。

そして、面白いことに、その唐突な一句は、先の「運河ゆき」と同じように、第三句に登場してくる場合が多い。たとえば次のような歌々がそうだ(傍線・大辻、以下同)。

水甕の空ひびきあふ夏つばめものにつかざるこゑごゑやさし　『紡錘』

かりがねを湖《うみ》より仰ぐ髪ぬれてゆふぐれは樹にかへる帆柱　『みずかありなむ』

夏刈りのなにぞせつなきをとめにて馬のすすきを刈り干しにけり　『短歌行』

ひとなくてひぐらしをきく夕ごころあるかなきかに生きてあらむか　『星醒記』

遠き煙の柱に倚りてまをとめのまひるを在りと誰か告げてよ　『夢之記』

あらかじめほろぼしおかむたましひのまれびとのごと老いらくは来る　『玉菱鎮石』

一読、これらの歌の第三句は非常に不安定だ。文脈上、その意味が理解しにくい。

すこし強引かもしれないが、「運河ゆき」の歌と同じようにこれらの歌から第三句を削除して、適切な助詞や助動詞を補ってみよう。すると、これらの歌は、少なくとも意味的にはかなり理解しやすいものになってくる。

・水甕の空に響きあふ……物に即かざる声々優し
・雁を湖《うみ》より仰ぐと……夕暮れは樹にかへる帆柱
・夏刈りの何にぞ切なき……馬の薄を刈り干しにけり
・人なくて蜩を聴く……あるかなきかに生きてあらむか
・遠き煙の柱に倚りて……真昼を在りと誰か告げてよ
・予め滅ぼし置かむ　……客人のごと老いらくは来る

夏の空に「物に即かない声」が響きあう、湖面から雁を見上げると樹木のように帆柱が見える、

「夏刈り」という枕詞から馬の餌となる薄を刈った体験を思い出す……。もし第三句を無視するなら、これらの歌の歌意はこのような形で、かなり分りやすくなるに違いない。

が、山中はそれを許さない。一見文脈を無視したような「夏つばめ」「髪ぬれて」「をとめにて」といった言葉を、第三句に強引に押し込んでくるのである。

一般に、短歌の第三句は「腰の句」と呼ばれる。それは、上句と下句を繋ぐ役割を持つ「腰」であると同時に、一首の文脈を決定づける重要性を持つ句であるということを意味している。それがふらつくと「腰折れ」になってしまう。それほどの重要性を持つ句、それが第三句なのだ。

ところが、山中の第三句はどこかふらついている。どっしりと据えられるべき「腰の句」が「心ここにあらず」といった感じなのだ。なぜこのような事が起こるのか。

2

その理由の一つとして考えられるのは山中のリズム感である。

山中は、生来五七調のリズム感を持った歌人である。それは、七五調のリズム感を持った歌人が多い現代ではきわめて異質であるといってよい。

生来の五七調のリズム感に忠実に従ったとき、山中の歌は二句で切れることになる。その事情は、初期歌篇から間断なく間欠泉のように頻出する次のような歌々を一瞥すればすぐさま了解しうるものになるだろう。

きみとありてなほひとりなり荒涼と女身は白日《ひる》の星座をめぐる　合同歌集『空の鳥』
うつしみに何の矜持ぞあかあかと蠍座《さそり》は西に尾をしづめゆく　『空間格子』
空の磁器壊れゆくかなあをあをと心に水のながるるときを　『玉蜻』
夢に来て鋭かりけり黒々とあかときを帰る獏のまなざし　『玲瓏之記』
朝川のなぎさよはるかあかねさす夜ごときみのたまふわが墓　『みずかありなむ』
ただよへる顔となりしかひたぶるに問ひ糺されてわれはありたる　『青扇』
かぎろひて草は圭たりながからむわれらのことばさやぐかなたへ　『青扇』

きみとありてなほひとりなり、うつしみに何の矜持ぞ、空の磁器壊れゆくかな、夢に来て鋭かりけり……。二句でズバッと言い切るこのような断言は美しい。山中の強い意志と美意識を感じさせるフレーズである。山中短歌の魅力の多くは、このような断言に込められた強い述志にあるといってよい。

このような二句切れの歌では、第三句の比重は非常に軽くなる。第三句は、二句までのきっぱりとした断言を受けて、新たに五七七の下句を歌い起す起点としての役割を担わされてくる。ここに重い意味性を持つ重要語を置くことは、構文上、困難なのである。

したがって、このような二句切れの歌において、山中は第三句を非常に軽く歌い起す。「あかあかと」「あをあをと」「黒々と」といった畳語を用いた形容動詞、「あかねさす」という散文的意味を帯びない枕詞、あるいは「ひたぶるに」「ながからむ」といった美しい響きをもった添え句……。これら二句切れの歌において、山中は、意味性の少ない調べの美しい五音の言葉でもって、五七七の下句を歌い出すのだ。そこに力みはない。そこに息づいているのは、韻律の飛翔力に身を任せて、軽々と踊るように言葉を呼び起こしている童女のような山中の快活さだけである。

このような事情は、唐突な第三句の問題と深く関わりあっているだろう。生来の五七調の基本リズム、第二句で切れる文体、軽く歌い起される第三句、その軽さゆえに第三句で飛翔する想像力。そのような山中の歌の文体的な特徴は、必然的に、意味性の希薄な言葉が第三句に侵入してくることを許してしまうのである。

私見によれば、「1」の部分で取り上げた「水甕の空」以下六首の歌は、山中の意識のなかでは二句切れの歌として感受されていた可能性が強い。「いづくより生れ降る雪」「かりがねを湖《うみ》より仰ぐ」「夏刈りのなにぞせつなき」「ひとなくてひぐらしをきく」「あらかじめほろぼしおかむ」……。明確に意識化されてはいなかったにせよ、おそらく山中はこのように第二句の終わりに小さな休止を置いて自分の歌を歌っていたのではなかろうか。五七調が身体のなかで息づいている山中にとっては、それは歌の自然な発生の姿だったはずである。

第二句で休止を置いた場合、第三句はほとんど韻律上の要請のみに従って言葉が呼び起こされる。

韻律や調べに注目して、第三句を見てみると次のような特徴があることが分る。

・いづくより生れ降る雪 → 運河ゆき
・かりがねを湖《うみ》より仰ぐ → かみぬれて
・まをとめの → まひるを在りと
・たましひの → まれびとのごと

前の二つの例において、第三句は、初句と二句の言葉の音韻の残響が契機となって山中の意識の上に呼び起こされている。また、後の二つの例では、それらとは逆に、後に続くべき第四句の音韻を先どりする形で、第三句が誘《おび》き寄せられている。これらの歌において第三句は、意味上の要請によって選択されてはいない。むしろ、潜在的な韻律や調べの感覚によって無意識的に選び出されている、といってよい。

なぜ山中の歌の第三句に、意味的な文脈を無視した第三句が侵入してくるのか。それは、以上に述べたような、山中の歌の第三句の「軽さ」によっている。意味的には何も期待されていない空白の第三句の五音。その空間に、山中はほとんど直感的な韻律の呼びかけによって言葉を誘《おび》きだしてくる。そして、その言葉が、山中自身に新たな想像力が飛翔する余地を与えているのである。

3

しかしながら、残念なことに、私たち読者には、このような山中の作歌過程が見えない。しかも、私たち読者は「意味」を手がかりに歌を解読してしまいがちだ。その上、私たち読者の基本的なリズム感は近世的な七五調に深く毒されている。自分でよほど強く意識しない限り、私たちは、基本的には第三句の終わりに意味的な休止を置きながら、三句切れのリズムで歌を読んでしまいがちなのだ。

五七調を生来のリズムとする山中。「意味」に気を取られ、三句切れの意識で歌を読んでしまう私たち読者。この両者のギャップの狭間に、山中短歌の「幾重の日暈をめぐらしたかのような妖しさ」（馬場）という現象が立ち現れてくるのである。

たとえば、私たち読者が次のような一首を読むときもそうである。

ひとなくてひぐらしをきく夕ごころあるかなきかに生きてあらむか　『星醒記』

「夕ごころ」という唐突な第三句を持つこの歌の場合、私たちはこの歌を、二句で切って読むべきなのか、三句で切るべきなのか、迷う。第二句の末尾「きく」の下に助詞はない。「夕ごころ」という名詞の後ろにも助詞はない。第三句を上句に含めるか否かは私たちの恣意に任されている。

とりあえず、私たちは迷いながらも、二句までを次のように読み下す。

ひとなくてひぐらしをきく。

頭韻「ひ」が踏まれているこの二句を読むとき、私たちの脳裏には、晩夏に亡き人を思いながら蜩の淋しげな声を聞いている孤独な女性の姿が立ち現れてくる。

が、私たちのリズム感は第二句ではっきりとした句切れを作ることを許さない。私たちは自分の七五調のリズム感に従って、第三句を第二句と接続させて次のように読んでしまう。

そこには次のようなフレーズが浮びあがってくることになる。

ひぐらしをきく夕ごころ。

この「ひぐらしをきく夕ごころ」というフレーズによって、私たちは、蜩が鳴く晩夏の夕方の情景を思い浮かべる。場面設定が急に立体的になる。と同時に、「夕ごころ」の「こころ」という言葉によって、私たちの興味は作者の内面に向わざるを得なくなる。そのような私たちの興味が「夕ごころ」という第三句を、作者の心中を描いた「あるかなきかに生きてあらむか」という心中語に結びつけてしまう。

そこには、第三句以下が一体となった次のようなフレーズが立ち現れてくる。

夕ごころあるかなきかに生きてあらむか。

このような五七七の音数をもつフレーズを読むとき、私たちは、二句で小さく休止を入れる山中智恵子のリズム感を想起する。そして、その山中のリズム感で区切られた五七七の下句が、私たちの意識の内に一体感をもったフレーズとして立ち現れてくる。

ひとりで蜩を聞く孤独な「夕ごころ」。しかしながら、自分の胸のなかに巣食う「夕ごころ」さえ、今の自分には、本当に存在する心情なのかどうか分らない。感情の起伏さえ感受できない虚脱した自分がそこにある……。三句から結句までを読み下すとき、私たちは、生の実感さえ感受できなくなった作者の孤愁に、切実なかたちで真向かうのである。

以上のプロセスをまとめてみよう。

私たちがこの歌を読み下すとき、私たちはこの歌を二句で切るか、三句で切るか迷う。迷いながら言葉を追う。その結果、私たちの胸のなかには、次のような三つのフレーズが継時的に浮びあがる。

ひとなくてひぐらしをきく。

ひぐらしをきく夕ごころ。
夕ごころあるかなきかに生きてあらむか。

このようなかすかに意味を違えつつ、浮んで消え、浮んでは消える三つのフレーズ。それを読み進めるとき、私たちは、いくつかのイメージが、そのつどそのつど、うたかたのように私たちの前を通過してゆくのを感じるはずだ。その豊穣な時間感覚のなかで、私たちは歌を読む愉悦を感じとる。

このような事情は、ここにあげた「水甕の空」以下すべての歌にも共通するだろう。詳述はしないが、これらの歌を読むときも、私たちはいくつかのイメージが途切れることなく目の前にゆっくり展開されてゆく愉悦を感じるはずだ。それはちょうど、場面の切れ目のない絵巻物をゆっくり眺めてゆくときの、あの愉悦に近い。

山中智恵子の第三句は、私たちの韻律感を激しくゆさぶってくる。それは、歌に豊穣な時間を回復させるために、彼女が仕掛けた無邪気な無意識の巧詐だったのだ。

気骨

尾崎左永子の歌には気骨がある。

媚びない。おもねらない。激さない。言葉は粒だっていて、調べはいつも規矩正しい。全体から受ける印象は少し堅苦しい。が、その堅苦しさは、決して人を不快にしない。矜持に満ちてはいるが、それが読者に「鼻持ちならない」などといった印象を与えることはない。

たとえば、次の歌などは、彼女の歌の特徴が実によく出ている歌だといってよいだろう。

頸ほそき少女のわれをいとしみし君逝きて幻影のわが像も消ゆ　『炎環』

六十代の彼女が歌った回想詠である。上の句の「頸ほそき少女のわれをいとしみし」という表現には、いかにも回想詠らしい甘美な感情が流れている。

かつて、自分は細い首を持ったしなやかな美しい少女であった。そして、その自分をいとおしんでくれる「君」がいた。この歌の背後には、もはや取り戻すことのできない少女時代に対する作者の深い思いがあろう。戦争の真っただなかにあった尾崎の少女期を思うとき、読者である私たちは、そこに失われてしまった青春のロマンティックな物語を想像してしまいそうになる。

第四句に「君逝きて」とあるのだから、作者と同じく初老となった「君」は死去したのだろう。普通の短歌なら、相手の死というドラマティックな場面において感情は最大限に高まるはずだ。作者は、悲恋の物語の主人公となって、感情に流されるがままに自分の思いを歌い上げる。ややもすると、この歌は、世間一般の感情過多の歌のパターンに陥ってしまいがちな題材を扱っている。が、尾崎は決してそのようには歌わない。「君」が死ぬことによって、「幻影のわが像」が消える。彼女はそう感じるのだ。自分をいとおしんでくれた相手の胸のなかに、少女期の自分の姿は美化された「幻影」となっている。相手が死ぬことによって、自分の実像とはかけ離れたその「幻影」も消える。それによって、自分は即自的に等身大となって過去の自分と向き合いうるのだ。尾崎はそのように感じるのである。

実に冷めた感慨だと思う。彼女は、少女期の自分の姿が幻影に過ぎないことを知っている。その幻影は、それを抱いている他者の死によって消滅する。もっというなら「君」の死は、過去の幻影を消滅させる契機に過ぎない。そこには、過去の甘美さに溺れない彼女の冷徹な視線が働いている。

過去や未来に心を泳がせない。今、ここにあることだけを見つめる。考えてみれば、尾崎の歌は、その初期からそのような姿勢に貫かれていたのである。

『さるびあ街』

夕日さす障子の外に居る猫が軀を舐むる時の舌の音
舗装路は凹凸《あふとつ》のままに翳ありて高き街路樹の芽ぶきととのふ
雨しげき夜半めざめしが部屋内の闇にビニールの匂ひしてゐる
抜き捨てし草が冬日に乾きをり飛行場あとのコンクリートの上
わが窓にみつつしをれば昼の風は若葉みづみづしき丘より起る

「松田さえこ」の名で出された彼女の第一歌集『さるびあ街』（昭32）に収められた歌々である。この歌集は、都会に住む若い女性の清新な第一歌集として話題となった。不幸な結婚生活の齟齬と、そこから自立する理知的な戦後の女性像を浮き彫りにした歌集だといってよい。

が、私が驚きを禁じ得ないのは、むしろここにあげたような何げない身辺の事象を歌った歌々である。障子の外から聞えてくるピチャピチャという猫の舌の音。斜光に照らされた道路の凹凸。闇の中から漂うビニールの匂い。地面から引き抜かれコンクリートの上に捨てられている乾いた雑草……。彼女の聴覚や視覚や嗅覚は、ロマンのかけらもない無味乾燥なそれら事象を拾いあげている。それでいて、無味乾燥なものに視線を向けざるを得ない作者の索漠とした心のありようは、確実に読者に伝わってくる。のびやかな調べをもった「わが窓に」の歌とあいまって、これらの歌の背後には、都会的な倦怠のなかに浸りがちな若い感性が感じられるのである。

もちろん、このような歌に佐藤佐太郎の影響を見るのはたやすい。尾崎の年譜によれば、彼女は十七八歳のころに佐太郎の『しろたへ』に感動し、佐太郎を師に選んだという。西洋文学が好きで、夢見がちな少女が佐太郎のおそろしく冷徹な写実詠になぜ心を奪われたのか、いぶかしい。が、その少女離れした嗜好のなかに、私は、尾崎生来の強靭な詩魂をかいまみるような気がするのである。

昭和五十八年、長いブランクを経て尾崎は作歌に復帰する。その頃の尾崎の歌にもこのような規矩の正しさは生き続けている。

闇に尽くる風の経過を聴きゐしが音のまにまにいつしか眠る
樅枯れて佇てり一木の歳月をここに据ゑたるその天の意志
わが内にふりいでし雨聴く如きひととき地下の珈琲店にゐる
自信あるいは平和の怠惰白々と腹部さらして巨猫《おほねこ》ねむる 『炎環』

これらの歌でも、尾崎は身辺の事象に心を砕いている。「風の経過」「ふりいでし雨」「白々と」といったフレーズもまた、あいかわらず尾崎の写実の技術の高さを感じさせてくれる。が、それに加えて、その表現は以前にもまして硬質になり、歌の表情にはどこかふてぶてしさのような重量感が加わってきているような気がする。

このような尾崎の姿勢は口語短歌が隆盛を極めた八十年代以降においても揺らぐことはなかった。同年代の馬場あき子がそれらの流行をしたたかに自分の作風にとりこみ、歌の幅を貪欲にひろげていったのを横目で見ながら、尾崎は、あくまでも自分の本質である規矩の正しい文語と写実にこだわり続けていたように思う。

雪原の夜の火事をふいに思ひ出づひたすら燃えて音なき炎　『春雪ふたたび』
夕光はひかり収めて粘性をもつごとき海のうねりが鈍し　『夕霧峠』
夜のふけに犬は鎖の音ひきて眠りのかたち選びゐるらし
二・二六事件の朝雪にすべるタイヤの軋み聞きたる記憶　『夏至前後』

「音なき炎」「粘性」「雪にすべるタイヤの軋み」という把握の仕方がなまなましい。たとえそれが回想詠であっても、尾崎はこのような写実によって現実感を出すことを忘れない。

おのづからひとり心に祀りゐる意思の清浄を穢すなかれ　『星座空間』

最近の歌集にさりげなく収められた、彼女にしてはめずらしく強い述志の歌である。
彼女が心に祀る「意思の清浄」とはなにか。「穢すなかれ」と結句を一音欠落させてまで希求しなければならなかったものはなにか。それはおそらく、感情の雑駁によって濁らされることのない、透徹したまなざしなのではなかろうか。

後記

この書は、評論集『子規への溯行』（砂子屋書房・96）に続く私の第二評論集である。散文集としては評伝『岡井隆と初期未来』（六花書林・07）時評集『時の基底』（六花書林・08）に続く四冊目となる。一九九六年秋から二〇〇八年春に至るまでの十余年間に書いた近代短歌論のなかから二十九編を選びここに収録した。私の年齢でいえば、三十六歳から四十七歳の時期に当る。

この時期、私の近代短歌への関心は、おもにアララギに連なる歌人たちや、彼らの作歌理念に向けられていたように思う。実作者としての自分の原泉を問いたずねたいという願望が心の奥底で働いていたのかもしれない。

前著『子規への溯行』は、あえて近代短歌の河を溯る形でその源流を問いたずねてみた。それに対してこの書は、あたかも近代短歌の脊梁のように見えるアララギ山脈の稜線をもう一度、自分の脚で歩み下ってみたい、という意図に貫かれている。ある意味非常にシンプルに見える子規の写生論がアララギ的なもののなかでどのように変貌し、どのように継承されていったか。「写生」の理念を支えたものは、文体的には何であったのか。この時期、私は常にそのようなことを考え続けていた。

全体を便宜的に四つの章に分けた。

第Ⅰ章には、釈迢空に関する論考を並べた。主に三十代後半に書いた文章群である。

迢空は大正の初期に「アララギ」という雑誌に拠った歌人であるが、アララギ派の歌人とはいえないだろう。迢空（折口信夫）の歌や論考を読んでいると、どうしても日本語の根本の問題に触れざるを得ないところがある。その迢空の眼からアララギを見たとき、彼の眼にはアララギという思想集団がどのようなものとして見えていたのか。それを考えることは、アララギの本質を考えようとする際に、避けては通れない有効な観点を提供してくれる。

第Ⅱ章には、正岡子規・斎藤茂吉・島木赤彦・会津八一らに関する論考を並べた。アララギの本流に何度も顔をだす「写生」とはいったいどういう理念だったのかを考えた論考群といえる。子規の「写生」の理念は、晩年の子規自身のなかでどのように超克されたのか。それを受け継いだ赤彦や茂吉は、それぞれの個性のなかでその理念をどのように昇華していったのか。そういった問題を文体論的見地から検証しなおしてみた。

第Ⅲ章には、近藤芳美から、岡井隆、加藤治郎に至るまで、歌誌「未来」に拠った歌人たちに関する論考を並べた。言うまでもなく、彼らはアララギを源流とする歌人たちである。

私は、『岡井隆と初期未来』のなかで創刊直後の「未来」の若い歌人たちの姿を追跡した。そこで私が感じたのは、現実と抒情の相克のなかで歌い続けた若者たちの純粋な姿であった。この章に集めた相良宏・太宰瑠維・古明地実・田井安曇・大島史洋らに関する文章には、その延長線上にある私の関心が蠢いている。状況と文学の関係を鋭く問い詰めた戦後のアララギの理念は、ひょっとして「未来」の歌人たちにとってひとつの桎梏ではなかったのか。歌人にとって決して生きやすい時代ではなかった戦後という時代を、彼らはどのように受けとめ、傷ついていったか。私はこれらの論考を書きながらそんなことを考えていた。

第Ⅳ章には、私が偏愛してやまない稲森宗太郎や、葛原妙子・斎藤史・山中智恵子・尾崎左永子ら女性歌人に関する論考を集めた。これらの歌人たちを論じるときも、私はどこかで、アララギへの関心を機軸として考察を進めていった。たとえば、一見難解派と思われている葛原妙子が茂吉の歌の文体からいかに大きな影響を受けていたか。その一事を見るだけでも、近代を貫いたアララギ的な文体の持つ影響力の大きさを知ることができる。

ここに収めた論考の背後には、私の短歌観が色濃く匂い立っているだろう。実作者としての私は、好むと好まざるとに関わらずこれらの歌人たちの功罪すべてをまるごと背負って歌ってゆくしかない。校正を終えた今、私は改めてその意を強くしている。

最後に、これらの論考を書く機会を与えてくださった諸誌の編集者の方々に心から感謝の意を奉げたい。ありがとうございました。

また、細やかな心遣いのもとに一冊の書物にしてくださった永田淳氏に深い謝意を表したい。アララギに連なる歌人でもある氏によってこの一冊が世に出る。そのことが、なにより嬉しいのである。

二〇〇八年十一月二十三日

大辻隆弘

初出一覧

Ⅰ

人称の錯綜　「短歌往来」二〇〇四年（平16）五月

ことばの根底にあるもの　「短歌」（中部短歌）一九九八年（平10）二月

呪われたみやこびと　「未来」一九九八年（平10）二月

トポスとしての大阪　「未来」一九九六年（平8）九月

瞑想のなかの自然　「梁」一九九八年（平10）九月

循環性への叛意　「白」第10号一九九六年（平8）十一月

Ⅱ

写生を超えて　「歌壇」二〇〇一年（平13）十月

茂吉の破調の歌　「短歌」（角川短歌）二〇〇七年（平19）四月　原題「破調の歌、茂吉を例に」
「短歌人」二〇〇七年（平19）四月　原題「茂吉の破調の歌」

憂愁の発見　「日本現代詩歌研究」第8号二〇〇八年（平20）三月

哀傷篇と非報来　「短歌現代」二〇〇七年（平19）六月　原題「『哀傷篇』と『悲報来』」

島木赤彦の写生論　「短歌現代」二〇〇四年（平16）三月

寂寥感の位相　「短歌現代」二〇〇五年（平17）五月

子規万葉の継承　「レ・パピエ・シアン」二〇〇一年（平13）四月

素型としての戦時詠　「歌壇」二〇〇六年（平18）九月

Ⅲ

『早春歌』以前　「未来」二〇〇〇年（平12）一月　原題「『早春歌』以前の近藤芳美」

透明感の背後にあるもの　「短歌往来」一九九八年（平10）二月
歌に沈黙を強いたもの　「綱手」一九九六年（平8）十一月
時間性の回復　「綱手」一九九七年（平9）四月
断念と祈り　「綱手」二〇〇三年（平15）九月
岡井隆のうしろすがた　「短歌四季」一九九六年（平8）九月
深淵をのぞくこと　「短歌往来」二〇〇七年（平19）十月
再生の記録　「星雲」二〇〇八年（平20）三月
文学の上で戦うこと　「レ・パピエ・シアン」二〇〇八年（平20）四月
最後の戦後派歌人　「現代短歌雁」一九九六年（平8）七月

Ⅳ

未完の前衛歌人　『歌人・稲森宗太郎』一九九七年（平9）三月　原題「遺影の背後にあるもの」
ありうべき私にむけて　「短歌現代」二〇〇七年（平19）二月
「金雀枝」二〇〇七年（平19）三月　原題「葛原妙子と斎藤茂吉」
戦犯の汚名　「短歌」（角川短歌）二〇〇三年（平13）九月　原題「『戦犯』の汚名」
山中智恵子の第三句　「短歌現代」二〇〇八年（平20）七月
気骨　「短歌四季」二〇〇四年（平16）八月

参考文献

Ⅰ

人称の錯綜
『折口信夫全集　第廿二巻』（中央公論社　中公文庫　昭50）
『折口信夫全集　第一巻』（中央公論社　中公文庫　昭50）
『古事記　上代歌謡』（小学館　日本古典文学全集1　昭48）
「短歌往来」平成十六年四月号
ことばの根底にあるもの
『折口信夫全集　第廿四巻』（中央公論社　中公文庫　昭50）
『折口信夫全集　第廿七巻』（中央公論社　中公文庫　昭50）
『折口信夫全集　第十二巻』（中央公論社　平8）
呪われたみやこびと
『折口信夫全集　第廿七巻』（中央公論社　中公文庫　昭50）
『折口信夫全集　第廿二巻』（中央公論社　中公文庫　昭50）
『斎藤茂吉全集　第九巻』（岩波書店　昭48）
トポスとしての大阪
『折口信夫全集　第廿二巻』（中央公論社　中公文庫　昭50）
『折口信夫全集　第廿七巻』（中央公論社　中公文庫　昭50）
『折口信夫全集　第十二巻』（中央公論社　平8）
『斎藤茂吉全集　第九巻』（岩波書店　昭48）
瞑想のなかの自然
『伊藤左千夫　長塚節　島木赤彦　集』（角川書店　日本近代文学大系44　昭47）

『斎藤茂吉全集　第二十二巻』（岩波書店　昭48）
『折口信夫全集　第九巻』（中央公論社　中公文庫　昭50）
『折口信夫全集　第八巻』（中央公論社　中公文庫　昭50）
『折口信夫全集　第廿一巻』（中央公論社　中公文庫　昭50）
循環性への叛意
『折口信夫全集　第廿一巻』（中央公論社　中公文庫　昭50）
『折口信夫集』（角川書店　日本近代文学大系46　昭47）
「八雲」昭和二十二年五月号

II

写生を超えて
『子規歌集』（岩波書店　岩波文庫　昭34）
大辻隆弘『子規への溯行』（砂子屋書房　平8）
『子規全集　第四巻』（講談社　昭50）
『子規全集　第七巻』（講談社　昭50）
『子規全集　第十九巻』（講談社　昭53）
茂吉の破調の歌
『斎藤茂吉全歌集』（筑摩書房　昭43）
『斎藤茂吉全集　第四巻』（岩波書店　昭50）
憂愁の発見
『「アララギ」復刻版』（教育出版センター　昭51）
柴生田稔『斎藤茂吉伝』（新潮社　昭55）
『子規全集　第七巻』（講談社　昭50）

『金槐和歌集』（岩波書店　岩波文庫　昭38）
『小林秀雄集』（筑摩書房　筑摩現代文学大系43　昭50）
哀傷篇と非報来
『現代短歌全集　第二巻』（筑摩書房　昭55）
『斎藤茂吉全歌集』（筑摩書房　昭43）
島木赤彦の写生論
『伊藤左千夫・長塚節・島木赤彦集』（角川書店　日本近代文学大系　昭47）
『子規全集　第七巻』（講談社　昭50）
『左千夫全集　第六巻』（岩波書店　昭52）
『現代短歌全集　第五巻』（筑摩書房　昭55）
寂寥感の位相
『白秋全集　第二十一巻』（岩波書店　昭61）
『現代短歌全集　第三巻』（筑摩書房　昭55）
『「アララギ」復刻版』（教育出版センター　昭60）
子規万葉の継承
『現代短歌全集　第五巻』（筑摩書房　昭55）
宮川寅雄『会津八一』（紀伊國屋書店昭和44）
会津八一『鹿鳴集』（創元社　昭15）
会津八一『自註鹿鳴集』（岩波書店　岩波文庫　平10）
「アララギ」第十八巻三号（大14・3）
『斎藤茂吉全集　第五巻』（岩波書店　昭48）
『子規歌集』（岩波書店　岩波文庫　昭34）
素型としての戦時詠

「アララギ」第三十七巻第六号（昭19・6）

Ⅲ

『早春歌』以前

「アララギ」第二十五巻第四号（昭7・4）～第二十九巻第六号（昭11・6）

田井安曇『近藤芳美』（桜楓社　昭55）

『近藤芳美集　第一巻』（岩波書店　平8）

『近藤芳美集　第七巻』（岩波書店　平8）

透明感の背後にあるもの

『現代短歌全集　第十三巻』（筑摩書房　昭55）

歌に沈黙を強いたもの

太宰瑠維『太陽が西から昇った』（不識書院　平8）

『古明地実歌集』（不識書院　平8）

時間性の回復

『田井安曇作品集』（本阿弥書店　平7）

『田井安曇歌集』（国文社　現代歌人文庫　昭54）

『田井安曇歌集』（砂子屋書房　現代短歌文庫　平14）

「未来」創刊号（昭26・6）

近藤芳美『新しき短歌の規定』（講談社　講談社学術文庫　平5）

断念と祈り

『田井安曇作品集』（本阿弥書店　平7）

『田井安曇歌集』（国文社　現代歌人文庫　昭54）

『田井安曇歌集』（砂子屋書房　現代短歌文庫　平14）

『岡井隆コレクション7　時評・状況論集成』（思潮社　平8）
岡井隆のうしろすがた
『岡井隆全歌集Ⅱ』（思潮社　平18）
『岡井隆全歌集Ⅲ』（思潮社　平18）
『岡井隆全歌集Ⅳ』（思潮社　平18）
深淵をのぞくこと
岡井隆『二〇〇六年水無月のころ』（角川書店　平18）
V・E・フランクル　霜山徳爾訳『夜と霧』（みすず書房　昭36）
再生の記録
岡井隆『初期の蝶／「近藤芳美をしのぶ会」前後』（短歌新聞社　平19）
V・E・フランクル　霜山徳爾訳『夜と霧』（みすず書房　昭36）
文学の上で戦うこと
「短歌」（角川書店　昭44・10）
大島史洋『藍を走るべし』（新星書房　昭45）
最後の戦後派歌人
加藤治郎『サニー・サイド・アップ』（雁書館　昭62）
加藤治郎『マイ・ロマンサー』（雁書館　平3）
加藤治郎『ハレアカラ』（砂子屋書房　平6）
加藤治郎『TKO』（五柳書院　平7）
近藤芳美『新しき短歌の規定』（講談社　講談社学術文庫　平5）
三枝昻之『現代短歌の修辞学』（ながらみ書房　平8）
『岡井隆歌集』（国文社　現代歌人文庫　昭52）
「未来」第三十九巻第七号（平元・7）

Ⅳ

未完の前衛歌人

『現代短歌全集　第六巻』（筑摩書房　昭56）

ありうべき私にむけて

『葛原妙子全歌集』（砂子屋書房　平14）

『斎藤茂吉全集　第五巻』（岩波書店　昭48）

戦犯の汚名

『斎藤史全歌集』（大和書房　昭52）

『現代短歌全集　第八巻』（筑摩書房　昭55）

『現代短歌全集　第九巻』（筑摩書房　昭56）

山中智恵子の第三句

『山中智恵子全歌集　上巻』（砂子屋書房　平19）

『山中智恵子全歌集　下巻』（砂子屋書房　平19）

気骨

『現代短歌全集　第十三巻』（筑摩書房　昭55）

『炎環』（砂子屋書房　平5）

『春雪ふたたび』（砂子屋書房　平8）

『夕霧峠』（砂子屋書房　平10）

『星座空間』（短歌研究社　平13）

『夏至前後』（短歌新聞社　平14）

青磁社評論シリーズ②

アララギの脊梁

初版発行日 二〇〇九年二月十日

著　者 大辻隆弘
三重県松阪市稲木町一一六三―三（〒五一五―〇二一二）

定　価 二六六七円
発行者 永田　淳
発行所 青磁社
京都市北区上賀茂豊田町四〇―一（〒六〇三―八〇四五）
電話　〇七五―七〇五―二八三八
振替　〇〇九四〇―二―一二四二二四
http://www3.osk.3web.ne.jp/~seijisya/
装　幀 濱崎実幸
印　刷 創栄図書印刷
製　本 新生製本

ISBN978-4-86198-094-7 C0095 ¥2667E